信長の軍師

巻の一　立志編

岩室 忍

祥伝社文庫

巻の一 立志編

目次

第一章 沢彦宗恩《たくげんそうおん》 7

対決 8

果てしなき夢 59

那古野の雪 22

虎の耳目 77

走るが如く津島へ 43

兄弟の契《ちぎ》り 93

第二章 吉法師《きちほうし》 111

稀《まれ》なる良きこと 112

王者の剣 154

捨てられた命 125

地蔵の餅《もち》を食う 170

神が降臨《こうりん》する 140

仏に会いに行く 187

第三章　翡翠《ひすい》……207
うつけとは無礼千万《ぶれいせんばん》　208
沢彦が泣く　225
善は行い易《やす》し　243
人は犬猫とは違う　260
突きをかわす　270
風雲急なり　288

第四章　太原崇孚雪斎《たいげんそうふせっさい》……307
天子に伝えておけ　308
鉄砲が伝来する　327
翡翠が美濃を去る　345
木曽川を渡らぬ　357
美濃に咲く花　377

巻の二 風雲編 目次

第五章 塚原《つかはら》土《と》佐守《さのかみ》

上洛は秘中の秘　種子島を手にする

試し撃ち　吉法師が信長になる

妖怪が動く　勝った方が譲る

第六章 帰蝶姫《きちょうひめ》

鉄砲五百丁　謀略で倒す

ここが帰蝶の城じゃ　嘘も役に立つ

美剣士参上　湯漬けを所望す

拙僧は影です

第七章 桶《おけ》狭間《はざま》

美しき同盟成る　一貫目の弾丸

信長に天佑あり　新手の敵だ

蚤も生き物です　死ぬのは義元だ

死のうは一定　義元の次は信玄だ

主な参考文献

あとがき

織田弾正忠家系図

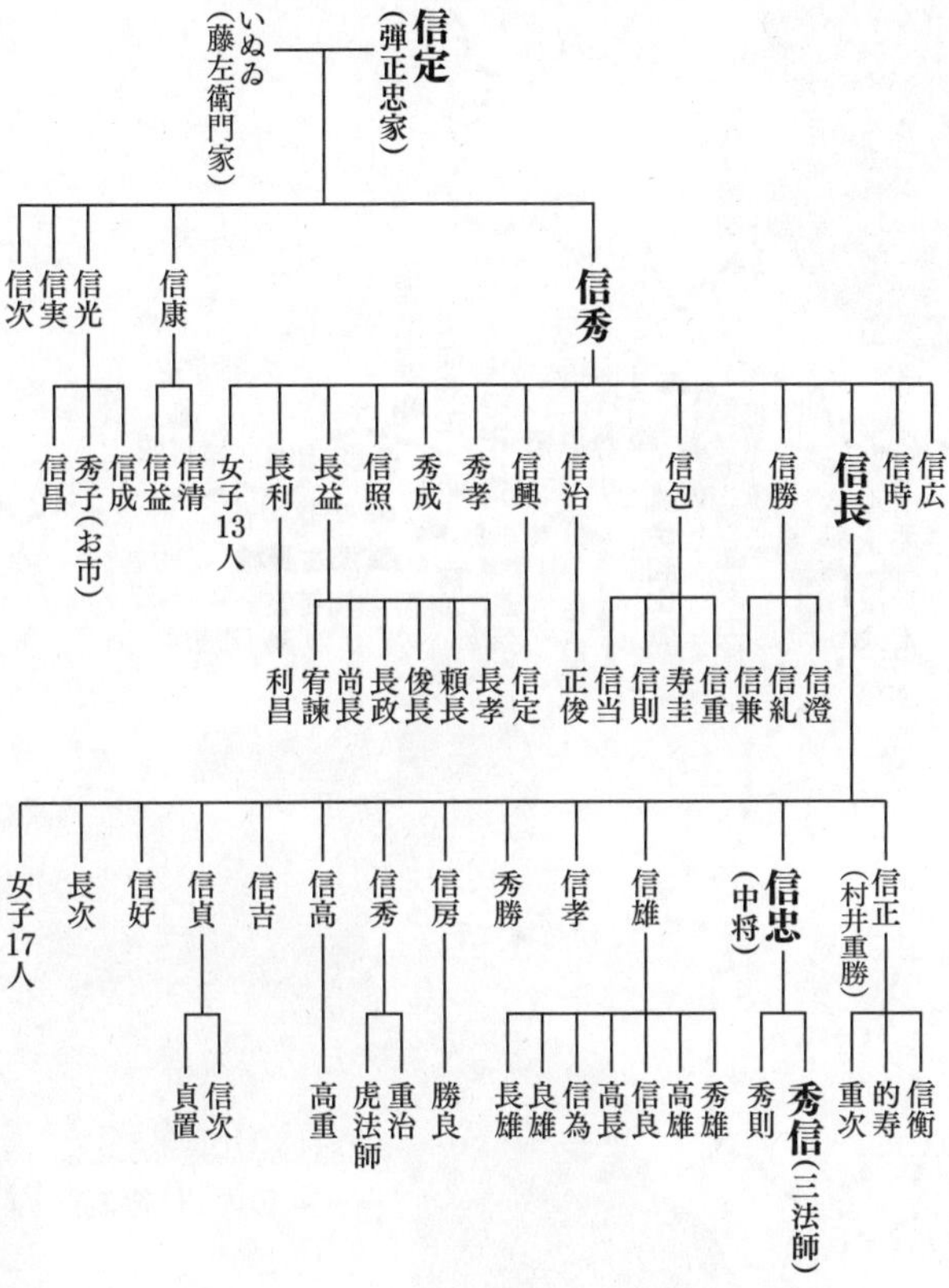

信定（弾正忠家）
いぬゐ（藤左衛門家）
信秀
信康
信光
信実
信次
信広
信時
信長
信勝
信包
信治
信興
秀孝
秀成
信照
長益
長利
女子13人
信清
信益
信成
秀子（お市）
信昌
信澄
信紀
信兼
信重
寿圭
信則
信当
正俊
信定
長孝
頼長
俊長
長政
尚長
宥諌
利昌
信正（村井重勝）
信忠（中将）
信雄
信孝
秀勝
信房
信秀
信高
信吉
信貞
信好
長次
女子17人
信衡
的寿
重次
秀信（三法師）
秀則
秀雄
高雄
信良
高長
信為
良雄
長雄
勝良
重治
虎法師
高重
信次
貞置

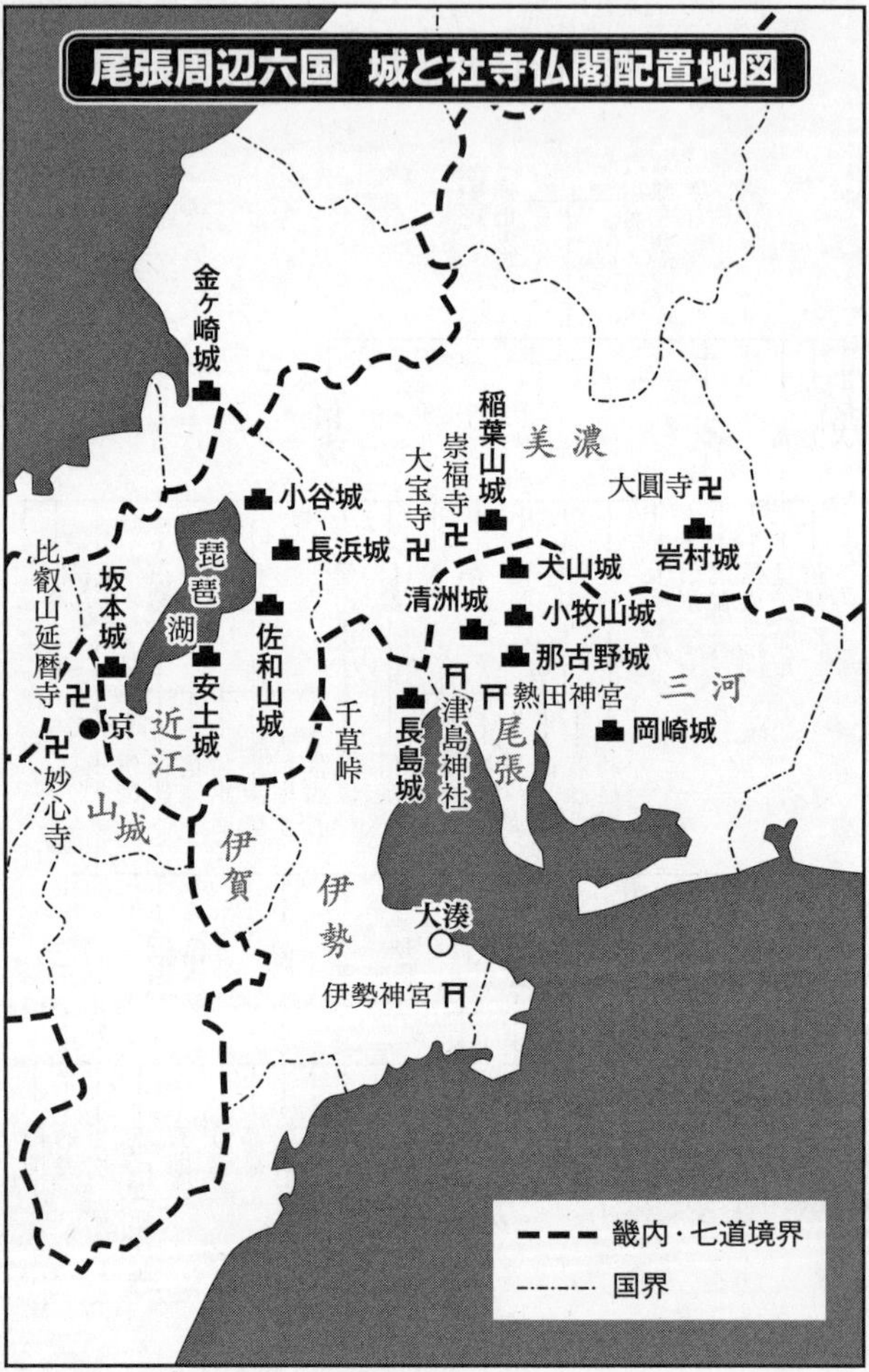
尾張周辺六国　城と社寺仏閣配置地図
金ケ崎城
稲葉山城
崇福寺
大宝寺
美濃
大圓寺
小谷城
長浜城
岩村城
犬山城
比叡山延暦寺
坂本城
琵琶湖
清洲城
小牧山城
佐和山城
那古野城
安土城
津島神社
熱田神宮
三河
千草峠
京
近江
長島城
尾張
岡崎城
妙心寺
山城
伊賀
伊勢
大湊
伊勢神宮
畿内・七道境界
国界

第一章
沢《たく》彦《げん》宗《そう》恩《おん》

対決

風は強かったが尾張《おわり》にまだ雪は来ていない。

北からの寒風に坊主《ぼうず》頭が吹き曝《さら》しになっている。眼光の鋭い痩身《そうしん》の坊主は殺気に包まれ、周囲の土手や物陰を警戒して歩いている。

「んッ！」

彼方《かなた》から疾駆《しっく》して来る騎馬に気付いて立ち止まった。

「織田《おだ》の騎馬だな？」

錫杖《しゃくじょう》を立て、道に仁王《におう》立《だ》ちで般若心経《はんにゃしんぎょう》の呪文《じゅもん》を唱える。

冬枯れの田は水が抜かれ、稲の切り株が白く乾《かわ》いていた。辺りに百姓家はない。

坊主が睨《にら》んでいる先に見る見る騎馬武者が大きくなってきた。一騎、いや二騎だ。凄《すさ》まじい勢いで突進して来る。一町《ちょう》ほど後ろを空馬を引いて小者《こもの》が走って来る。坊主に道を譲《ゆず》る気配がない。

「どう、どーうッ……」

騎馬武者二騎のうち一騎が坊主の傍《そば》を行き過ぎて止まった。その時、美濃《みの》の雪山から吹き颪《おろ》す寒風が、坊主の後ろを吹き抜けて行った。騎馬武者が馬首を返して戻ってくる。馬体からもうもうと湯気が立ち、馬の鼻息が白い。

「お訊《たず》ね申すッ、美濃、大宝寺《だいほうじ》の沢彦禅師《たくげんぜんじ》さまではございませぬか、それがしは那古野城《なごやじょう》の次席家老、平手政秀《ひらてまさひで》が家臣でござる！」

「おう、監物《けんもつ》さまのご家来か？」

「いかにも！」

「拙僧《せっそう》が沢彦宗恩《そうおん》です」

二人の若武者が急いで馬から降り、沢彦の前で片膝《かたひざ》をついて頭を下げた。

「主人の命《めい》にてお迎えにあがりました。馬の支度《したく》をしてまいりました」

「おう、久しぶりに乗ってみるか……」

馬の首を軽く叩《たた》きながらそう言うと、沢彦が錫杖でジャリーンと地面を突き、馬を引いて走って来た小者から、手綱《たづな》を受け取り呪文を唱えた。

「羯諦《ぎゃてい》　羯諦《ぎゃてい》　波羅羯諦《はらぎゃてい》　波羅僧羯諦《はらそうぎゃてい》　菩提薩婆訶《ぼじそわか》、拙僧を乗せれば功徳《くどく》ですぞ」

そう馬に語りかけ、馬の首を軽く叩いてなだめ、慣れた手付きで鞍《くら》を摑《つか》み、鐙《あぶみ》に足を掛《か》けひょいと跨《また》がり、鮮《あざ》やかに手綱を引いて馬の向きを変えた。

「いざ、まいろうか……」

沢彦が錫杖で若武者たちが来た道を指した。馬上の青頭の坊主は二人の若武者を睨《にら》み万軍の大将の如《ごと》き威厳を見せた。

「畏《かしこ》まって候《そうろう》！」

二人の若武者は見事な沢彦の騎乗に驚いて顔を見合わせている。僧侶とは思えない身のこなしと手綱さばきだ。この坊主は只者《ただもの》ではないと二人が感知した。

「それッ！」

沢彦が馬腹《ばふく》を蹴《け》ると馬が走り出した。錫杖がジャリジャリと鳴る。

「羯諦　羯諦　波羅羯諦　波羅僧羯諦　菩提薩婆訶、それッ！」

錫杖を槍《やり》のように揚《あ》げて敵陣に突撃する武将のようだ。若武者はぴったり沢彦の後ろに付いた。三騎に美濃からの寒風がどこまでも絡《から》み付いて来る。あとから走っていた小者が諦《あきら》めて歩き出した。

沢彦宗恩は諸国を遍歴し、厳しい修行を積み、若くして京の臨済宗大本山《りんざいしゆうだいほんざん》妙《みよう》心寺《しんじ》の第一座となり、後奈良《ごなら》天皇の勅命《ちよくめい》で三十九世大住持《だいいじゆうじ》になった大秀才だ。臨済宗妙心寺派の最高位にいた沢彦の格式は大名以上だが、本人はそんなことは気にしていない。妙心寺の宝、美濃の宝と言われる碩学《せきがく》で、先頃、妙心寺で三年間の大住持を務め上げ、辞《じ》して美濃に移り大宝寺の住職になった。

その沢彦宗恩を那古野城の次席家老平手政秀が、癇癖《かんぺき》の激しい吉法師《きちほうし》を託《たく》すため尾張に招いたのだ。沢彦が最初に書状を貰《もら》ってから二年が過ぎていた。

痩身《そうしん》の沢彦は三十八歳の若さながら、妙心寺第一座の人品が五体から発散している。背筋が伸び澄みきった眼光が只者でないことを語っている。

墨衣《すみい》は古びて一見では乞食坊主《こじきぼうず》にしか見えないが、滅多《めった》に笑うことのない沢彦の放つ殺気は、太刀《たち》が放つそれに似《に》ている。錫杖以外寸鉄《すんてつ》も帯びてはいない。沢彦は美濃稲葉山城《いなばやま》への出仕《しゅつし》を断って尾張に出て来た。

稲葉山城の斎藤利政《さいとうとしまさ》の家臣堀田道空《ほったどうくう》から、那古野城の幼い城主吉法師が神童だと半年前に聞いた。その城主に興味を持ち、平手政秀からの書状に、一度、吉法師を拝見したいと返事をし、それが実現しての尾張入りだ。

傅役《もりやく》の政秀は二年前から吉法師の学問の師を探していた。天文《てんぶん》九年（一五四〇）吉法師は七歳になって癇癖が激しく、益々《ますます》手の付けられない腕白《わんぱく》に育っている。乱世の荒ぶる神がその小さな五体に宿っていることを誰も気付いていない。

「御免《ごめん》！」

那古野城下に入ると沢彦の傍から、突然一騎が馬腹を蹴って前方に駆《か》け出した。

「ご坊、あの角を曲がりますと主人の屋敷にございまする」

「寒い中、お迎えご苦労でした」

沢彦は警固に出て来た若武者を労《いたわ》った。

「何《な》んの、これしきの寒さ……」

「今夜は雪が来ますな」

「冷えてまいりましたので、間違いないかと……」

二人が薄暗い空を見上げた。その下に那古野城が黒々と色を失って沈黙している。吉法師の父織田信秀《のぶひで》が今川氏豊《いまがわうじとよ》を謀略《ぼうりゃく》によって追い出し、奪い取った城だ。この城を奪う前の信秀の本拠は一里半ほど西の勝幡城《かつはたじょう》だった。吉法師の祖父織田信定《のぶさだ》が築いた城だ。その勝幡城から織田弾正忠家《だんじょうのちゅうけ》は那古野城に移った。

二騎が角を曲がると、平手屋敷の門前に松明《たいまつ》を掲《かか》げた小者と、平手監物政秀とその家臣たち四、五人が迎えに出ている。

「ご坊、あれにおりますのが主人でございまする」

沢彦が馬を止めて、ジャリーンと錫杖で地面を突きゆっくり馬から降りた。若武者も急いで馬から降りて、沢彦から手綱を受け取った。

沢彦が墨衣を正して、平手屋敷の門前に歩いて行った。初老の平手政秀が数歩前に出て沢彦に頭を下げた。実は、沢彦宗恩は平手政秀の妻お多香《たこう》の叔父《おじ》なのだ。お多香は沢彦の寺である美濃大宝寺の檀方、平手氏政《うじまさ》の仲介で平手政秀の継《けい》室《しつ》に入った。だが、そのお多香は既《すで》に亡くなっている。三年前のことだ。沢彦が平手政秀と会うのはこのときが初めてだった。

「大住持さま、尾張にお越し戴《いただ》き、厚く御礼申し上げまする」

「監物さま、お招き戴き忝《かたじけな》く存じます」

「ここでは寒いゆえ、まずはお入りくださるよう……」

政秀が沢彦を丁重《ていちょう》に屋敷内に案内した。大玄関には屋敷の女たちまで出て来て沢彦に平伏した。女たちは高名な沢彦が思いの外《ほか》若いことに驚いている。偉い僧侶というものは大概《たいがい》年寄りと相場が決まっている。

女が大急ぎで盥《たらい》に冷水を張って運んで来た。沢彦が手拭いを水に浸して固く絞《しぼ》ると足を拭いた。痩せた足には何本もの血管が浮き出ている。諸国を遍歴してきた頑丈《がんじょう》な足で、沢彦が最も頼りにしている足だ。拭き終わると慈《いつく》しむようにその足をピシャピシャと叩いて敷台に立った。

「厄介《やっかい》になります」

「どうぞ、こちらへ……」

平手政秀は那古野城四家老の次席だ。織田家の勝幡城に出仕して吉法師の祖父信定に仕え、吉法師の父信秀に仕え、吉法師が生まれると、信秀からその傅役を命じられ育ててきた。

織田家三代に仕える四十七歳の老臣だ。和歌にはことのほか造詣《ぞうけい》が深く、学問に優れた教養人として、織田信秀に信頼されている。

「禅師さま、倅《せがれ》の五郎右衛門《ごろうえもん》と甚左衛門《じんざえもん》にござります」

政秀が自慢の二人の息子を沢彦に紹介した。

「五郎右衛門久秀《ひさひで》にございまする。若輩《じゃくはい》にて、諸事、ご指南戴きたく願い上げまする」

「甚左衛門汎秀《ひろひで》にございまする」

「美濃の沢彦宗恩です。監物さまのお招きにて山から出てまいりました」

血筋ではないが二人の若者にとって沢彦は義理の大叔父になる。

「長く尾張にお留《とど》まり下さいまするよう願い上げまする」

「忝く存じます」

一通り挨拶《あいさつ》が済むと政秀が人払いして二人だけになった。

「禅師さま、明朝、吉法師さまにお会い戴きますが、それでよろしゅうございまするか?」

「結構です……」

楽しみにしてきた神童吉法師との対面だ。

「吉法師さまは生まれながらに癇癖が強く、乳母《うば》を数えきれないほど替えてまいりました。乳首を嚙《か》み切るようなこともございました。今でもその癇癖は治らず、なかなか難しい性質《たち》にて、ご無礼を申し上げるやも知れませぬ」

政秀が沢彦に吉法師を知ってもらおうと、先回りして心配事を言った。

「そのようなことはお気になさらぬように……」

平手政秀は吉法師の聡明《そうめい》さには気付いていたが、短気で気に入らないと大荒れになるのには困り果てていた。だが、傅役として決して弱音を吐《は》いたことはない。

「監物さま、癖《くせ》は治るものもありますが、粗方《あらかた》は生涯付きまとうものと聞いております。治らぬ癖であれば、それを良きところと見て、導くことも大切かと存じます」

「人は誰しも良きところも悪しきところも持っております。悪しきを叩いて良きところまで殺しては、いかがなものかと存じますが？」

「良きところ？」

「いかにも、仰《おお》せの如くにございまする」

沢彦は堀田道空が、吉法師を尾張の神童と言った言葉を思い出していた。優れた才能は幼い頃に萌芽《ほうが》するものだと沢彦は見ている。真の神童なら見分けられる。沢彦はそう確信していた。

「ところで監物さま、誠に失礼ですが拙僧は朝から何も食《しょく》しておりません。粥《かゆ》など一椀《わん》いただければ有り難いのですが？」

「これは、気付かぬことで申し訳ございませぬ。すぐ運ばせまする」

「何卒《なにとぞ》、粥一椀に味噌《みそ》のみにて、他はおかまいなきよう願います」

「承知致しました」

政秀が手を叩いて家人を呼んだ。

平手屋敷の空気がザワザワと騒いでいる。沢彦はそれを那古野城の活気と見た。

「失礼ながら禅師さまにお訊ね致しまするが、雲興寺《うんこうじ》の大雲永瑞《だいうんえいずい》さまをご存じでしょうか?」

「雲興寺には二度お訪ねしました。確か、織田さまが永瑞さまを招いてこの那古野に寺を開山なさると聞いておりますが……」

「その寺がこの春、城下に建立《こんりゅう》されまする」

「それは待ち遠しい。永瑞さまは織田家の出自とか?」

「はい、先代織田弾正忠信定さまのご舎弟《しゃてい》さまにございまする」

大雲永瑞和尚は尾張随一の曹洞宗大龍山雲興寺八世《そうとうしゅうだいりゅうざん》の住持だ。その永瑞を招くため信秀の発願《ほつがん》で那古野城下に寺院を建立中だった。

「永瑞さまとお会いできるとは楽しみにございます」

「大住持さまが那古野におられると聞けば、永瑞さまも驚かれると存じまする」

政秀は沢彦が吉法師の学問の師を引き受けてくれるものと思い込んでいる。

「弾正忠さまは古渡《ふるわたり》と聞いておりますが?」

「殿さまは二年前、那古野城から古渡城に移っておられまする」

吉法師の父織田弾正忠信秀は、僅《わず》か五歳の嫡男吉法師を那古野城に残し、一族を引き連れて築城したばかりの古渡城に移転した。以来、幼い吉法師が那古野城の城主なのだ。

「三河《みかわ》と駿河《するが》に備《そな》えるために古渡へ？」

沢彦が平手政秀に踏み込んだ問いを投げた。

「三河松平《まつだいら》と駿河今川《いまがわ》の侵攻《しんこう》を警戒しております る」

政秀は隠さず織田弾正忠家の方針を語った。

「いずれ、今川義元《よしもと》さまは上洛《じょうらく》に動きましょう」

「禅師さまはいつ頃と見ておられまするか？」

政秀も踏み込んで沢彦に聞いた。

「さて、駿河の今川家には、太原崇孚《たいげんそうふ》雪斎《せっさい》さまという、京の建仁寺《けんにんじ》から来た禅僧が軍師としております。その雪斎さま次第かと存じます」

沢彦は雪斎を京の五山建仁寺と言ったが、太原雪斎は建仁寺から妙心寺に入った禅僧で、沢彦とは同門なのだ。織田と今川が戦えば雪斎は敵ということになる。

「今川氏親《うじちか》さまが義元殿を託《たく》したと聞いておりますが？」

「そうです。雪斎さまは駿河庵原《いおはら》家《け》の出自にて、氏親さまが三顧《さんこ》の礼にて迎えられた義元さまの師であり軍師です」

「建仁寺きっての碩学と聞いておりまする。禅師さまはお会いに？」

「妙心寺にて何度もお会いしています、先年、駿府《すんぷ》をお訪ねして、雪斎さまと義元さまにお会い致しました」

「義元殿と、いつにございまするか？」

政秀は驚きの眼で沢彦を見た。義元は四歳から雪斎の弟子で、建仁寺の学僧だった。ところが兄たちが次々と亡くなり、駿河に戻って還俗《げんぞく》し今川義元になった。その義元に沢彦は会っている。

「昨年の夏です」

「義元殿とはどのようなお方でございまするか？」

義元と会ったと聞いて政秀はドキッとした。敵の大将のことは聞きたいことが多くある。

政秀は相模《さがみ》の北条《ほうじよう》、甲斐《かい》の武田《たけだ》と並び、東国の雄である今川の御大将がどんな人物か知りたい。他国者《よそもの》が義元と会うことなど簡単にはできない。義元と会ったという人物は尾張にとっては貴重だ。

「義元さまはお若いが自信に満ち、名門の御曹司《おんぞうし》らしく堂々としておられました。拙僧が見るところでは、義元さまと雪斎さまは一心同体、雪斎さまは四十五歳、天下一の軍師だと思っています。今川が北条、武田と手を結べば東と北に心配がなくなり、いずれ、西の尾張に侵攻して来ます」

沢彦が今川義元の西進を断言した。

「義元殿の上洛は、いつ頃になりましょうや？」

政秀にはその侵攻の時が重要だ。今川氏豊から那古野城を奪った信秀は義元と戦うつもりでいる。義元なり雪斎なりが沢彦に、上洛時期を洩《も》らしていればそれを聞きたい。

「さて、それは雪斎さまの大戦略にて、京への道をどう考えますか」

「戦うことになれば、戦場はやはり尾張になりましょうか？」

「そう思います。三河と尾張の国境《くにざかい》あたり、尾張領内に入るかと思います」

「それで織田軍は勝つことができましょうか？」

政秀がとんでもないことを沢彦に聞いた。沢彦は信秀を見たこともなければ話したこともない。沢彦が義元と会ったと聞いて政秀は気持ちが急《せ》いている。

「監物さま、そう聞かれましてもお答えはできません。拙僧は尾張のことを何も知りません。戦《いくさ》はいつ、どこで、どのように戦うかで決まります」

「これは、ついご無礼なことをお聞きしました。お許しくださるよう……」

謝りながら政秀が照れるように苦笑した。

「何んの、武家は戦と聞けば血が滾《たぎ》りましょう。ましてや今川の上洛となれば道筋の尾張には一大事。されど監物さま、二年や三年では雪斎さまは動きません。おそらく、五年か、十年後、北条、武田、今川を同盟でまとめるには、国境などを決めなければなりません。雪斎さまといえどもそれぐらいの年月は充分に掛かりましょう。領国が最も充実した時に動きます」

「三国の和睦《わぼく》でございまするか？」

「雪斎さまの狙いは相模、甲斐、駿河の三国の血の同盟です」

「血の同盟とは婚姻ですか？」

「そこまでやりませんと後ろが危ない。安心して上洛などはできないかと思います」

「なるほど、血の同盟ですか」

政秀が納得して頷《うなず》いた。

沢彦は義元の上洛は、慎重に雪斎が決めるだろうと見ている。万全の備えをしてから雪斎ほどの軍師なら必ず動く。そこに立ち塞《ふさ》がるのは、自分しかいないと沢彦は密《ひそ》かに自負していた。尾張に出て来たもう一つの覚悟がそこにあった。

沢彦は天下一の軍師と認める同門の太原崇孚雪斎と戦ってみたいと考えてい

る。どんな軍略でくるか、負けるとは思わないが、雪斎の頭脳を討ち破ることは至難《しなん》だと考えている。

四十五歳の雪斎と三十八歳の沢彦の見えない対決が始まろうとしていた。二人はともに妙心寺の大住持を務めた。

雪斎は三十五世大住持。沢彦は三十九世大住持だ。二人は臨済宗妙心寺派二万余の僧、学僧の最高位第一座にいた秀才なのだ。

那古野の雪

沢彦と政秀の話し合いは深更《しんこう》にまで及んだ。寒さと静寂の中に安座《あんざ》している。

「監物さまは堀田道空さまと入魂《じっこん》と聞いておりますが？」

沢彦が尾張と美濃の複雑な人脈に触れた。

「織田弾正忠家は勝幡城を築く前は、津島湊《つしまみなと》に館《やかた》を持ち、本拠にしておりました。津島は尾張一の湊にて津島十五党が支配しております。その一家が堀田家、十五党の頭領大橋《とうりょうおおはし》家に殿の一の姫、鞍姫《くらひめ》さまが嫁いでおられます。そのようなことから敵味方の隔《へだ》たり無く、道空殿とは親しくさせて戴いておりまする」

誠実な政秀が道空との繋《つな》がりを正直に話した。

「津島には小嶋日向守《こじまひゅうがのかみ》さまがおられるはずでは？」

「はい、日向守さまのご息女、雪姫《ゆきひめ》さまが吉法師さまの母上にございまするが、産後、すぐお亡くなりに、以来、日向守さまは津島に隠棲《いんせい》しておられ、鞍姫さまはその日向守さまの養女として大橋家に嫁ぎましてございまする」

「十五党の大橋さまや小嶋日向守さまとお会いしたいものです」

沢彦は津島十五党の首魁《しゅかい》大橋重長《しげなが》の実力を知っていた。小嶋日向守信房《のぶふさ》とは諸国遍歴の途次《とじ》、一度訪ねてその人柄に接したことがある。

南朝後醍醐帝《ごだいごてい》の親王に供奉《ぐぶ》して、津島に土着した十五党が、津島湊の海運によって莫大《ばくだい》な財力を有していることは、織田家を左右するとさえ沢彦は考えている。その財力の中心にいるのが堀田道空の父、堀田右馬太夫正貞《うまだゆうまささだ》なのだ。その十五党に信頼され、小嶋日向守は手厚く守られている。十五党とは大橋家を中心に堀田家、恒川《つねかわ》家、岡本《おかもと》家、服部《はっとり》家など四家、七苗字、四姓の十五家のことだ。

織田弾正忠信定はその津島十五党に戦いを挑み、実力で軍門に下し、織田家の支配下に置いた。

「津島湊を石高《こくだか》にすればいかほどになりましょうか？」

沢彦が無礼と思われることにも触れた。

「さて、それがしは四、五万石かと考えておりまするが、実高はそれ以上かと……」

「すると織田家の石高は領地と合わせると相当に大きい、尾張の半国分ぐらい？」

「織田弾正忠家は、津島以外に熱田《あつた》も押さえておりまする。熱田は神宮と湊があり、やはり四、五万石ぐらいと考えておりまする」

「清洲《きよす》城の大和守《やまとのかみ》家より弾正忠家の方が大きい？」

「はい、尾張はご存じのように、清洲城の織田大和守家と、岩倉《いわくら》城の織田伊勢守《いせのかみ》家で半国ずつ、守護代《しゅごだい》として治めておりまするが、実力では津島、熱田の他に尾張二郡を押さえている織田弾正忠家の方が、両家よりはるかに大きいと思いまする」

政秀は織田家の機密に属することを話した。主家の内情を他国者に話すなど、有り得ないことだがそれを正直に話した。

織田弾正忠家が守護代を凌《しの》ぐ尾張一の勢力に育ったのは、織田信定の卓越《たくえつ》した手腕があったからだ。温厚な人柄で清洲織田家の一奉行として、織田大和守達勝《たつかつ》に信頼され、弾正忠家を大きくしてきた。勝幡城を築いた頃には押しも押されもしない尾張の一大名になっていた。

それでも信定は清洲城三奉行の一人として、大和守家から離れず、謙虚に勝幡城を守ってきた。慎重で賢明《けんめい》な生き方だ。信秀はその盤石《ばんじやく》な基盤を相続した。

そこに吉法師は生まれた。

「すると兵力は一万ぐらいでしょうか？」

無礼を覚悟で沢彦が聞いた。沢彦は吉法師の師になるには、政秀との信頼関係が最も重要だと考えている。それは政秀も同じ考えだ。

「それぐらいは充分にござりまする。一万二、三千はありましょう……」

政秀は美濃人である沢彦に何も隠さない。兵力や領内のことを知られるのは、避《さ》けなければならないが、沢彦を信用して、政秀は何も隠す気はない。沢彦も話し合っているうちに政秀の人柄を好ましく思った。

翌朝、二人は小者が轡《くつわ》を取る馬に乗って平手屋敷を出た。夜のうちにうっすらと雪が降って、昨日とはまるで違う景色に変わっていた。沢彦の錫杖がジャリジャリと鳴る。

「那古野の雪は暖かい……」

沢彦が呟《つぶや》いた言葉を政秀は不思議に思った。沢彦は風のない那古野の雪を、美濃の風雪とは違うと感じたのだ。美濃の吹雪には人を殺す恐ろしさがある。二人が城門に近付くと門番が滑《すべ》りながら走って来た。

「ご家老さま、吉法師さまは馬場に出ておられます」

「内藤《ないとう》殿と一緒だな？」

「はい、池田勝三郎《いけだかつさぶろう》さまも出ておられます」

「そうか、相分かった」

門番は見たことのない僧が馬に乗っているのに首を傾《かし》げ、ペコリと頭を下げてから城門に走って戻った。

池田勝三郎は吉法師の乳母の子で吉法師の一の子分だ。勝三郎の母は寡婦《かふ》になってから、信秀に見初《みそ》められ吉法師の乳母から側室になった。それで吉法師と勝三郎は乳兄弟《ちきょうだい》であり義兄弟になった。

吉法師は馬場で槍の名手内藤勝介《かつすけ》を相手に槍の稽古をしている。それを離れたところから勝三郎が寒さに震えながら見ている。広い馬場の雪は全て掃《は》き清められていた。政秀と沢彦は馬場に入ると馬から降りて手綱を小者に渡し、勝三郎の傍に歩いて行った。

「勝三郎殿、乗馬の稽古は終わったようだな」

「うん、終わった」

「そなた寒そうだが、城に戻ってはどうか？」

「吉法師の許しがないと叱《しか》られる」

勝三郎は震えながら吉法師を睨んでいる。

「平手が許すゆえ、城に戻れ」

「家老ではだめだ。吉法師に叱られる……」

そう答えた勝三郎は吉法師の癇癪《かんしゃく》が怖い。吉法師の怖さを一番よく知っている。

「そうか。家老ではだめか？」

「だめだ」

五歳の勝三郎はなかなかに頑固《がんこ》だ。勝三郎にとって吉法師が一番大切で、母の言うことにも、重臣たちの言うことにも耳を貸さない。

「母上さまに叱られるぞ」

返事をしない勝三郎は吉法師を睨んだ眼に涙を溜《た》めて、小さな体がプルプルと震えている。

「また、熱が出るぞ」

政秀が本気で心配した。

「大丈夫だ……」

勝三郎が強情《ごうじょう》に言って着物の袖《そで》で涙を拭《ぬぐ》った。吉法師だけが大事なのだ。そんな二人の話を聞きながら、沢彦が錫杖を立てて槍稽古の吉法師を見ている。

「羯諦《ぎゃてい》 羯諦《ぎゃてい》 波羅羯諦《はらぎゃてい》 波羅僧羯諦《はらそうぎゃてい》 菩提薩婆訶《ぼじそわか》……」

勝三郎の頭上から呪文が降ってきた。何んだという顔で勝三郎が沢彦を振り返った。勝三郎の見た沢彦の眼は吉法師を睨み付けて恐ろしいほど真剣だ。政秀もいつになく真剣な顔で吉法師を見ている。

緊張した雰囲気に勝三郎は何か嫌《いや》なことが起こりそうだと不安になった。だが、どう見ても勝三郎には沢彦が乞食坊主にしか見えない。城に来る偉い坊主は赤や紫の衣を着てもっと立派だ。

三間《さんげん》ほど離れて吉法師が勝介に稽古槍を構え、ジリジリと間合いを詰めて一気に突きかかるが、勝介は体《たい》を開いて槍先をやり過ごす。

「殿、その足の運びでは転びますぞ！」

「黙れッ！」

叱りつけて吉法師は体勢を立て直して勝介に槍先を向けた。

「ヤーッ！」

槍先が勝介の体に触れるかと思ったが、また、見事に槍先をやり過ごす。勝介は稽古槍を立てたままだ。

「勝介ッ、構えろッ！」

「殿を突きまするぞ、よろしいか？」

「突けッ！」

吉法師が槍を構えて勝介の周りを回った。その真剣な眼は幼いながら獲物《えもの》を狙う野獣の眼だ。擦《す》り切れた短袴《たんばかま》に、小袖《こそで》は寒さをものともせず片肌脱ぎだ。滑らないように素足に草鞋《わらじ》を履《は》いて支度が良い。

吉法師は何んとかして勝介を突き倒したい。一突きで届く辺りまで、間合いを詰めて槍を繰《く》り出したが、また、勝介に槍先をかわされ、滑って転びそうになる。槍を杖《つえ》にして持ちこたえた。

勝介の後ろで厩番《うまやばん》が二頭の馬の轡を取って立っている。

「イヤーッ！」

何度も吉法師が槍を突っ込むが、悉《ことごと》く勝介に槍先をかわされた。沢彦がその様子をじっと見ている。その沢彦を勝三郎が見ていた。

「それまで、それまで！」

政秀が腰の扇子《せんす》を抜いて吉法師を制し、馬場に下りて行った。その後ろに沢彦と勝三郎が続いた。

「内藤殿、毎日ご苦労に存ずる」

「爺《じい》、まだ弓の稽古が残っているぞッ！」

吉法師は稽古を邪魔されて不機嫌そうに言った。

「本日は、吉法師さまにお伝えしておきました美濃の沢彦宗恩禅師さまがお見えにござります。ご案内してまいりました」

そう政秀が言うと沢彦が一歩前に出た。

「美濃からまいりました沢彦宗恩です」

吉法師に合掌《がっしょう》して頭を下げた。吉法師は沢彦にこれまでに会った僧侶には無い殺気《さっき》を感じ取った。敵なのか味方なのか早熟《そうじゅく》な吉法師は見極《みきわ》めようとする。

そんな時の吉法師は子どもながら強く出る。喧嘩《けんか》の常套手段《じょうとうしゅだん》を心得ている。

「おい、坊主ッ！」

「何んだ、小童《こわっぱ》！」

「何ッ！」

「やるか、小童ッ！」

沢彦が機先を制し喧嘩を売った。一歩下がって吉法師を睨み付け錫杖を構えた。後手《ごて》を踏んだ吉法師の頭に一気に血が上った。不意打ちを食らった。小童などと言われたことはない。吉法師は幼いが那古野城の城主なのだ。

「勝介ッ、槍だッ！」

大声で叫んで吉法師が内藤勝介を睨みつけた。

「殿ッ！」

「槍を持って来いッ！」

短気な吉法師が勝介に真槍《しんそう》を持って来るよう命じた。

「成敗《せいばい》してくれるッ！」

吉法師がいきり立つと手が付けられない。そんな有様《ありさま》を見ながら、戸惑《とまど》う勝介に政秀が頷いた。真槍で良いと言う。

「宗平《そうへい》、槍を持ってまいれッ！」

勝介が振り向いて厩番に命じた。

宗平が手綱を放り出し、慌《あわ》てて走って行った。勝三郎は寒さに震えながらどうなることかと、吉法師を見たり沢彦を見たり、政秀に止めるように訴える眼を向けキョロキョロしている。

「池田さま、これを！」

沢彦が手首から数珠《じゅず》を外して勝三郎に渡した。恐ろしいほどの殺気に、勝三郎が呑《の》み込まれ数珠を受け取った。吉法師は数珠を預かる勝三郎を見て、沢彦に家来を取られた気分になった。

口を真一文字《まいちもんじ》に結ぶと勝三郎を睨み付ける。その眼を見て勝三郎がニッと笑った。どうしていいのか分からない。取り敢《あ》えず笑った。それが吉法師にはからかわれたように見えた。

「くそッ！」

稽古槍を勝介に投げ付けると、宗平が消えた方に吉法師が走り出した。そこに真槍を担《かつ》いだ宗平が戻って来た。

「取れッ！」

吉法師が宗平に真槍の鞘《さや》を外せと命じた。

「若殿、あの坊主はできますぞ。只者ではありません。気を付けて……」

宗平の忠告を聞いて、吉法師が沢彦を振り向き睨みつけた。

「負けぬッ、串刺《くしざ》しにしてやるッ！」

頭に血が上って強気の吉法師が槍を担いで走った。

「坊主ッ！」

吉法師が異様な眼で真槍を構えて沢彦を睨む。七歳とは思えない凄まじい気迫だ。

「坊主ッ、成敗してくれるッ！」

「承知ッ、ここは戦場なれば、お命頂戴《ちょうだい》致す。覚悟《かくご》ッ！」

沢彦が二歩、三歩と前に出て錫杖でジャーンと地面を突いた。それを合図《あいず》に見ている政秀たちが後ろに下がった。

「平手殿……」

「内藤殿、ここは禅師さまにお任せしようぞ」

吉法師の傅役、平手政秀は吉法師を沢彦に託そうと決心した。

「小童ッ、まいれッ、木っ端微塵《こぱみじん》にしてくれるッ！」

沢彦が錫杖を右手に持って、ゆっくり水平に構えた。錫杖が鳴らない。両手を広げて隙《すき》だらけの構えだ。吉法師の槍先が一間先で獲物を狙って光っている。

「羯諦　羯諦　波羅羯諦　波羅僧羯諦　菩提薩婆訶、羯諦　羯諦　波羅羯諦

「……」

沢彦が呟くように呪文を唱え始めた。

吉法師は沢彦の鋭い眼光に睨み据《す》えられ、隙だらけなのだが踏み込むことができない。得体《えたい》の知れない黒い怪物が眼の前に立ち塞《ふさ》がった。だが、そんなことで吉法師は怯《ひる》まない。

「くそッ！」

腰を屈《かが》めて吉法師は槍先を出したり引っ込めたり、沢彦が動くのを待っていたが全くその気配がない。二人の睨み合いが続く。沢彦の呪文が吉法師を苛立《いらだ》たせる。

「イヤーッ！」

吉法師がいきなり槍を振り回して、沢彦の頭に遮二無二《しやにむに》叩きつけた。

「カーッ！」

錫杖がジャリーンと鳴って槍先を軽く叩いた。吉法師は槍を支えられず、つんのめって地面を突いてしまった。

「キエーッ」

瞬間、凄まじい気合いと同時に、錫杖が槍の千段巻《せんだんまき》を強烈に叩いた。吉法師の槍の柄《え》がバキッと折れて千段巻の漆《うるし》が飛び散った。ジャリーンと錫杖が地面を突き、スーッと吉法師の喉元《のどもと》に入ってきた。

吉法師は手が痺《しび》れて折れた槍の柄を落とした。一撃で勝負がついた。

「くそッ！」

「吉法師さま、天下が欲しくば魔王になることです」

静かだが厳しい沢彦の声が吉法師に聞こえた。沢彦が錫杖を抱き、吉法師に合掌して頭を下げた。

吉法師は悔しそうに痺れた手を摑んで沢彦を睨んだ。勝三郎が慌てて吉法師の傍に走った。

「吉法師ッ、大丈夫かッ！」

勝三郎が吉法師の手を摑んで心配した。

「うるさいッ！」

吉法師が勝三郎の手を払い除《の》けた。

「くそ坊主ッ！」

勝三郎は主人の吉法師が負けたことに怒って、手に握った数珠を沢彦に投げ付けた。眼に涙を溜めている。沢彦は吉法師を睨むと墨衣を翻して政秀に頭を下げた。

「龍にございます」

沢彦はひとこと、そう政秀に告げると、後を勝介に願って数珠を拾い上げて政秀と馬場から出た。政秀は沢彦の言葉を信じた。世辞《せじ》だとは思わない。世辞を言う沢彦だとも思わない。吾が子以上に慈《いつく》しんできた吉法師だ。龍と言われても驚かない。

完敗した吉法師は沢彦を追うこともできず呆然《ぼうぜん》と立っている。

「殿、お見事にござりまする」

「何が見事だッ!」

悔《くや》しいだけの吉法師が勝介に八つ当たりした。

「勝介ッ、刀だッ!」

「なりませぬ……」

沢彦を斬るため刀を貸せと言う吉法師を勝介が制した。

「殿、手が痺れたのでは?」

「何んでもないッ!」

「くそ坊主めッ、くそ坊主がッ!」

勝三郎が泣き顔で何度も沢彦を罵《ののし》った。喧嘩に負けた吉法師を見たことのない勝三郎が悔しがった。

「殿、あの禅師さまは坊主なれど、槍、弓、太刀、馬術など武芸の達人《たつじん》にて美濃に住んでおられます」

「くそ坊主ッ、ありゃ化《ば》け物だ！」

勝三郎がまた沢彦を罵った。

「勝三郎殿、くそ坊主はいかん。禅師さまは京の妙心寺の大住持さまだ。くそ坊主などではない。天下一の名僧ですぞ」

「ふん、あの坊主は吉法師を負かして言うことを聞かせるつもりだ！」

吉法師に似て勝三郎も反抗的だ。

「そうかな、殿は坊主の言うことを聞きますかな？」

吉法師は初めての完敗に口を堅く結んで答えない。

「吉法師、あの坊主に仕返ししよう！」

勝三郎は眼に悔し涙を浮かべている。

吉法師がこのまま黙っているとは思っていない。必ず仕返しを考えるはずだ。

「勝三郎殿、仕返しなどするものではない、堂々と戦って負けたのだ。武士は治まらない。

潔《いさぎよ》くしなければならぬ。よろしいな!」

四番家老の内藤勝介に吉法師と勝三郎は諭《さと》されたが、悔しさはそんなことでは

「今日の稽古はここまでだ」

「勝ッ、行くぞ!」

「うん!」

吉法師と勝三郎が一目散《いちもくさん》に城へ走った。

「龍か、それにしても禅師さまは手荒いことだ……」

勝介が呟きながら厩に向かって歩き出した。

沢彦は政秀に案内されて城の大広間に入り、主席家老の林佐渡守秀貞《はやしさどのかみひでさだ》と三番家老の青山与三右衛門信昌《あおやまよそうえもんのぶまさ》に挨拶した。那古野城は城主が幼いために林、平手、青山、内藤の四家老に守られている。織田信秀は吉法師の将来を考え、那古野城を吉法師に託し、重臣四人を家老に据《す》えて自分は三河に近い古渡城に移って行った。

「大住持さま、吉法師さまをご覧になられたかな」

主席家老の佐渡守が沢彦に聞いた。少し言い方が高慢に感じられた。

「馬場にてお会いしてまいりました」

「して、どのように見てまいられたか、お聞かせ願いたい」

「なかなかに意志が固いと拝察致しました」

「あの痼癖は治りまするか？」

「さて、そのことは難しい問いにて、治るとも治らぬとも申し上げられません」

「学問でも治りませぬか」

少し落胆したように言った。この男は何も分かっていないと沢彦は感じた。

「ご家老さま、治す必要がありますか？」

「それは治すに越したことはない。扱《あつか》い難《がた》いことこの上ない」

沢彦がしばし佐渡守の顔を見ていた。この家老は何を言いたいのだと思った。

「家臣の言葉とも思えぬことかな」

沢彦が反発した。

「大住持さま、それがしは禅問答《ぜんもんどう》をするつもりはござらぬ」

「拙僧もそのつもりはありません。幼い主人をいかに育てるかは家臣の責務と考えます。そのための高禄かと思いますが？」

佐渡守は言葉に詰まって沈黙した。生意気《なまいき》な坊主と嫌な気分になって、顔を歪《ゆが》め満面に不満を表した。

「監物さま、拙僧はこれにて……」

「禅師さま……」

沢彦はこの主席家老と話しても益なしと見た。

「ご家老さま、これにて失礼致します」

沢彦が林佐渡守に頭を下げて座を立った。政秀がその後を追った。

「禅師さま、ご気分を害されましたか？」

「ご心配なく。諸国を回っておりますと色々なご仁《じん》と会いますので……」

二人が大玄関に行くと沢彦が立てかけて置いた錫杖が消えていた。

「禅師さま、しばしお待ちくだされ……」

政秀が恐縮して慌てだした。

「監物さま、構いませぬ。どこぞに隠したのでしょう。あの子らを叱ってはなりません。悔し紛《まぎ》れの悪戯《いたずら》ですから」

「しかし……」

「面白いことをする子たちじゃ」

「拙宅《せったく》にてしばしのご休息を願いまする」

政秀が小者に馬で沢彦を屋敷に送らせ、急いで吉法師の部屋に向かった。

吉法師と勝三郎が侍女たちに囲まれて遅い朝餉《あさげ》を取っている。その前に政秀が座った。吉法師は見向きもしない。顔に怒りが現れている。

「吉法師さま、錫杖をご存じありませぬか？」

「何んだ！」

吉法師は椀を持ったまま眼の前に座った政秀の顔を見ない。

「沢彦禅師さまの杖でござる」

「知らん！」

「勝三郎殿、そなた知らぬか？」

「知らん！」

「何んとも、武士らしからぬ振る舞いかな」

「平手殿、どう致しました」

勝三郎の母が心配顔で政秀に聞いた。信秀の側室は若くはないがまだ美しかった。

「お方さま、沢彦禅師さまが大玄関に立てかけて置いた錫杖が無くなりました」

「それは勝三郎殿でしょう」

乳母の言葉に吉法師がジロリと勝三郎を見た。

「勝三郎殿、今なら悪戯で済みます。母が恥をかかぬようお出しなさい」

「知らん！」

「強情《ごうじょう》な。吉法師さまは人の物を盗《と》ったりはしません。この城でそのような悪戯をするのは勝三郎殿しかおりません」

「知らん！」

勝三郎は吉法師に似て強情だ。

「よろしい。おそらく錫杖はこの城のどこかにある。僧侶から杖を盗るような者は城におけぬ。禅師さまに願って呪《のろ》い殺してもらう。あの禅師さまは妙心寺の大住持さまゆえ、悪人は二、三日で必ず死ぬ。禅師さまは政秀の屋敷におられる。昼頃には美濃に帰るそうだ。お方さま、失礼致しました」

そう言い残すと政秀が座を立って部屋を出た。

「勝、返して来い！」

「知らん！」

吉法師に命じられても勝三郎は強情だ。

「勝が死んだら困る。返して来い！」

「知らん！」

勝三郎が眼に涙を溜め、椀と箸《はし》を投げ出して逃げて行った。吉法師には勝三郎の悔しさが分かっていた。いつもの勝三郎なら敵に噛み付くぐらいなことはする。口を血だらけにしてゲラゲラ笑う。その恐ろしさにどんな餓鬼大将《がきだいしょう》も怯んで逃げ出してしまう。それが勝三郎の勝利だ。

走るが如く津島へ

政秀が帰宅すると沢彦が美濃に帰る支度をして待っていた。

「禅師さま、お待たせしまして申し訳ございませぬ。五郎右衛門、大宝寺さまへのご寄進を持ってまいれ」

久秀が沢彦に頭を下げて座を立った。

「禅師さま、吉法師さまのこと、お願いできましょうか？」

「はい、但し、寺のことがありますれば、那古野に住むことはできません。月に一度、美濃から出てまいります。それでよろしければ？」

沢彦が快く引き受けると答えた。天下の名僧臨済宗妙心寺三十九世大住持沢彦宗恩が、吉法師の学問の師を引き受けた。

「有り難いことです。末永くお願い申し上げまする」

「承知致しました」

二人が話していると久秀が三方《さんぼう》に黄金十枚を乗せて戻って来た。

「些少《さしょう》ですが大宝寺さまにご寄進させていただきまする」

政秀が三方を沢彦の前に押し出した。

「監物さま、寄進とはいえこれでは多過ぎます。一枚だけ頂戴致しましょう」

沢彦が黄金一枚をつまんで墨衣の中に入れた。次席家老といえども内情は決して楽ではないはずだ。

「恐れ入りまするが、俸禄《ほうろく》のことは殿と相談の上、後日ということでよろしゅうございましょうか。俸禄にお望みがあれば？」

「監物さま、俸禄は辞退致します。考えておりません」

「しかし、それではこの政秀が困りまする……」

「拙僧は美濃大宝寺の住職です。そこをお考え願いたい」

沢彦が暗に美濃での立場を匂わせた。美濃に住んでいながら尾張の禄《ろく》を食《は》むことはできない。それでなくても、尾張に出て来ることが危険なのだ。

「俸禄のことなどお気になさらぬように……」

「禅師さま……」

政秀は大宝寺が美濃の名門斎藤家の菩提所《ぼだいしょ》であることを思い出した。その大宝寺の住職が、尾張織田家の俸禄を食むことはできないのだと思い当たった。だが、無禄というわけにはいかない。何んらかの方法で手当てを考えたい。

沢彦が座を立って玄関に向かい馬に乗った。見送りの久秀と二人の若武者も馬に乗って屋敷を出た。政秀がすぐ追い付いた。五騎が暫《しばら》く行くと、沢彦の錫杖を担いでジャラジャラと走って来る勝三郎と出会った。

「勝三郎殿、やはりおぬしか？」

政秀が勝三郎を睨んだ。

「坊主ッ、返すッ！」

勢いはいいのだが内心、勝三郎は沢彦に呪い殺されるのではとビクビクしている。

「うむ、池田さまは良き家来だ」

沢彦が錫杖を受け取ってジャリーンと地面を突いた。

「勝三郎殿、吉法師さまの命令か？」

政秀が怒った顔で厳しく聞いた。

「違う、吉法師は人の物は盗らぬ。坊主、また来るか?」

「来てもよろしいかな」

「分からん!」

「吉法師さまに伝えてくだされ、元気にお暮らしあれとな。来月、また美濃から出てまいります」

沢彦が手綱を緩め、馬腹を蹴って馬を進めた。

「くそ坊主ッ、呪い殺されてたまるかッ!」

勝三郎が道に立って叫んだ。ジッと後ろ姿を見て沢彦を見送る。

その様子を吉法師が城内の楠《くす》の木に登って見物している。

得体のしれない沢彦を訝《いぶか》しく思いながらも、吉法師は沢彦の凄まじい気迫に魅《み》了《りょう》されていた。あの時、命を賭《か》けて戦った者だけが感じる痺れるような快感が吉法師を包んだ。味方なら心強い。吉法師は平手政秀と内藤勝介、勝三郎以外は誰も信じていない。

沢彦は政秀一行に一里ほど送られて馬を止めた。

「監物さま、この辺りでお別れ致します」

沢彦が馬から降りた。

「禅師さま、このまま馬をお使いくだされ」

「有り難いことですが、寺には厩がありません。世話のできる者もおりませんので、お気持ちだけ頂戴致します」

沢彦は政秀の申し出を辞退して手綱を若武者に渡した。

「禅師さま、お待ちしておりまする」

天下の大住持が那古野に来ることになって久秀が嬉しげに言った。沢彦が合掌して政秀と久秀に頭を下げた。政秀一行も沢彦に合掌した。

「では、御免《ごめん》」

沢彦は美濃からの寒風に墨衣を翻して歩き出した。政秀一行は暫く沢彦の後ろ姿を見送ってから一斉《いっせい》に騎乗して屋敷に戻り始めた。

沢彦は呪文を唱えながら歩いていたがフッと立ち止まった。錫杖でジャンと地面を突いて道を変え南に向かった。津島の堀田家を訪ね、十五党の頭領大橋重長や小嶋日向守信房に会おうと沢彦は考えた。

吉法師を育てる上で、津島や熱田を知っておくことは重要だ。健脚《けんきゃく》の沢彦が美濃からの風に押されて凄まじい速さで南に歩いた。まるで走るが如き勢いだ。

ジャッジャッジャッと鋭く錫杖が鳴った。

夕刻、沢彦が津島牛頭天王社《ごずてんのうしや》に近い堀田家の門前に立った。津島十五党の堀田家は道空を産んだ名家で、大きな屋敷は津島の繁栄とその財力を表す堂々とした造りだ。

「御免ッ！」

「はーい」

間延びした返事で若い女が顔を出す。

「美濃の宗恩と申します。ご主人にお眼に掛かりたいが？」

女は色褪《いろあ》せた墨衣を見ながら、旅の僧を主人に取り次ぐべきか考えた。

「どのような用向きでしょうか？」

「一夜の宿をお願いしたいのだが……」

「なんとまあ、お坊さん、そのようなことはお取り次ぎできません」

女が怒った顔で沢彦の願いを断った。

「そうですか。大変失礼致しました」

沢彦が合掌して頭を下げ、錫杖でジャリーンと地面を突いて女に背を向けると、たまたま表の部屋に出ていた老女が声をかけた。

「お待ちくださいまし……」

沢彦が振り向いて立ち止まった。品の良い白髪の老女が正座して沢彦に頭を下げた。

「もしや、お坊さまは美濃の沢彦さまではございませぬか？」

「はい、沢彦宗恩です」

「これは、誠に失礼を致しました」

老女が平伏すると若い女も慌てて老女の後ろに座って平伏した。

「生憎《あいにく》、主《あるじ》は留守にしておりますが、夜までには戻りますのでお上がりくださ い。主の連れ合いにございまする」

「これは道空さまのご母堂《ぼどう》さま、お知らせもせず突然にお伺《うかが》いし失礼致しました」

沢彦が合掌して老女に頭を下げた。道空の母が現れたことに沢彦は少なからず驚いた。堀田家といえば津島の大物中の大物だ。その当主の妻がニコニコと沢彦を迎えて嬉しそうだ。

「大住持さまに濯《すす》ぎを……」

老女に命じられ女が奥に走った。

「羯諦　羯諦　波羅羯諦　波羅僧羯諦　菩提薩婆訶、お言葉に甘え、失礼致します」

老女に奥へ導かれ、仏間に入った沢彦が般若心経《はんにゃしんぎょう》を唱えた。

「大住持さまに有り難い経を頂戴し、お礼申し上げまする。ご先祖さまも喜んでおりましょう」

「経は坊主の飯《めし》の種です。薄粥を一椀頂戴できれば功徳《くどく》です」

「まあ……」

老女が真面目な顔で粥を催促《さいそく》する沢彦が可笑《おか》しく、微笑んで頷いた。

「ご母堂さま、道空さまから文《ふみ》はありますか？」

「禅師さま、あれは罰当たりです。文などとんと来ませんのじゃ。生きておるものやら、死んだものやら……」

「それはけしからぬこと、拙僧が叱っておきます」

「母が生きているうちに文を書くようにと……」

「承知致しました」

老女が部屋に来た女に沢彦の粥を命じた。

「お女中殿、粥一椀に味噌少々のみにてお願いします。一椀が拙僧の修行ですから……」

　女が老女の顔を見た。

「そのように……」

　沢彦は典座《てんぞ》が大切な修行だと考えている。生きとし生けるものに等しく死は訪れる。その命を支えるのが食であり、それこそが仏の大いなる慈悲であり功徳だと考えている。その功徳を貪《むさぼ》ることは罪だ。

　沢彦は穏やかに暮らす老女に乱世の中の安らぎを見た。だが、老女もまた乱世の巨大な渦《うず》の真っただ中にいる。いつ、どんな不幸に見舞われるか分からない。

「禅師さま、美濃はお寒うございりましょうな」

　老女が息子の道空を心配するように聞いた。

「美濃は山国にて雪も多く厳しい土地柄です。それに比べ尾張は雪も少なく、海も近い、良き土地柄にございます」

「禅師さまは諸国を巡られたと、倅《せがれ》から聞きました」

「一度諸国を巡りますと、次は何処《どこ》に行こうかとすぐ考えます」

　老女と話しているうちに沢彦も穏《おだ》やかな気分になった。

「それはきっと楽しいことでしょう」

「諸国には学ぶことが多くあります」

「倅などは戦《いくさ》、戦の戦三昧《ざんまい》、乱世とはいえ愚《おろ》かなことです」

老女が息子道空を嘆《なげ》き乱世を嘆いた。

「ご母堂さま、凡夫《ぼんぷ》は愚かゆえに仏さまの導きが必要なのです」

沢彦が諭すように老女に語りかけた。

「道空さまも仏さまの功徳は分かっておりましょうほどに……」

「だと良いのですが」

息子を思う母親の慈愛が滲《にじ》み出ている。母は賢《かしこ》く、子は愚かだと沢彦は思う。

「乱世もそう長くはないと思います」

沢彦は乱世が終わるだろうという根拠のない予感を持っていた。

「禅師さま、乱世は応仁《おうにん》以来百年になりますが？」

「そうです。そろそろ終わらせないと多くの人々がいつまでも苦しむだけです」

沢彦は日頃から思っていることを言った。

二人の話が弾《はず》んでいると沢彦に粥が運ばれて来た。

「これは、有り難い。羯諦　羯諦　波羅羯諦　波羅僧羯諦　菩提薩婆訶……」

合掌してから椀を手に取り粥を啜《すす》った。

そこに道空の兄堀田正秀が帰って来た。大玄関で沢彦の来訪を聞いて仏間《ぶつま》に急いだ。

「おう、禅師さま、沢彦さま！」

「正秀さま、一別以来。お留守にお邪魔しております」

正秀が膳《ぜん》の前に座って沢彦に頭を下げた。その時、膳を見てはっとした。

「母者、粥一膳とは情けない」

堀田家の惣領《そうりよう》息子《むすこ》らしく客の沢彦に気を遣《つか》った。

「いや、いや、拙僧が願ったことです。ご母堂さまのせいではありません。この一膳こそが仏の功徳、拙僧はこの一椀ほどの働きすらしておりません」

正秀が沈黙した。粥一椀の働きとは沢彦の厳しい考え方だ。

堀田家は牛頭天王社の社家《しやけ》であり神官、豪商であり武家だ。津島十五党の中でも大橋家に次ぐ実力を持っていた。正秀は商人として美濃を回った時、沢彦の大宝寺に寄進するため訪ねたことがある。

沢彦が粥を食べ終わると、堀田家当主堀田右馬太夫正貞が帰って来た。老女の夫だ。

吉法師が妖怪《ようかい》とか怪物と呼ぶ津島の大立者《おおだてもの》だ。十五党の頭領である大橋家は当主を亡くし、重長になってからこの妖怪に押され気味なのだ。

「大住持さま、よくお出でくだされました」

小太りの妖怪が沢彦の前に座った。沢彦と堀田右馬太夫は以前小嶋日向守宅で会っている。

「お達者で何よりです、只今、粥《ちそう》を馳走になりました」


「粗末な膳じゃな。して、美濃の正龍《まさたつ》に何かありましたか……」

「いや、道空さまに大事はございません。拙僧が那古野の吉法師さまとお会いしてまいりました」

「おう、あのご城主には平手殿が苦労してござるが、あれは面白い。尾張六十万石の大名に平手殿が育てられるか、禅師さまがどう見てこられましたかお聞きしたいと思いまするが、何か平手殿に頼まれましたかな？」

酒焼けした団子鼻の愛嬌《あいきよう》のある丸顔は眼光が鋭い。

「大きく育てば面白いと見ました」

「なるほど、あの吉法師さまには織田家と小嶋家の血が混ざっています。あの癇癖は大物になるしるしかも知れませんのじゃ」

「その小嶋さまですが、まだ津島にお住まいですか？」

「大橋家に近い例のあばら家に隠棲《いんせい》しておられます。小嶋殿に会うため津島にまいられましたかな」

「できれば、大橋さまと小嶋さまにお会いしたいと思い、こちらに伺いました」

「殿さまは古渡城に行ったのではないか？」

正貞が息子に聞いた。十五党は大橋重長を殿さまと呼ぶ。

「昨日行きましたので、今日は帰っているかと思います」

「うむ。禅師さまは平手殿から吉法師さまのことを頼まれましたな？」

妖怪が眼光鋭く沢彦に聞いた。酒焼けした顔が蠟燭《ろうそく》の灯にテカテカと光っている。

「右馬太夫さまには隠せません。月に一度、那古野へ出て来ることになりました」

沢彦があっさり白状した。美濃に知れたら裏切り者として殺されかねない。妖怪を信用して言った。美濃と尾張は良い関係とは言えない。むしろ、いつ戦いになっても不思議ではない。

「なるほど、しかしながら、禅師さまがそう度々《たびたび》山を下りて来れば危険ですな」

津島十五党は織田信定の軍門に下ってから、織田家を津島の財力で支えてきた。その元締めが右馬太夫正貞だ。美濃のことも尾張のことも隅々まで知り尽くしている。

「稲葉山には裏切者と見られ、古渡には間者《かんじゃ》と見られることでしょうか？」

「いかにも、正龍に斬られるか、信秀さまの家臣に斬られるか。いずれにしても危険極《きわ》まりないことです」

妖怪らしく単刀直入《たんとうちょくにゅう》に忠告した。

「右馬太夫さま、拙僧はむざむざとは殺されません」

「禅師さまは武術の達人と聞いておりますが、一人で何人殺せますかな？」

「殺しません。逃げます。拙僧の足は馬より速い……」

「ハッハッハッハッ……、諸国を巡られた健脚で逃げまするか？」

妖怪右馬太夫が沢彦をからかうように大笑《たいしょう》した。

「逃げるが勝ちということです」

「それが一番です。正秀、殿さまと小嶋さまに明日、禅師さまがお訪ねすると触れておけ。明日の朝だ」

右馬太夫は沢彦を一晩泊めようと考えた。

「ところで禅師さま、美濃はいかがでしょうな？」

「美濃は荒れます」

沢彦がサラッと言った。

「やはり、あの油売りが？」

右馬太夫が言う油売りとは斎藤利政こと後の蝮《まむし》の道三《どうさん》のことだ。

「あの方の野心もありますが、越前朝倉《えちぜんあさくら》、北近江浅井《きたおうみあざい》、南近江六角《ろっかく》、甲斐武田、尾張織田と、美濃は四方八方から狙われております。名門土岐源氏《ときげんじ》がどのように生き残りますか、道空さまも難儀なことでしょう。美濃には津島や熱田のような支援がありません」

妖怪が沈黙した。妖怪といえども子のことが心配なのだ。だが、右馬太夫正貞から打つ手がなく、以後、堀田道空は蝮の斎藤道三の家老となり、道三死後、織田信長に仕え、豊臣秀吉と秀頼に仕えることになる。

乱世では親子、兄弟が敵味方になることは珍しくない。それだけ混沌《こんとん》とした秩《ちつ》序《じょ》の無い世で、武家にとっては武力だけが正義だ。

禅僧と妖怪の話は美濃や尾張だけでなく、沢彦が巡った諸国の話にまで及んだ。吉法師をどう見るかは、沢彦も正貞もほぼ同じようだ。

吉法師の将来は、織田家に莫大な支援をしている津島の命運にかかわる重大事だ。それを一手に握る妖怪正貞は吉法師の成長が気がかりだ。そこに平手政秀が吉法師のために、沢彦を招いたことは朗報だった。

沢彦は大橋、堀田、岡本、恒川、河村《かわむら》、服部など津島十五党が吉法師の後ろ盾《だて》になれば、織田家の相続《そうぞく》ができると読み切った。妖怪たちの集団はそれだけ織田家に深く影響していると見た。乱世では家督《かとく》相続で揉《も》めて国力が衰退《すいたい》する例が珍しくない。

沢彦は弾正忠家に生まれた吉法師の将来は暗くないと考えた。大戦略は尾張を統一し、荒れるだろう美濃を攻略する。尾張と美濃を合わせれば百万石の巨大な領地になる。三河、遠江《とうとうみ》、駿河、伊勢と制圧すれば二百五十万石余になる。そこまで力をつければ、甲斐の武田や越前の朝倉、北近江の浅井とも充分戦えるし上洛も見えてくる。

その第一歩が尾張の統一だ。

今の尾張は今川に本格的に攻められたら一溜《ひとたま》りもない。だが運よく、今川は相模の北条と、甲斐の武田という乱世最強の軍団を持つ国に挟《はさ》まれて、容易に動けない状況になっている。

信秀が尾張を統一できるか。できなければ、吉法師が尾張統一に何年掛かるか。いつ美濃と戦うか。いつ今川が上洛に出てくるか。太原雪斎がどう考えているか。甲斐の武田は動くか。沢彦の頭脳は吉法師という稀《まれ》に見る逸材《いつざい》を得たことで、際限ない野望を描き始めた。尾張は沢彦が考えていた以上に財力に恵まれ、戦いによって拡大できる余地があると思えた。

果てしなき夢

堀田家に泊まった沢彦が翌日、正秀と二人で大橋家に向かった。

「主人がお待ちにございまする」

「忝《かたじけな》い、馬をお願いしたい」

正秀が迎えに出ていた大橋家の若者に手綱を渡した。沢彦もそれに従い、二人は案内されて屋敷に入った。

大橋家は津島大納言《だいなごん》家とも呼ばれ、南朝後醍醐《ごだいご》帝の皇孫尹良親王《こうそんゆきよししんのう》の嫡子を奴野《ぬの》屋城《やじょう》主大橋信吉が養子にしたことから、その子の大橋和泉守《おおはしいずみのかみ》信重がそう呼ばれた。

重長は信重の曽孫《ひまご》になる。後醍醐帝の末裔《まつえい》と言われていた。重長は織田信定、信秀親子と戦い、敗れて織田家に臣従し、信秀の長女鞍姫を正室に迎えた。鞍姫は十歳で重長の正室になった幼な妻だ。歳《とし》の離れた二人は思いのほか仲が良く、津島は全面的に織田信秀に協力した。鞍姫は小嶋日向守信房の養女になってから、重長に嫁いだので小嶋日向守は義父になる。

広間に入ると主座に重長が座し、傍に鞍姫が座っている。沢彦は以前から大橋重長に会いたいと思っていた。後醍醐帝の末裔と言われる人物が、どんな武将なのか、噂《うわさ》では聞いていたが、眼の前にいる重長は思った以上に、堂々とした風格の武将だ。重長は沢彦より少し若い歳恰好《かっこう》だ。沢彦が重長の正面に座して合掌した。

「美濃の沢彦宗恩です」

「重長です。大住持さまのご尊名は存じ上げておりました。是非、お眼に掛かりたいと思っておりました」

「拙僧もお訪ねしたいと思っておりました」

沢彦と重長が丁重に挨拶した。

「妻の鞍です」

重長は沢彦に幼な妻を紹介した。重長は沢彦が吉法師の師になったことを知っていた。

「吉法師さまの姉上さま？」

若い鞍姫は吉法師の名が出たことでキョトンと沢彦を見ている。鞍姫はいつも汚らしい恰好の吉法師が嫌いだ。姉を姉とも思わない口の利きようも嫌いだ。

「禅師さまは吉法師さまをご覧になられたとか？」

重長が聞いた。

「昨日、那古野城にてお会いしてまいりました」

「それで吉法師さまの師に？」

「月に一度、美濃から出て来ることを監物さまと約定《やくじょう》致しました」

その時、重長の顔色が薄く澱《よど》んだのを沢彦は見逃さなかった。

「それで右馬太夫殿が禅師さまに何か言われましたか？」

「美濃か尾張の家臣に殺されると忠告を戴きました」

「やはり、それを承知のうえで？」

「乱世なれば覚悟しております」

重長が沢彦を見詰めた。重長も吉法師を育ててみたいと考えていたのだ。吉法師は津島に遊びに来ると大橋屋敷に顔を出す。

「重長ッ！」

大声で叫びながら庭に飛び込んで来るのが常だ。

「吉法師さまはいかがでございましたか？」

沢彦がどう見たのか重長が最も興味のあるところだ。

「馬場にて一戦交えました」

「ほう、禅師さまが……」

重長が驚いた。微《かす》かな笑顔が輝いた。

「稀に見る気迫でした」

「それで、天下に手が届きましょうか？」

沢彦が重長の率直な言葉に珍しく戸惑った。自分と同じことを考えている人物がいるのに驚いたのだ。尾張の弱小大名の子が天下に昇れるはずがない。だが、

重長はそこを聞いた。

「届くように育てたいと考えています」

重長は沢彦ならあの癇癖持ちの吉法師を上手《うま》く育てるだろう、平手政秀の白羽《しらは》の矢は間違っていないと思った。

「吉法師さまの成長は織田家と津島の命運にかかわることにて、よしなにお願い

致しまする、鞍、禅師さまに……」

鞍姫が隣室に立って行った。重長は歳の離れた吉法師の義兄だ。吉法師がどう育つかは重長にも津島にも重大事なのだ。

「ところで、稲葉山城の堀田道空殿とは……」

「山を下りる前日に会ってまいりました」

重長と道空は津島十五党として入魂《じっこん》の仲だ。他家に仕官しても十五党は固い主従関係といえる。婚姻で結ばれた血の濃い一団で、重長は沢彦のことを道空から聞いた。沢彦も道空から重長のことを聞いていた。

「土岐家は家督相続で争いを続けているようですが、頼芸《よりのり》殿のご舎弟頼満《よりみつ》殿と利政殿とは相容《あいい》れぬ不仲とか、誠ですか？」

重長が美濃の内情を聞いた。美濃の噂は津島に全て聞こえている。それだけ美濃と尾張の人と物の往来が木曽川《きそがわ》を通じて多かった。

「土岐家は兄頼武《よりたけ》さまと弟頼芸さまの争いが続き、今では頼武さまの嫡男と頼芸さまの争いが続いております。そこに重臣の斎藤利政さまが頼満さまと激しく対立していることで複雑になっています。頼芸さまとの間もこの頃はよろしくないとか、頼満さまの正室は利政さまの姫さまゆえ、益々厄介《やっかい》なことになりましょう」

「なるほど、それで美濃は斎藤殿の手に落ちますか？」

「おそらく、頼芸さまは斎藤さまに、遠からず追放されましょう」

「油売りから美濃一国の領主とは、なかなかにできぬことでござる……」

「乱世なればこそ、利政さまは希代《きたい》の謀略家だと見ています」

沢彦は斎藤利政を好きではない。利政は後の蝮《まむし》の斎藤道三だ。

「噂によると斎藤殿の嫡男義龍《よしたつ》殿は頼芸殿のご落胤《らくいん》と聞きましたが、誠ですか？」

美濃一国が二分するか、大混乱になるかも知れない重大事を重長がサラッと口にした。美濃では微妙な問題として触れる人がいない。

「そこが利政さまの急所になりましょう。真実は頼芸さまの落胤に非《あら》ず。愛妾深芳野《みよしの》さまと利政さまの密通でできた子です。子ができたゆえに、頼芸さまが愛妾《あいしょう》を利政さまに下げ渡されたというのが真相です」

沢彦が美濃の重大な秘密を重長に話した。

「さりながら、土岐家の家臣が義龍殿を頼芸さまの子だと言って担ぎ、騒ぎになれば厄介なことになりましょう。美濃はまた相続問題で揉《も》めることに？」

「そう思います」

重長がまたと言ったのは、兄頼武と弟頼芸が争って、弟の頼芸が美濃守護になったことだ。二人が話し合っているところに鞍姫が侍女に三方を持たせて戻って来た。

「些少《さしょう》ですが、大宝寺に寄進させていただきます。お納めください……」

「忝く存じます」

　鞍姫が押し出した三方には黄金十枚が乗っていた。沢彦が合掌して袱紗《ふくさ》ごと摑んで墨衣に入れた。

重長は沢彦が尾張に出て来るようになれば、命は奪われないまでも、最悪、斎藤利政に寺領を削減されるか取り上げられることもあると考えた。

「これから大宝寺へは津島が寄進致しましょう。右馬太夫殿に願っておきます」

沢彦が無言で頭を下げた。重長が何もかも分かっていると沢彦は感じた。この人物が吉法師の後ろ盾になれば、尾張は統一できる。重長は沢彦の立場を見破り、大宝寺が困らないようにと考えたのだ。

「吉法師さまが戦に出るまで十年、楽しみにしております」

「津島の皆さまのご期待に叶うよう努めます」

吉法師を育て上げることの重大さを、沢彦は重長の言葉から感じ取った。堀田正秀は終始無言で沢彦の後ろに控えている。

「正秀殿、大住持さまをこれからどちらにご案内するのか？」

「日向守さまのところにございます」

「今の話、右馬太夫殿に伝えてもらいたい」

重長が正秀に言った。

「承知いたしました」

「それでは、これにて失礼致します」

沢彦が合掌し頭を下げ座を立った。大橋重長はなかなかの人物で、訪ねたかいがあったと満足した。冷静沈着《れいせいちんちゃく》な物言いは後醍醐帝の血筋かと納得した。

それでいて、重長は心の底に乱世を薙《な》ぎ払おうとする火のような闘志を秘めていると沢彦は見た。その期待が吉法師なのだ。

沢彦は重長と会うことで吉法師を幸運な子と認識した。自分が師になったことはさておき、津島衆や熱田衆など牛頭天王社や熱田神宮の神官集団を抱えていることは、戦に出る兵の精神を支えるには大切な要因だ。

その上、うまく相続できれば、吉法師は三十万石を越える織田弾正忠家の家督を継ぐことになる。

沢彦は吉法師が尾張に生まれたことが幸運なのだと思う。

尾張を統一しただけで六十万石の大大名になれる。今川義元は駿河十五万石、遠江二十五万石、三河三十万石を併合しても七十万石しかない。東には相模北条がいるため出られない。北には甲斐武田がいる。西に出るしか義元に活路はない。だが、吉法師が北の美濃を奪えば五十五万石、西の伊勢を奪えば五十五万石を手にする。近江に出れば七十五万石が手にはいる。吉法師は生まれながらの幸運児だ。

吉法師は七歳、沢彦は三十八歳、全ての条件が揃《そろ》っている。十年で吉法師を天下を睨む武将に育てることだ。慌てることはない。

沢彦はそう自分に言い聞かせた。吉法師は間違いなく乱世を薙ぎ払うために生まれてきた運命の子だと沢彦は考え始めている。京にほど近い尾張は何んといっても上洛に有利だ。

「羯諦《ぎゃてい》　羯諦《ぎゃてい》　波羅羯諦《はらぎゃてい》　波羅僧羯諦《はらそうぎゃてい》　菩提薩婆訶《ぼじそわか》……」

沢彦は呟くように呪文を唱えた。「彼岸《ひがん》に達した者こそ悟《さと》り、めでたし……」ほどの意味だ。

「禅師さま、ここが日向守さまのお住まいでございまする」

正秀が百姓家を指差した。

「確かに、以前、お訪ねしたお住まいのままです」

沢彦が来訪を告げるように錫杖でジャリーンと地面を突いて馬から降りた。

小嶋日向守信房はこの茅葺《かやぶき》の百姓家に隠棲して晴耕雨読《せいこううどく》の日々を過ごしている。乱世を憂《うれ》え貧しきを愛してきた日向守だが、以前は清洲城下に住んでいた。

信秀と清洲城主大和守達勝が戦った時、日向守の身を憂慮《ゆうりょ》して信秀と雪姫が津島に移した。以来、日向守は十五党に受け入れられ、見守られている。

聡明で温厚な日向守は、その人柄から重長や妖怪堀田右馬太夫、十五党の岡本、恒川、河村、真野、服部などに信頼され、嫡男の小嶋金吾《きんご》は岡本家と血縁を結ぶまでになった。

信秀に愛され吉法師を産んだ雪姫は金吾の姉だ。その雪姫は吉法師を産んで数日後に亡くなった。吉法師を産むためだけに生まれてきた美しい姫だった。

平手政秀は勝幡城に舞い降りた天女とまで言った。兵たちもお雪大明神《だいみょうじん》とか、お雪観音《かんのん》と呼んで愛した姫だった。だが、その生涯は十九年だった。吉法師は母雪姫の顔もその愛も知らない。

「御免……」

沢彦が庭から屋内に呼び掛けると、ガタガタと引き戸を開けて、小嶋日向守が姿を現した。老婆が一人、日向守の身の回りを世話している。

「日向守さま、一別以来です。ようやくお訪ねできました」

「これはこれは禅師さま、寒い中、遠路ご苦労に存じます。まずは風凌《かぜしの》ぎに中へお入りください」

「堀田さまも……」

沢彦が正秀を誘った。二人が百姓家に入ると寒風が追い掛けてくる。日向守は囲炉裏《いろり》の傍に座って薪《たきぎ》を加え、凍《こご》えた二人に囲炉裏の火を馳走《ちそう》した。手を翳《かざ》して沢彦が暖を取る。

「禅師さま、このようなものしか馳走することができません」

「この季節、火に勝る馳走はありません」

「痛み入るお言葉かな。正秀殿、炉辺《ろばた》に出なされ、そこでは寒かろうに……」

正秀は子弟のような二人の振る舞いを見ている。

「禅師さまは右馬太夫殿と何か談合でも？」

日向守は沢彦の来訪を堀田家から知らされた時、沢彦の用向きを考えた。沢彦ほどの僧が用もなく津島に出て来るはずがない。

「大橋さまと堀田さまにお会いしてまいりました」

「それはようございました……」

「十五党のことなど色々と教えて戴きました」

「そうですか。お二方とも織田家には大切なお方です。重長殿とは初めてですか？」

「はい、鞍姫さまともお会いできました。姫さまにはお子ができているのではと拝察致しました」

「何んと、相変わらず、禅師さまは鋭い、正秀殿、禅師さまは怖いお方じゃのう……」

「それがしは気付きませんでした」

日向守も鞍姫の懐妊《かいにん》には気付いていない。

「それで禅師さまは那古野に？」

「はい、平手さまに招かれ、吉法師さまとお会いしてまいりました」

日向守にとって娘を犠牲《ぎせい》にして得た大切な孫が吉法師だ。

「以前からの約束にて、ようやく平手さまの招きに山を下りてまいりました。二年ほど前に平手さまから書状をいただき、一年ほど前には堀田道空さまから那古野の幼い城主は神童とお聞きしておりました」

「神童ですか、それは危ない……」

沢彦はハッとした。吉法師が狙われると咄嗟《とっさ》に悟った。

「美濃の斎藤利政殿は野望のためには手段を選ばぬ。乱世が産んだ異形《いぎょう》の武将です。尾張は豊饒《ほうじょう》の地ゆえ欲しいと思っているはずです。今は土岐家のことで手一杯でしょうが、神童では吉法師が狙われる。危ない！」

日向守の警告に沢彦の頭脳があらゆる事態を想定した。美濃だけではない。今川からも狙われる。尾張に龍がいるとなれば必ず殺しに来る。間者たちに狙われたら七歳の子どもなどひとたまりもない。沢彦が考えていなかったことを日向守が指摘した。乱世は殺さねば殺される非情な世なのだ。

「禅師さまが吉法師のお師匠さまに？」

「月に一度、山を下りて那古野にまいります」

「禅師さまが師になってくだされば誠に有り難いことです。吉法師には願ってもないことですが殺されては水の泡、織田家にも間者がおりますので、禅師さまと吉法師を守らせましょう」

日向守にとって吉法師は娘の忘れ形見であり、そのかしこさは稀に見るもので掌中《しょうちゅう》の珠《たま》と考えている。長生きして元服《げんぷく》と初陣《ういじん》は見たい。それが娘に先立たれた日向守の唯一の悲願になっている。

「正秀殿、弥五郎《やごろう》殿と甚八《じんぱち》殿に繋ぎをお願いしたいが？」

「はッ、それで古渡の殿にはどのようにお伝え致しましょうか？」

「殿さまには弥五郎殿から知らせてもらいます」

「承知しました」

織田信秀は義父である日向守を信頼している。

それでなければ間者といえども信秀の家臣で、勝手に日向守が動かすことなどできない。弥五郎と甚八は雪姫の悲劇以来、日向守を師のように慕《した》っている間者だ。

「禅師さまは武術の達人ゆえ、防ぐこともできますが、子どもの吉法師には防ぐ手立てがありません。どこにでも遊びに行く子ですから……」

日向守は常日頃から傅役《もりやく》の政秀に吉法師のことを詳細に聞いていた。

「お手を煩《わずら》わせ申し訳ありません」

沢彦が日向守に謝罪した。内心、迂闊《うかつ》だったと思う。

「禅師さまも敵に不意を突かれぬようご油断なく願います。ご高名なるがゆえの用心です。尾張にも……」

日向守が口を濁《にご》した。尾張にも沢彦や吉法師を狙う者がいると言いたかったのだ。

沢彦は自分が狙われることは覚悟していたが、考えてみれば無警戒な吉法師を狙えば簡単なことだ。

領主の子は城の奥で家臣に守られて育つが、野生児《やせいじ》のような吉法師は平気で津島や熱田に遊びに出る。そのことを日向守は心配したのだ。ましてや、沢彦が吉法師の師になったと知れれば、何が起きるか想像できない。出歩きを禁じても聞くような吉法師ではない。

沢彦が吉法師の師になったと知れれば、尾張領内の面白くないと思う勢力が動くだろう。尾張内は清洲織田大和守家、岩倉織田伊勢守家、古渡織田弾正忠家が三つ巴《どもえ》で勢力を争っている。

その中で弾正忠家が一歩抜けた大勢力になりつつある。その後継者と思われているのが吉法師だ。

弾正忠家の中にも変わり者の吉法師を快《こころよ》く思わない者はいる。信秀の継室土《けいしつど》田御前《たごぜん》や林佐渡守、佐渡守の弟美作守《みまさかのかみ》などだ。
「禅師さまに白湯《さゆ》を差し上げてくだされ……」
「へーイ……」
隣室から日向守を世話している老婆の間の抜けた返事が返ってきた。
正秀は二人の話を興味津々《きょうみしんしん》で聞いていた。吉法師がどんな子かよく知ってい
る。中には吉法師は阿呆《あほう》だと言う者もいたが、正秀たちのように良く知る者は、
途方もなく賢い子だと見ていた。
日向守はそれが危険だと指摘した。神童に妙心寺の大秀才が師になるのは危険
この上ないことなのだ。
「禅師さま、孫の初陣を見られぬかも知れない老人のため、吉法師のこと、先々
までお願い申し上げまする」
小嶋日向守信房は孫の将来を沢彦に託せば安心だと考えた。沢彦は妙心寺第一
座の名僧であり、吉法師には得難《えがた》い師になるはずだと確信した。
「及ばずながら力を尽くします」
「尾張一国の大名か、東海の雄《ゆう》か、天下を睨む大将か。それがしは吉法師を尾張
に生まれた龍だと勝手に考えておりました。全てを禅師さまに託します。何卒《なにとぞ》、

この国を救う武将に育てて戴きたい。乱世はそろそろ終わりにしなければなりません」

日向守が切なる願いを吐露《とろ》した。その思いは沢彦も同じだ。

「肝《きも》に銘じて力の限り、吉法師さまと乱世に立ち向かいましょう」

日向守の思いを受け止めて沢彦が答えた。

正秀は二人の強い絆《きずな》を感じて感動した。吉法師は幸せな子だと思った。古渡城の殿、平手政秀、沢彦禅師、重長の殿、日向守さまに愛されている。正秀は羨《うらや》ましいとさえ感じた。いずれ、自分も吉法師のために命を捨てるのかと思う。まずは、弟の道空を美濃から尾張に呼び戻すことだ。容易《ようい》でないことは分かっている。

「これから禅師さまはどちらへ？」

日向守が聞いた。

「美濃に帰ります」

「禅師さまには、美濃に急ぐ用向きでもおありですか？」

「格別に急ぐ用があるわけではありません」

「ならば、このあばら家に泊まってくだされ。何も馳走はできませんが、禅師さまのお話をお聞かせくださるよう……」

沢彦は日向守が何か大切なことを話したいのだと咄嗟に感じた。それが何んなのかは分からない。

「では、遠慮なく宿をお借りしましょう」

「有り難い、正秀殿、重長殿とお父上にそう伝えてくだされ……」

「畏まりました。それがしも夜分にお訪ねしてもよろしいでしょうか？」

「うむ……」

日向守が正秀の申し出に戸惑った。

「禅師さま、正秀殿はいずれ津島を背負うお方、よろしいかと存じまするが？」

「拙僧は構いませんが……」

日向守と正秀が顔を見合わせて笑った。沢彦は貧しくとも喜びに満ちている日向守の心境を考えた。武家の生き方としては異端だが、和歌を愛し、一人泰然《たいぜん》と晴耕雨読《せいこううどく》の貧しさの中にいる姿は神々《こうごう》しいとさえ思う。

虎の耳目

正秀は屋敷に戻り、日向守は沢彦を誘って牛頭天王社《ごずてんのう》に向かった。僧侶が神社に入るなど滅多にない。沢彦は快く日向守の誘いを受けた。

牛頭天王社の祭神は素戔嗚尊《すさのおのみこと》である。乱暴者の素戔嗚尊は高天原《たかまがはら》から追放され、出雲《いずも》で八岐大蛇《やまたのおろち》を成敗《せいばい》し、天叢雲剣《あめのむらくものつるぎ》を得て天照大神《あまてらすおおみかみ》に献上したという英雄大豪傑《だいごうけつ》だ。

二人が社殿に向かっていると社務所から神官《しんかん》が出てきた。

「日向守さま、ご参拝でございますか？」

「これは河村殿、美濃の沢彦禅師さまをお連れしたところです」

「美濃の沢彦さま？」

神官が戸惑ったように沢彦に頭を下げた。

「禅師さまのご尊名《そんめい》はお聞きしておりました。河村助右衛門《すけえもん》でございます」

「沢彦宗恩です」

「河村殿は十五党のおひとりです」

日向守が付け加えた。津島において十五党であることはそれほど重要なことなのだ。

「織田家の家紋は牛頭社の神紋《しんもん》だそうですが？」

沢彦が聞いた。

「そうです。織田家は勝幡城に入る以前、この津島に館を構えておられました。そのような縁で木瓜紋《もっこうもん》になりました」

説明する河村助右衛門勝久は神官であり、織田家に与力《よりき》する十五党の武家だ。

日向守は沢彦に、牛頭天王社と津島がいかに深い繋がりがあるのか、織田家がいかに津島と深い縁なのか知って欲しいと考えている。吉法師を育てるには大切なことだと判断したのだ。

「河村殿、津島と十五党のことを詳しく話してくださらぬか？」

日向守が神官に願った。

「承知致しました。禅師さま、拝殿《はいでん》をご覧になられまするか？」

「良い機会です。僧侶が牛頭天王さまの拝殿を拝見できるとは幸いです」

沢彦は合掌してから神官に案内され日向守と拝殿に昇った。

その頃、信秀の間者たちは、尾張周辺の国々や京にまで入って探索していた。

弥五郎は間者集団の頭《かしら》で美濃を調べている。甚八は弥五郎の配下で、十三歳の頃から信定の命令で、遊び好きな信秀の監視役を務めていた腕利きの間者だ。今は三河を探索中だ。

信秀は豊富な財力で多くの間者を動かしている。この間者集団は信秀の眼であり耳だ。堀田家の家臣たちが二人を探すため津島から各地に散っていた。

日向守は沢彦を牛頭天王社から繁雑《はんざつ》な津島湊に案内した。織田家の基盤が津島で培《つちか》われたことを沢彦に見せた。日向守の意図を充分に理解できた。

「禅師さま、この湊の西が長島《ながしま》です」

「川向こうが伊勢の国?」

沢彦が夕焼けの下に広がる伊勢長島を睨んだ。木曽川、長良川が海に注ぐ広大な河口地帯である。津島は天王川《てんのうがわ》沿いに栄えた湊だ。

「近頃、石山本願寺《いしやまほんがんじ》が勢力を伸ばしています。一向門徒《いっこうもんと》がずいぶん多く長島に入っていると聞きました」

「証如《しょうにょ》さまが?」

沢彦が一向門徒に君臨する上人の名を呟いた。

「先々厄介なことにならねば良いのですが……」

「長島願証寺《がんしょうじ》ですか？」

「そうです。一向宗は各地に拡大していると聞きます」

日向守は親鸞《しんらん》が僧の妻帯《さいたい》を認めた教えに懐疑的《かいぎてき》だ。織田家の宗旨《しゅうし》である日蓮《にちれん》宗《しゅう》とは相いれない。潜在的に宗教が内包している危険性に日向守は気付いていた。

「寺領と武家領の衝突のことでしょうか？」

沢彦が聞いた。

「寺領が大きくなれば武家には不都合、武家に寺領を奪われれば寺は抗《あらが》うことになりましょう。このような乱世には宗教の教えは広く貧しい民《たみ》に浸透《しんとう》していきます」

沢彦は日向守と宗教論議はしたくない。

「南都《なんと》北嶺《ほくれい》を始め寺領を広く持つ寺は、いずれ武家と大規模に衝突します。既《すで》に、あちこちで衝突しています」

「日向守さまはどのようにお考えですか？」

「禅師さまを前にこのように申し上げては誠に失礼と存じますが、乱世を終わらせるには薙ぎ払うしかないと思います。宗門が広大な領地を持ち、僧兵を抱え武家の真似をしては宗門とは言えません。天下を統《す》べるのは鎌倉以来、武家ですから……」

日向守の考えには宗門の存立を左右する重大な意味が含まれている。沢彦は日向守に何も答えなかった。権力に近付かず在野《ざいや》で修行第一の林下《りんか》の妙心寺は僧兵を抱えていない。妙心寺は畳一畳の修行あるのみなのだ。

宗門は寄進や寺領がなければ生きていけない。南都北嶺の大寺は膨大な寺領を持っている。南都興福寺《こうふくじ》などは大和一国を支配する力を持っていた。

紀州根来寺《ねごろじ》などは寺領七十二万石僧兵二万人、高野山《こうやさん》は寺領十七万石などと言われている。それをあちこちで許したら武家の統治が不安定になる。既に、乱世では自治の町ができていた。堺《さかい》や津島などは武家が支配できない自治領になっていた。

その自治の津島に織田信定は戦いを挑み服従させた。

この日向守の危惧《きぐ》はやがて大規模な一向一揆《いっこういっき》となって全国を吹き荒れることになる。この時の二人は眼の前の長島において、血で血を洗う皆殺しの戦いが行われるとは考えもしなかった。

沢彦と日向守は夕刻になって百姓家に戻ると、正秀が堀田屋敷から酒肴《しゅこう》を運ばせ、勝手に酒宴《しゆえん》の支度をして二人を待っていた。沢彦は酒を嘗《な》める程度で、日向守も多くは嗜《たしな》まない。正秀だけが強《した》かに酒を呑んだ。

「禅師さま、信秀殿の継室、土田《どた》御前さまをご存じですか？」

日向守が織田家の内情に触れた。雪姫が亡くなってすぐ迎えた信秀の継室が土田御前だ。信秀は正室に清洲大和守の娘を迎えたが、家来筋の信秀を見下す姫で、半年ほどで離縁した。その継室が日向守の娘雪姫だった。

「東美濃の土田さまの姫さまと聞いております。美濃の土田さまにお会いしたことはありませんが……」

沢彦は日向守の話したいことはこれだと思った。

「その土田御前さまに吉法師の弟が生まれております」

そこまで聞いて沢彦は全てを悟った。織田家にも後継者問題が起きると、日向守が危惧していることを感じ取った。

「先々のことです」

日向守は急がないが重大なことだと示唆《しさ》した。その日向守の危惧を察した沢彦が先回りした。

「日向守さまの思《おぼ》し召《め》しは肝《きも》に銘《めい》じます」

家督相続問題は大名家には付きものと言える。あちこちで頻繁《ひんぱん》に起きていた。一族の中での権力争奪で、激しければ殺し合いになる。その結果、大名家の力が衰弱して家臣に乗っ取られたりすることもある。

「有り難いことです。老婆心でござれば、何事もなければ幸いです」

「承知致しました」

沢彦の傍で独酌《どくしゃく》の正秀が酔《よ》い潰《つぶ》れた。

「もう一つ、申し上げておかなければならないことがございます。吉法師には二人の兄がおります。庶子なれば相続の資格はないのですが、信秀殿がどのように扱いますか？」

「妾腹《しょうふく》の子ですか？」

沢彦が突っ込んで聞いた。

「信秀殿の若い頃にできた子たちです」

日向守が織田家の内情を苦しげに呟いた。全て沢彦に知ってもらうことが大切だと考えたのだ。兄たちの存在は吉法師の将来を左右する。

「承知致しました。吉法師さまの兄弟のことは忘れぬように致します」

「禅師さまには厄介をかけまする」

二人だけの了解ができ上がった。日向守は中でも土田の産んだ子がどう育つかによって、吉法師と骨肉の争いになると危惧している。実の子を当主にしたいと考えるのは人情だ。それを止めることは誰にもできない。だが、それを許せば織田弾正忠家が真っ二つに割れる。

「日向守さま、このこと、沢彦がお預かり致します。お心安くお過ごしくださるように……」

沢彦は、吉法師の災いになるようなら、全てを自分が処置すると日向守に誓った。

「忝《かたじけな》い。先が短くなると色々と気掛《きが》かりなことができます。吉法師のためにならぬようであれば、お願いしたいのです……」

沢彦はいざとなれば、吉法師の兄弟を殺さねばならないと密かに覚悟した。乱世は親兄弟が殺し合う過酷《かこく》に過ぎる世だ。沢彦はまとまっているように見える弾正忠家にも、骨肉《こつにく》の争いが起きることを予感して緊張した。

小嶋日向守宅に一泊して、翌早暁《よくそうぎょう》に美濃の大宝寺に向かって発《た》った。呪文を唱えながら歩く沢彦は周囲を警戒している。風はあるが冬晴れの心地よい旅になった。木曽川を渡ると美濃だ。

大宝寺の門前に宗泉《そうせん》が立っている。

「禅師さま!」

「おう、宗泉、出迎えか?」

「宗玄《そうげん》さまがお帰りを見張っておれと申されましたので、昼から宗丹《そうたん》と交代で門前に立っておりました」

「この寒いのにか?」

「宗玄さまが寒さも修行だと申されました」

「うむ、冷えてきたのう。この餅《もち》を焼いて皆で食《しょく》せ……」

沢彦が道端で購《あがな》った紙に包んだ餅を宗泉に渡し錫杖も渡した。宗泉は餅を抱え錫杖を担ぎ沢彦の後ろからジャラジャラと嬉しそうに走っていった。

夜遅くになって堀田道空が大宝寺に現れた。

寺は朝が早いため寝静まっていたが、沢彦は方丈《ほうじょう》で津島の大橋重長と堀田正貞に世話になった礼状を書いていた。

「御免……」

方丈の灯りを見て庭から道空が声をかけた。

「堀田さまか?」

「さよう……」

黒い塊《かたまり》がヌッと部屋に入って来た。灯芯《とうしん》がジリジリと短くなり部屋は薄暗く、沢彦の文机《ふづくえ》だけが明るい。

「那古野は？」

詰問《きつもん》するように言い、坊主頭の堀田道空が沢彦の前に座り、握った太刀を右側においた。殺意がないと言っているのだが、顔色は厳しく口を堅《かた》く結んでいる。

「確かに、吉法師さまは才気のあるお子でした」

「それで那古野に行かれるか？」

「いや、拙僧はこの寺の住持ゆえ、那古野には行きません。時々訪ねてみるつもりです」

「時々訪ねるとは？」

「月に一度ぐらいかと……」

「月に一度だと？」

寒い空気が凍りついた。明らかに道空の不満が沢彦に伝わった。

「利政さまの耳に達すればただでは済まぬと思うが？」

脅すような口ぶりで道空が言った。

「斎藤さまにお話しになりますか？」

「話せば拙者が斬らねばならぬわ……」

道空は沢彦を斬るような手荒なことはしたくない。簡単に沢彦を斬れるとも思っていない。美濃と京の妙心寺の深い繫がりもある。

「拙僧を斬っても、何んの益にもなりますまい。坊主一人が死ぬだけです」

道空が沈黙して考え込んだ。沢彦に稲葉山への出仕を断られ、その上、那古野に出向くなどと利政に話せることではない。

「乱世は終わりにしなければなりません。右馬太夫さまとご母堂さまにお会いしてまいりました。拙僧と同じお考えでした……」

沢彦が道空の脅しに対抗した。

道空が顔を上げて沢彦を睨んだ。父母の顔が浮かんだ。道空も乱世は終わりにしたいと考えているが、誰がどのようにして終わらせるのか見当が付かない。京は荒れ果て足利将軍には力がない。道空の美濃は大混乱の中にある。

「拙僧のことは失念願いたい。かかわれば堀田さまの立場を難しくします」

「忘れろだと？」

「拙僧は一介《いっかい》の僧に過ぎません。美濃のことにかかわるなど考えておりません。

先日申し上げた通りです」

沢彦は道空が利政と自分の間で板挟《いたばさ》みになることを回避《かいひ》したかった。道空はその沢彦の気持ちを理解している。

「だが、那古野に出向くとなれば話は別だ」

「なるほど。されど一介の僧には美濃も尾張も近江もないかと存ずるが」

「そのような欺瞞《ぎまん》が利政さまに通じると思うか?」

「欺瞞ではありません」

「尾張に味方しておきながら眼を瞑《つぶ》れと言う。これ以上の欺瞞があるか?」

沢彦と道空は親しいだけに語調も厳しくなる。二人は肝胆相照《かんたんあいて》らす仲なのだ。互いに思いやっていたが、道空には稲葉山城の斎藤利政の家臣として譲れない一線がある。

「拙僧は織田に味方はしない。吉法師さまに学問を指南するだけです。美濃と尾張の争いにかかわることもありません」

「尾張に出向けば必ず巻き込まれる。美濃では尾張の間者と見られる。それがしは利政さまに命じられれば斬らねばならぬのだぞ!」

「それは覚悟はしておりますが、学問を指南するに美濃も尾張もないと存ずるが？」

薄暗がりの中で二人の僧が厳しく対峙《たいじ》した。

「理屈だが、それが通る世の中ではない！」

道空が沢彦の考えを撥《は》ね付けた。確かに曖昧《あいまい》な立場など許される道理がない。

「通らねばいつでも利政さまに申し開きをします」

沢彦は寸毫《すんごう》も譲らない。

「利政さまが聞くと思うか？」

「聞いて戴きます」

沢彦は利政であれ道空であれ、自分の考えを譲ることは全く考えていない。

「那古野の小童《こわっぱ》がそれほどに……」

「さよう、津島の大橋さまも右馬太夫さまも、吉法師さまに期待しておられます。お二方とも吉法師さまの成長が津島の運命にかかわるとまで仰せであった」

堀田道空は織田家と津島の繋がりは分かっている。その津島を持ち出されては沢彦に抗うことができない。沢彦を睨んで沈黙した。

「拙僧が道空さまに斬られると忠告されたのは右馬太夫さまです」

「何、親父《おやじ》殿が？」

道空は意表をつかれた。

「覚悟はあるかと聞かれましたので、その覚悟ですとお答え申し上げました。ご母堂さまと正秀さまが聞いておられました」

道空は完敗だと思った。父母や兄の名まで出ては沢彦を斬ることも、那古野に出向くことを止めることもできない。道空にも津島十五党の濃い血が流れている。十五党がどんなものか道空の身に染《し》みている。大橋家を中心にした後醍醐帝の誇り高い血の一団なのだ。津島の浮沈《ふちん》にかかわることがあれば、全てを捨て津島に戻ると道空は考えている。

道空は曹洞宗の名で本名は堀田正龍という。

「拙僧は尾張の間者でも美濃を裏切ったのでもありません。堀田さまが教えてくれた那古野の神童を育ててみたいと思う禅僧に過ぎません。そのように考えて戴けませぬか、是非、お聞き届け願いたい」

この国最大の禅寺、臨済宗妙心寺の三十九世大住持が、にわか禅僧の道空に願っている。

「そこまで小童に惚《ほ》れ込《こ》んだか。だが、美濃を裏切れば斬る。美濃と尾張が戦うような時は動くな。いずれにも味方するな。約束できるか?」

えた。


「承知しました」

「よし、眼を瞑ろう……」

道空が完敗を認め潔く引いた。沢彦の高潔な人柄を信頼している。自分を裏切るようなことはないと分かっていたが、無念な思いを斬るという言葉で沢彦に伝えた。

そんな道空の気持ちに、沢彦が合掌して感謝した。

「出仕を断ったのだから城からの寄進は減らされるぞ」

道空が悔し紛れに脅す口調で言った。

「寺領のことは覚悟しております。津島の大橋さまから寄進を頂戴することになります」

「何ッ！」

津島からの寄進と聞いて道空が気色《けしき》ばんだ。

「大橋さまはそのことを既に読み切っておられました。右馬太夫さまもご存じです」

「何んだと……」

道空はこれで沢彦を尾張に取られたと覚悟を決めた。

「くそ坊主め、このことは他言無用だ。母者は達者だったか？」

道空は悔しそうな顔で乱暴に言って母のことを聞いた。

「ご壮健です。文《ふみ》がないと怒っておられた。津島に帰ることを考えられませんか？」

「それはできぬ！」

道空がきっぱり否定した。

「そうですか。右馬太夫さまとご母堂さまに礼状を認《したた》めますが、そのようにお伝えしてよろしいか、ご母堂さまとの約定なれば……」

道空に老母の心配が伝わった。だが、今更《いまさら》どうしようもない。道空は太刀を握ると無言で座を立った。

「お帰りか？」

沢彦は道空と方丈を出て寺の境内まで見送った。

「吉法師と天下を狙うのか？」

「この乱世を薙ぎ払います」

沢彦は道空には何も隠さない。道空は沢彦ならそれぐらいの志は持っているはずだと思う。

「あの小童がそこまでの逸材なのか？」

道空は津島の大橋屋敷で一度、吉法師と会ったことがあるだけに、確かに賢い子だと思っている。そこに妙心寺の大秀才が吉法師の師になる。道空は得体の知れない恐ろしさを感じた。

深更の星空は冬の冷気を吸って満天で輝いていた。沢彦は道空を見送り、暫く境内に立って美濃の凍りつく寒さの中にいた。

兄弟の契《ちぎ》り

沢彦は数日、方丈に籠《こも》り、京で手に入れたり書写《しょしゃ》した漢籍の書物を整理した。それを宗玄が手伝っている。十代の頃から書写して集めた沢彦の宝だ。沢彦は漢籍から和歌に至るまでその才能は十代に花開き、秀才の名を恣《ほ》しいままにしてきた。

諸国を遍歴し、二十代に入って常陸鹿島《ひたちかしま》に五年、伊賀《いが》に三年、奈良《なら》に三年、太刀、槍、弓、馬など武芸の修行をした。寝る間もないほどの壮絶な修行の日々だった。

沢彦の食うや食わずの草枕《くさまくら》は、日に日に強靭《きょうじん》な肉体を作り、各地に数多くの知己《ちき》を得た。沢彦が会った乱世の武将の中で、毛利元就《もうりもとなり》は稀に見る優将だった。

僧籍では同じ臨済宗の大林宗套《だいりんそうとう》、太原雪斎、希菴玄密《きあんげんみつ》、快川紹喜《かいせんじょうき》、真西堂如《しんせいどうじょ》淵《えん》が類を見ない秀僧だった。雪斎は今川の軍師だ。快川紹喜は美濃土岐氏の出自で沢彦は親しくしている。

三十九世沢彦宗恩と四十三世快川紹喜とは、互いに敬《うやま》い兄弟の契《ちぎ》りを結んだ。

快川は妙心寺を辞して美濃崇福寺《そうふくじ》の住職になり、後に甲斐の武田信玄に招かれ、塩山《えんざん》の恵林寺《えりんじ》に入る。美濃にはもう一人、乱世を左右した高僧がいる。京の出身だが勅命で妙心寺の大住持になった希菴玄密だ。

希菴玄密は三十八世大住持で、沢彦宗恩に三十九世大住持を譲り、東美濃の大寺院、岩村《いわむら》城主の遠山《とおやま》氏が建立《こんりゅう》した臨済宗妙心寺派の大圓寺《だいえんじ》に入り住職を務めている。本山妙心寺の大住持に五度も就任する大善智識《だいぜんちしき》だ。天下を激震させる妙心寺の三高僧が美濃に揃う。

剣豪では鹿島の塚原新右衛門高幹《つかはらしんえもんたかもと》が剣士として兵法家《ひょうほうか》として類を見ないほど優れている。鹿島《かしま》新当流の塚原土佐守《とさのかみ》だ。

沢彦は那古野に出向くことに迷いはないが、快川紹喜に話しておこうと思った。

「宗玄、崇福寺さまに行くゆえ支度を頼む……」

「ご進物《しんもつ》はいかが致しましょうか？」

「饅頭《まんじゆう》があったではないか。快川さまは甘いものが好きじゃ」

「申し訳ありません。生憎《あいにく》、あの饅頭はみなと食してしまいました……」

沢彦は寺に布施《ふせ》された菓子は自由に食してよいことにしている。特に饅頭は傷みやすく宗玄が二、三日、本堂に供えてから宗仁《そうじん》と二人の小僧に均等に分配して食べてしまう。幼くいつも腹を空かしている宗泉と宗丹に分け与えることは宗玄の喜びなのだ。修行中の学僧たちに分けることはない。

「何か、甘いものはないか？」

「干し柿がまだ残っておりますが？」

「あれは甘いな……」

「今年は特に甘いと三吉《さんきち》殿が申しておりました」

「うむ、それで良い」

快川への進物に珍しくもない干し柿を持って行くことになった。寺男の三吉老人が皮を剝《む》いて寺の軒下に吊《つ》るした干し柿だ。

快川紹喜の神護山《じんごさん》崇福寺は大宝寺と同じ井ノ口にある。

土岐氏と斎藤氏が建立した大寺で、境内も広く後に織田家の菩提所となる。快川は沢彦より五歳年下で、五十九歳まで崇福寺の住職を務め、希菴玄密の勧めで甲斐の恵林寺に移る。

呪文を唱えながら沢彦が稲葉山城を見上げた。美濃一国を狙う斎藤利政の居る城だ。いずれ利政とも話をしなければならない。

崇福寺に着くと沢彦と宗泉は方丈に案内され、すぐ快川紹喜が姿を現した。後に正親町天皇《おおぎまちてんのう》から国師号を賜《たまわ》る臨済宗の高僧だ。

「おう、兄上、お久しぶりです」

「ご無沙汰をしております」

「それは互いさま……」

沢彦と快川が合掌した。沢彦が気を許せる古い友だ。

「宗泉……」

沢彦が促した。

「崇福寺の和尚さま、干し柿をお持ち致しました。お召し上がりください」

「おう、良き挨拶じゃ。有り難く頂戴しよう。三吉殿の干し柿じゃな?」

「はい、寺の軒に干しました」

宗泉がニッコリ笑った。

「うむ、秋にな、美味そうな干し柿だと思って、狙っておったのじゃ。感謝」

「……」

快川がニコニコと合掌して包みを引き取った。快川は沢彦のような仏頂面《ぶっちょうづら》はしない。

「宗泉、遊んでいいぞ」

沢彦の許しが出ると宗泉がバタバタと方丈から走って行った。

「兄上が出仕を断ったと聞きましたが？」

「快川さまに相談すべきか考えましたが、拙僧一人の責任と考えました」

「城に上がることになれば厄介じゃ。ご家来衆も色々だからのう」

「拙僧に城勤めなど似合いません」

「確かに……」

少し長くなり始めた眉《まゆ》の下で快川の眼は穏やかに微笑んでいる。

「これから時々、那古野に出向くことになります。那古野城には織田弾正忠さまの嫡男が城主としております。僅《わず》か七歳ですが、なかなかの子にて、十年、育ててみようかと思います」

「その子のことは聞いています。傅役《もりやく》は確か平手殿という家老とか？」

「その平手さまの縁戚が大宝寺の檀方におられます。その紹介にて過日、那古野でそのお子を見てまいりました」

沢彦は、自分が亡くなった平手政秀の妻の叔父だと言わなかった。

「ほう、兄上がそこまで力を入れるとは、傅役に何か頼まれたのであろうか？」

「学問の指南《しなん》です。それで月に一度、那古野に出向きます」

「兄上、尾張の弾正忠殿は戦上手だそうですが、美濃や三河、駿河と争うことになりませぬか？」

「おそらく、戦うことになりましょう。既に小競《こぜ》り合《あ》いはしているようです。だが、嫡男はまだ七歳の子どもです。戦になっても大事ないと思いますが？」

「兄上は、駿河今川の軍師、太原雪斎さまと戦ってみたいのではありませんか？」

快川紹喜は鋭く沢彦の胸の奥を見事に読み切った。

「兄上、雪斎さまと争うなどお止めなされ。同じ宗門ではありませんか。雪斎さまは建仁寺から妙心寺に入られたお方、十年育てて、その子に今川と戦わせるなど、雪斎さまと兄上の戦になるではありませぬか?」

快川が同門で戦う愚かさを語り、止めようと沢彦に忠告したが沢彦は固く決意している。

「雪斎さまが乱世を薙ぎ払えるとお考えですか。拙僧は乱世を終わらせたいと考えております」

沢彦が自分の考えを主張した。

「雪斎さまが義元さまと天下を取るには、失礼ながらお歳かと考えます。その上、駿河は領国が小さく幕府を助け、再興《さいこう》するぐらいではないかと思います。それすらも難しいことにて、乱世はいつまでも終わらないと考えます」

そう付け加えて主張した。沢彦にとって年齢では雪斎が兄、紹喜が弟に当たる。

「兄上は何を考えているのです」

「新しき世です」

「新しき世?」

快川が困ったような戸惑う複雑な顔をした。沢彦が言う新しき世とはどんなものか、快川には全く想像がつかない。新しい幕府を開くことだろうかと思った。

「乱世の民はあらゆる物を略奪《りやくだつ》され、武家の争いに呑み込まれています。民の難渋《なんじゆう》を助けることは仏法にも適《かな》うかと思いますが？」

「兄上はその那古野の子にそれができるというのですか？」

快川には信じられないことだ。この時、快川と信長の運命が定まったのかも知れない。二人は不思議な糸で引き付けられていく。やがて信長が快川を殺すのだ。

「そのように育ててみたいと思っています」

沢彦がきっぱりと言った。

「雪斎さまとお会いして忌憚《きたん》なく話してみる気はありませぬか？」

快川は同じ宗門の僧が争うことに同意しかねている。

「いずれ駿河をお訪ねしようかと考えています」

「十年後ですか？」

快川は雪斎と沢彦の戦いは見たくない。言葉も厳しくなった。

「雪斎さまと戦うことがなければ幸いです」

「今川の上洛のことですか？」

快川は駿河と尾張の詳しい情勢を知らないが上洛のことは気にしている。

「今川は必ず上洛します。それには尾張を通らなければなりません。おそらく、その時に戦うことになりましょう」

「困ったことです。兄上の戦う覚悟は聞きましたが、無理をなさいますな。ここまで荒れ果てた乱世を誰が薙ぎ払うにしろ一朝一夕《いっちょういっせき》ではできぬことです」

「一介の僧がどこまでできますか……」

久しぶりに会った二人の話は刻《とき》を忘れて続いた。

「頼芸《よりのり》さまと利政殿の間は相変わらず微妙なようです」

快川が話柄《わへい》を変えて美濃の話になった。

「利政さまの野心はとどまることがありますまい」

「利政殿が頼芸さまを追放するのではないかとの噂を耳にしました」

「遠からずそうなるかと思います。利政さまはどうしても美濃を手に入れたいのです」

沢彦が予想を話した。

「だが、さすがの利政殿でも頼芸さまを殺すことはできますまい……」

「おそらく、頼芸さまを殺せば、土岐源氏に仕えてきた美濃衆が、利政さまから離反することになります。美濃衆は東美濃、西美濃に大きな勢力を持っていますので、利政さまが美濃衆を敵に回す愚《ぐ》はしないと思います」

「頼芸さまはどこに追放されると思いますか？」

「さて、どこに逃げるか分かりませんが、頼武さまを受け入れた越前朝倉や北近江の浅井にだけは行かないと思います」

「頼武さまと頼芸さまは家督を争った仲ですから、逃げるとすれば京、伊勢、尾張、駿河、武蔵《むさし》、甲斐など……」

「逃げても早い復帰をするには尾張、復帰を諦めれば京か武蔵辺りかと思います。奥方さまの里である南近江、六角さまもあるかと思います」

「頼芸さまを追放すれば大きな戦になりますか？」

快川が不安そうな顔で聞いた。

「そう思います。美濃はいつでも四方から攻められる国ですから非常に危険です」

沢彦は四十五万石を有する美濃はたえず周囲の大名たちに狙われていると考えている。美濃の内紛はそれらの大名につけ入る隙を与えることになるのだ。

天文九年（一五四〇）三月、美濃でもようやく春の気配《けはい》が息づくと、沢彦は吉法師の学問の師として大宝寺を発った。用心して道を尾張とは逆に取った。近江に出て南近江から伊勢に入り尾張に出る遠回りの道を選んだ。

ジャッジャッと錫杖が沢彦の歩調を取って鳴る。

「羯諦《ぎやてい》　羯諦《ぎやてい》　波羅《はら》羯諦《ぎやてい》　波羅《はら》僧羯諦《そうぎやてい》　菩提薩婆訶《ぼじそわか》……」

沢彦の唱える呪文が高く低く風に流されて行った。井ノ口を出て揖斐《いび》川の渡しに差し掛かり、沢彦は草鞋《わらじ》の紐《ひも》を結び直すため路傍に立ち止まって腰を屈めた。錫杖は身近に引いていつでも襲撃に立ち向かう構えだ。

城下を出た時から後を追って来る二人の百姓に気付いていた。沢彦の周囲に殺気はなかったが警戒だけは怠《おこた》らない。百姓が揖斐川の河原に出て来た。笠を被《かぶ》って顔は見えない。沢彦の動きを予知していたように近付いて来た。やはり殺気はない。敵ではなさそうだ。

小石を踏む足音に沢彦が振り向いた。

「恐れ入ります。大宝寺の沢彦宗恩さまとお見受け致しますが？」

「はい、宗恩ですが……」

「織田弾正忠が家臣、弥五郎にござります」

「甚八と申します」

「おう、小嶋日向守さまからお二人のことはお聞きしております」

沢彦は初めて眼にする間者という者に興味を持った。

「遠回りで尾張に向かわれる途中かと存じますが？」

「那古野にまいります」

「では、主命により護衛《ごえい》仕《つかまつ》りまする。それがしは井ノ口に戻りますが、これなる配下の甚八が那古野までお供致します。他に二人が後を追います」

「忝《かたじけな》く存じます」

主命ということは信秀が了解したということだ。

弥五郎が二人に背を向けて河原から消えた。

「では、御免……」

「甚八殿、近江路から千草峠《ちぐさとうげ》に向かいます」

「畏まりました」

二人は渡し舟で揖斐川を渡り近江路に入った。

沢彦が甚八の二間ほど前を歩き、後ろを警戒して甚八が続いた。僧と間者の二人旅は走るが如く速い。その後ろから百姓風の二人の間者が追っていた。

沢彦は目的地まで宿を取ったことがない。ジャッジャッと錫杖を鳴らして夜も歩き続ける。旅を修行の場と考えていた。その口からはたえず呪文が吐かれ、雨や雪の時には寺に泊まる。

野盗《やとう》に襲撃《しゆうげき》されたこともあるが大事には至らず、戦いになっても切りぬけてきた。沢彦が削《けず》った六尺五寸《すん》あまりの長い錫杖の威力は凄まじかった。生半可《なまはんか》な太刀など叩き折る威力を持っている。一撃で人を殺すなど容易《たやす》かったが、沢彦はこれまで一人も殺したことはない。

悪党でも仏罰として手足を折るぐらいにした。命までは取らない。成仏《じようぶつ》させてやることも考えたが、生かされていることが仏の功徳なのだ。追って来る二人の間者のため時々休みながら、夜半を過ぎた頃、沢彦が足を止めた。千草峠を登った山の上だ。

「禅師さま……」

後ろから来た甚八が沢彦の傍で腰の脇差《わきざし》を抜いた。

「甚八殿、殺してはなりませんぞ。野盗になるにはそれなりの訳がある。人皆善人とは限らぬが、仏心《ぶつしん》はあるが哀《あわ》れな奴《やつ》らなのじゃ、走りますぞ！」

「暫く、後ろから配下が追って来ます」

異変を感じたのか後ろの二人が走って追い付いた。

「盗賊のようだ。禅師さまが殺すなと仰せだ。一気に坂を下って逃げる！」

「承知ッ！」

僅かな星明かりの中を甚八が走り出すと、沢彦が走り二人の間者が走り出した。下り坂を韋駄天《いだてん》走りに駆け下ると、不意を突かれた野盗が一斉に藪《やぶ》から飛び出した。その前を四つの影が走り去った。間一髪《かんいっぱつ》、逃げた。

「待てッ！」

「くそッ、逃げるか、待てッ！」

星明かりの中を黒い野盗どもが追い掛けたが、健脚の僧と鍛錬《たんれん》された間者の足に追い付けるものではない。四つの影は瞬《また》く間に遠ざかって野盗どもは追うのを諦めて引き返した。

甚八が立ち止まり後ろの沢彦を振り返った。

「甚八殿、ご苦労でした」

息を切らさない沢彦に甚八が無言で頭を下げた。沢彦の強靱《きょうじん》さに甚八が苦笑いをして後ろに離れた。

一行は疲れ知らずで歩き、夕刻には尾張に入り、夜半には平手屋敷に到着した。既に間者の一人が先回りして政秀に沢彦の来訪を告げた。政秀と汎秀《ひろひで》が寝ずに沢彦を待っていた。平手屋敷の門前で甚八たちが何も言わず姿を消した。

「禅師さま、近江から回られたとか？」

「拙僧が歩くのは修行ですから……」

「恐れ入りまする。汎秀、禅師さまを奥にご案内してお世話を……」

「承知しました」

「禅師さま、庭の奥に禅師さまの庵《いおり》を新築してござりまする。何卒《なにとぞ》、お好きなようにお使いくださるよう……」

「庵とはご雑作《ぞうさ》をお掛けしました。学問所として使えますか？」

「そのようにお使い戴くこともできまする」

「城に上がるよりは庵の方が何かとよいでしょう」

政秀は僧の沢彦が、毎日城に上がるのは目立ち過ぎると考えて庵を用意した。佐渡守のように吉法師を嫌う家臣もいる。言わず語らず二人の考えは一致していた。

翌朝、政秀が吉法師を連れて沢彦の庵に現れた。城で待つように言われた勝三郎は不満で、吉法師の跡をつけて来て平手屋敷の庭に入った。様子を見るぐらいは吉法師の腰巾着《こしぎんちゃく》として、当然だと勝三郎は考えている。

る。吉法師と政秀が庵に上がり、勝三郎は縁側に手を突いて庭から覗き込んでい

「禅師さま、本日より吉法師さまに広くこの世の全てをお教え戴きますよう、お願い申し上げまする」

「承知致しました」

吉法師は政秀から言い含められ神妙に座っている。吉法師はあの一撃以来、沢彦に一目置いていた。

「沢彦、勝三郎も一緒ではだめか！」

吉法師が庭の勝三郎を指差して言った。名も坊主から沢彦に格上げされた。

「家臣が吉法師さまと席を同じにすることがあってはなりません」

「なぜだ！」

「吉法師さまは那古野城のご城主、池田さまは城主の臣下《しんか》にございます。池田さまは吉法師さまのため、死なねばなりません。そのように身分が定まっている以上、友ではありますが身分に従うのが武士です」

「勝はまだ子どもだぞ！」

「子どもであろうが生まれながらにして定まっております。もし、吉法師さまと

池田さまが逆に生まれておれば、吉法師さまは池田さまに従わなければなりません。それが武家の秩序《ちつじょ》、定めにございます」

「沢彦ッ、勝が可哀相《かわいそう》だとは思わぬか！」

「思いません。定めを受け入れることこそ大事。池田さまを可哀相だと思うなら、那古野城の城主を池田さまにお譲りなさることです。この定めを守らねば吉法師さまのために死ぬ時、池田さまは躊躇《ためら》うことになります」

「黙れッ、勝はそんな卑怯者《ひきようもの》ではない！」

「誠に？　それでは拙僧が池田さまを吉法師さまの学問のため斬りましょう。監《けん》物《もつ》さま、差料《さしりよう》を拝借できますか？」

「どうぞ……」

政秀が戦場往来《せんじようおうらい》の豪刀を沢彦に渡した。それを沢彦が抜き払うと、庭から見ていた勝三郎が一目散《いちもくさん》に逃げ出した。

「勝ッ！」

吉法師が叫んだが勝三郎は振り向くこともなく庭から姿を消した。

「くそ坊主ッ、殺されてたまるかッ！」

勝三郎が叫んで平手屋敷から飛び出した。

「吉法師さま、今の池田さまの後ろ姿、お忘れなきよう。池田さまを叱ってはなりません。人は誰しも一つだけの命が大切です。その命を家臣から頂戴するには、その命に見合うだけの城主でなければなりません。池田さまが逃げたのは、弱虫だからではありません。吉法師さまが池田さまの命に見合うほど、優れた城主ではないからです」

吉法師は口を結んで眼を輝かし、沢彦が太刀を鞘に納めるのを睨みつけた。勝三郎の命に見合うほどの城主ではないと言う沢彦の一言が吉法師の胸に突き刺さった。

「それでは、本日は皇統《こうとう》について話しましょう。京の天子さまのことです。監物さま、昼には吉法師さまをお返し致します。池田さまに迎えを命じてください」

「承知致しました。では、よろしくお願いします。失礼致しまする」

政秀が座を立つと吉法師は急に心細くなった。この坊主にはとても敵《かな》わないと思った。だが、こんなことで引き下がる吉法師ではない。

第二章 吉法師《きちほうし》

稀《まれ》なる良きこと

吉法師の学問との戦いが始まった。

早朝から昼までである。五日間続いて一日休息日が入り、また五日間続いて沢彦が美濃に帰る。それを沢彦は前の五日、後の五日と呼んだ。休息日の早暁《そうぎょう》、沢彦は政秀に断り久秀と馬で古渡城《ふるわたり》に向かった。織田弾正忠《だんじょうのちゅう》信秀に挨拶《あいさつ》するためだ。

平手屋敷を出て久秀は那古野《なごや》城の南に回り沢彦を建立《こんりゅう》中の寺に案内した。山門前で二人は馬から降りた。沢彦が完成間近な寺に合掌《がっしょう》。

「立派な寺じゃ。永瑞《えいずい》さまもお喜びになりましょう」

「家臣の支えにもなるかと存じまする」

「うむ、戦《いくさ》では多くの兵が死ぬ。御供養して差し上げるのが生きておる者の務めじゃ」

「お教え忘却《ぼうきやく》致しません」

若い久秀は沢彦を尊敬している。

「山号、寺号はお決まりかな？」

「亀嶽林萬松寺《きがくりんばんしょうじ》と聞いておりまする……」

「父は決まったと申しておりましたが、殿からの触《ふ》れはまだ出ておりませぬ。近いうちに知らされるかと存じまする」

「この大寺なれば開山法会《かいざんほうえ》も盛大なことであろう」

萬松寺は大雲《だいうん》永瑞の曹洞《そうとう》宗の禅寺院として開山されることが決まっていた。織田家の宗旨は日蓮宗だ。織田軍の旗指物《はたさしもの》は織田木瓜《もっこう》の家紋や永楽銭《えいらくせん》の旗印で、南無妙法蓮華経《なむみょうほうれんげきょう》の短冊形《たんざくがた》の吹き流しを付けることがある。

二人は騎乗すると古渡城に向かった。

「禅師さま、吉法師さまはいかがでございましょうか？」

「学問のことですかな。それならば誠に賢《かしこ》い、一度で頭に入る。だが、賢いということは乱世では危険だということでもあります」

「敵に狙《ねら》われる？」

「そうです。そのことを小嶋日向守さまが指摘されました」

「何んと、日向守さまが？」

久秀は久しぶりに聞いた日向守の名に驚きを隠さなかった。日向守が心配しているのは清洲城の織田信友《のぶとも》ではないかと思い当たった。清洲城の大和守《やまとのかみ》家は信秀の勢力拡大を面白くないと思っている。信秀と戦って負けた信友が、信秀の嫡《ちゃく》男《なん》吉法師を狙うことは考えられる。

「弾正忠さまは幾つになられましたかな?」

「はッ、確か三十一歳です」

沢彦は頷《うなず》いて前方に見えてきた古渡城を睨《にら》んだ。古渡城は三河松平、駿河今川の尾張侵攻に備える城で、東西八十間、南北五十五間の方形の平城《ひらじろ》だ。小さいが四方を二重の濠《ほり》で囲んだ堅固《けんご》な造りになっている。

三河を統一した勢いで五年前の天文四年(一五三五)十二月に、松平清康《まつだいらきよやす》が一万の大軍で尾張に侵攻、信秀の弟織田信光の守る守山城を包囲した。

信秀は守山城救援に出陣したが、十二月五日に清康が陣中で家臣の阿部弥七郎正豊に刺殺《しさつ》される事件が起きた。この知らせに信秀は松平軍を猛追撃して、岡崎城の近く、大樹寺《だいじゆうじ》まで進出したが、織田軍は深入りし過ぎた。松平軍の反撃にあって敗走したことがある。

三河松平も一枚岩ではなかった。この事件は信秀の妹を嫡男の正室にしている桜井《さくらい》松平の信定が仕掛けた謀略だった。三河の主導権を狙ったのだ。

清康は二十五歳で没したため、子の竹千代《たけちよ》こと広忠《ひろただ》は幼く、駿河今川の勢力が易々《やすやす》と三河に伸びて来た。古渡城はその今川を警戒して築城された。

この事件で清康を刺殺した太刀《たち》が千子村正《せんごむらまさ》であり、この後も千子村正の太刀は家康の父広忠を殺したり、家康の嫡男信康《のぶやす》を斬ったり、家康自身が関ケ原《せきはら》で千子村正の槍《やり》で負傷したり、松平家に仇《あだ》なすことになり妖刀と呼ばれる。その発端《ほったん》の事件だ。

今川の西進には絶えず太原崇孚《たいげんそうふ》雪斎の影がちらついていた。白馬に跨《また》り朝比奈《あさひな》軍を指揮して自ら三河に出陣して来たことがある。

沢彦が古渡城に到着すると既に来訪は通達されており、すぐ大広間に通され織田弾正忠信秀と対面した。

弾正忠は若い頃の遊び好きな面影は消え、尾張統一を目指す虎に変貌していた。大広間には大橋重長と堀田右馬太夫正貞が呼ばれている。信秀の家臣団が居並ぶ中を沢彦が久秀を従えて高床主座《たかゆかしゅざ》近くに進んで座した。

沢彦が合掌してから信秀に頭を下げた。

「殿、美濃大宝寺のご住職、沢彦禅師さまにござりまする」

沢彦を大橋重長が紹介した。

「沢彦宗恩です」

「大住持さまには遠路大儀。監物から仔細《しさい》は聞いています。大住持さまに厄介な仕事を押し付けたようじゃが……」

「学問を指南することは僧の仕事と心得ております」

「生まれながらの癇癖《かんぺき》ゆえ、師を願ったと聞いた。天下一の大住持《だいじゆうじ》さまを師にできるとは、吉法師も果報《かほう》な子だと思い、監物《けんもつ》の願いを許した。苦労もありましょうがよしなに願いたい」

尾張の虎も人の親である。子どものため沢彦に頭を下げて願った。

「吉法師さまは生まれながらの幸運児と拝察致しました」

「ほう、生まれながらの幸運児？」

「尾張に生まれたことが誠に幸運、果報にございます」

「大住持に問うが、果報とは？」

信秀が問答を仕掛けた。

「果報とは前世の行《おこな》いにて得られるもの、今生《こんじょう》の行いにて得られるものに非《あら》ず」

「吉法師は前世で良きことをしたということですかな？」

「稀《まれ》なる良きことをなされたかと存じます」

「稀なる良きこと？」

「それが何かは拙僧《せっそう》にも分かりませんが、吉法師さまはご存じかも知れません」

「何んと、吉法師が？」

「この世には前世の己を知っている者がおりますとか……」

　暫く吉法師のことで沢彦と信秀の問答があった。

「吉法師さまの前世とは、どのようなものとお考えですか？」

　重長が沢彦に聞いた。

「分かりません。ただ、吉法師さまの日々は凡夫《ぼんぷ》の日常に非ず。おそらく、拙僧などの知りえぬ非日常を生きておいでかと存じます」

　沢彦は吉法師が乱世に生まれた神かも知れぬと言いたかった。吉法師なら間違いなくこの乱世を薙《な》ぎ払えるという確信だ。

「造酒丞《みきのじょう》、何か聞きたそうな顔じゃな？」

　信秀が織田造酒丞信房《のぶふさ》を名指しした。

「過日、平手殿から禅師さまが今川義元とお会いになられたと、漏《も》れ承《うけたまわ》ったがそのこと誠でありましょうや？」

織田家の猛将が誰もが聞きたいことをズバリと聞いた。一斉《いっせい》に満座の眼が沢彦に向けられた。敵将今川義元を誰も見ていないし、噂《うわさ》ぐらいしか知らない。会ったとなれば織田軍にとっては最大の関心事であり重大事だ。

「駿河今川家には拙僧と同じ宗門にて、妙心寺の大住持を務められた太原崇孚雪斎さまがおられます。拙僧が師とも兄とも慕《した》うお方にございます。雪斎さまをお訊《たず》ねした折に、義元さまとお会い致しました。義元さまも以前は京の五山の学僧でしたから……」

「何んですとッ、敵の軍師が師であり兄だとは穏やかでない！」

造酒丞が沢彦の言葉尻を咎《とが》めた。髭面《ひげづら》が沢彦を睨んだ。

「美濃にはやはり同じ宗門にて快川紹喜《かいせんじょうき》さまという、拙僧と兄弟の約束をされたお方がおられます」

沢彦が平然と危険な発言をした。

「何ッ、禅師は美濃と駿河の間者《かんじゃ》かッ！」

短気で直情径行《ちょくじょうけいこう》の造酒丞が怒ると大広間の雰囲気が急変した。

「さに非ず。吉法師さまの師にございます」

「黙れッ！」

猛将、造酒丞が太刀を摑《つか》んで立ち上がった。

「これから今川と戦うわれらを謀《たばか》るつもりかッ！」

「謀るつもりはございません。そこもとが聞かれたので答えたまで、今川と戦うなど、失礼ながらそこもとは雪斎さまに勝つおつもりですかな？」

「何んだとッ！」

造酒丞が顔を赤くして沢彦を睨み付けた。沢彦の後ろで久秀が太刀の柄《つか》に手をやって身構えたがどうするか迷った。造酒丞とでは全く勝ち目がない。ただ、尊敬する沢彦を守りたい一心だ。

「今、雪斎さまと戦っても、そこもとでは勝てません。およしなされ……」

「言わせておけばッ、おのれッ！」

「そこもとでは勝てぬが、拙僧なら勝てる。吉法師さまと拙僧なら雪斎さまに勝てる。お座りください……」

大広間が凍《こお》り付いた。それまで無言で聞いていた信秀が扇子《せんす》で造酒丞に座るように命じた。

「問いたい。今の織田軍では義元に勝てぬと言うのだな？」

信秀は戦っても雪斎には勝てないと、沢彦が自分に忠告したのだと理解した。

「残念ながら……」

「吉法師なら勝てるとはなぜか？」

「雪斎さまの気迫は尋常《じんじょう》に非ず。おそらく、天下一の軍師かと存じます。それに勝るは吉法師さま一人と拝察致しました」

「吉法師と共に大住持さまは今川と戦いますか？」

「その覚悟なくば、この仕事を引き受けは致しません」

「美濃はどうか？」

「吉法師さまであれば、斎藤利政さまも敵に非ず」

沢彦の激しい言葉に信秀以下の家臣団が沈黙してしまった。さもありなんと思う者、大言壮語《たいげんそうご》を吐《は》きおると思う者、大広間に居並ぶ家臣団には衝撃的な沢彦の言葉だ。

「吉法師さまは尾張の吉法師さまに非ず。天下に昇られる龍です。方々、この沢彦を斬《き》りたくばお斬りなされ。いつでもお相手致しましょう。だが、美濃であれ、駿河であれ、尾張であれ、吉法師さまに指一本触れさせるものではありません。吉法師さまなら乱世を終わらせることができます。このこと、ご一同にはお忘れなきよう願います」

火を吐《は》くような沢彦の天下統一への宣言だ。信秀が無言で頷いた。信秀の後継者が吉法師と決まった瞬間だ。

「方々！」

重長が一同に同意を求めた。重長は信秀の娘婿《むこ》で織田家中でも広く信頼を集めている。

「おおう！」

感動の声が家臣団から上がった。勿論《もちろん》、吉法師を嫌う不満な者もいたが、沢彦の言葉で織田家の未来がはっきりと家臣団に見えたことも事実だ。

「やはり、吉法師は幸運児じゃな」

信秀が納得した。

「粉骨砕身《ふんこつさいしん》、吉法師さまを育てますれば、十年お待ちくださるよう願います。十年などすぐにございます」

「承知しました。盃《さかずき》を持て！」

信秀が近習《きんじゅ》に酒を用意するよう命じた。

信秀は織田軍が今川義元には勝てないと言われてもなぜか腹が立たない。誰も言えないことを聞いて小気味よく、逆にそうかも知れないと思う。だが、それを家臣団の前で認めることはできない。わざと渋い顔をして沢彦に盃をやる覚悟をしたのだ。林佐渡守の弟美作守《みまさかのかみ》などは、イライラして全く納得していない。

沢彦が盃をグイッと一気に呑み干した。久しぶりの酒が五体に染《し》み込んでいく。体内がカッと熱くなるのを感じた。

「大住持さまに義元のことを聞きたい。尾張に侵入すれば追い払わねばならぬゆえ……」

造酒丞が聞いた。

「拙僧がお会いした時、義元さまは二十歳でした。雪斎さまの薫陶《くんとう》よろしく、名門今川家の当主として申し分ない堂々たる武将でした。義元さまと雪斎さまは一心同体。海道一の弓取りの評《ひょう》を納得した次第です」

沢彦が敵将を褒《ほ》めた。信秀の家臣たちは面白くない。

「政秀に今川は当分の間は動かないと申されたそうだが、当分の間とはどれぐらいと考えておられるか？」

信秀が明日にでも有り得るだろう今川の西進に触れた。三河の混乱を考えれば一気に侵攻して来ることも考えられる。今川軍が西進して来るか来ないかは、織田家と織田軍の存亡にかかわるのだ。

今川は尾張を治めていたことがあり那古野城を改築した。その那古野城を信秀が奪った。今川義元の弟氏豊を追放したのだ。

「監物さまには十年と申し上げました」

「うむ、北条、武田と同盟を結ぶまでと申されたとか？」

信秀が聞いた。

「はい、雪斎さまといえども三国をまとめるには十年以上はかかるとみます」

「相模、甲斐、駿河がまとまると？」

「三国は背中合わせにて利害が一致します。北条は東の武蔵、下総《しもうさ》、上総《かずさ》など百五十万石に領地を広げましょう。武田は北の信濃《しなの》、越後《えちご》、上野《こうずけ》など百万石に領地を広げようとしております。今川は三河、尾張、伊勢など百五十万石へと西進してまいります。この利害を叶《かな》えるには三国が手を結ぶしかありません。雪斎さまはそのように考えておられます。おそらく義元さまの上洛は三国の同盟後にございます」

今川の大戦略を沢彦が読み解いた。信秀も家臣団も考えていないことだ。

「この大戦略は気宇壮大《きうそうだい》にして、雪斎さまは大仕事になると笑っておられ、自信ありと推察致しました。雪斎さまほどの方なれば、いずれ実現させましょう」

衝撃に大広間は寂《じゃく》として声がない。信秀と家臣団には太原雪斎の恐ろしさが少し見えていた。

「今川軍が駿河、遠江、三河と西進すれば七十万石、尾張を呑み込めば百三十万石、伊勢を呑み込めば百八十万石、大和を呑み込めば二百三十万石、この勢いを止められる者はどこにもおりません。唯一、尾張で止めるしかありません」

「義元が尾張に出て来る時は七十万石の大大名？」

「そうです。兵力は通常で二万、上洛となれば三万から三万五千でしょう」

「余の兵力は今川の半分もないか……」

そう言いながら、尾張の虎は今川と戦う時が来ると考えている。

乱世の武将たちは戦いには強かったが、沢彦のような想像力を持つ武将は少ない。想像したことを組み立て、大戦略を考えられる武将はなお少ない。それを実行して確実に戦《いくさ》に勝つ武将は極数人しかいない。多くは旺盛《おうせい》な欲望と激しい恨《うら》みつらみで動くため、兵力の大小やその時の幸運、兵の強弱で勝負が付いた。

そこを沢彦は智略、策略、謀略の限りを尽くし、刻《とき》を掛けて想像したことを実行して戦いに勝とうとしている。どのような大軍であれ勝てないことはないというのが沢彦の信念だ。大軍ゆえに弱点もあると考えている。

知識を総動員して大局を見極め、緻密《ちみつ》な戦略で確実に勝てると信じている。それには人々の機微に触れておくことが必要だ。人の考えを変えることは至難だ。人を動かすことはもっと難しい。最後は無慈悲《むじひ》な乱世を薙ぎ払い、天下を統一するという大義名分だけだと沢彦は考えている。

捨てられた命

信秀と話し込んだ沢彦が久秀と古渡城を出たのは夕刻だった。春先で日暮れは早く、城を出て暫《しばら》く行くと那古野への帰り道に闇《やみ》が降りてきた。

「久秀さま、この道は塞《ふさ》がれたようですぞ」

久秀はなぜだと言う顔で慌て出した。キョロキョロと見回す。沢彦が馬を止めた。

「そこのお人、拙僧《せっそう》にご用のようじゃな、出てまいれ……」

前方の藪《やぶ》がザワザワと騒いで十四、五人の黒装束《くろしょうぞく》が姿を現した。

「おのれッ、曲者《くせもの》ッ！」

久秀が太刀を抜いた。

「そなたが大将か、沢彦と知ってのことだな」

黒装束の一団が黙って次々と太刀を抜いた。

「誰の命令か？」

「黙れッ、売僧《まいす》ッ！」

「駿河の廻《まわ》し者ッ！」

「美濃の間者ッ！」

「そういうことか。相分かった。吉法師さまの敵と見た。拙僧はそなたらの命は取らぬが仏罰《ぶつばつ》を下してやる。功徳《くどく》だと思え、それッ！」

沢彦が馬腹を蹴《け》って馬を走らせようとした。

「イヤーッ！」

黒装束が槍を振り上げて沢彦にいきなり襲い掛かった。

沢彦の錫 杖《しゃくじょう》がジャリーンと鳴って槍先を跳ね上げ、石突《いしづ》きで黒装束の右肩を叩《たた》いた。ボキッと骨の折れる感触があった。

「ギャーッ」

黒装束がもんどりうって藪に転がった。

沢彦が手綱を引き馬首を返して、黒装束の頭《かしら》の前に馬を止めた。

「大将、その者は最早《もはや》使いものにならぬ。怪我《けが》が治り次第、美濃の大宝寺に連れてまいれ。飯が食えるよう、僧侶にしてやる」

沢彦が倒れた黒装束を錫杖で指した。

「そなたの主人に伝えよ。沢彦は逃げも隠れもせぬゆえ、家臣に襲わせる卑怯《ひきょう》はやめて、堂々と勝負に出てまいれとな。拙僧はこれ以上、そなたらを傷付けようとは思わぬ。その腕では拙僧を倒すことはできぬ。それでもやるかな？」

静かに語りかける沢彦に黒装束の頭は恐怖を感じた。

「そこの長刀《なぎなた》ッ、源次郎《げんじろう》であろうッ！」

久秀が叫びながら馬を進めた。

「久秀さま、名は問うまいぞ！」

久秀が敵の名を出したのを沢彦が制した。ただでは済まないことになる。

「大将、問いたいことがあれば那古野の平手屋敷を訪ねてまいれ。その者を早く手当てせねば死ぬぞ。迷うな、早くせいッ！」

沢彦が錫杖でジャリーンと地面を突いて大将を叱《しか》りつけた。黒装束たちが慌て出した。沢彦が敵ではないと分かったのだ。

「それッ……」

沢彦と久秀が馬腹を蹴ってその場を離れた。

「禅師さま……」

「何もなかった。よろしいかな？」

「はッ、そのように！」

「手加減が足りなかったようだ。可哀想なことをした、羯諦《ぎやてい》 羯諦《ぎやてい》 波羅羯諦《はらぎやてい》 波羅僧羯諦《はらそうぎやてい》 菩提薩婆訶《ぼじそわか》、あの者の右腕は使えぬ。愚かな主人に追放されよう。人知れず探し出して美濃に連れて来てくだされ。頼みます」

「畏《かしこ》まりました」

久秀は沢彦を襲った黒装束の一団が林佐渡守の弟、林美作守の家臣であると分かっていた。だが、そのことを沢彦に言わない。

沢彦が吉法師と後の五日を終わらせて美濃に帰ると、久秀は一人で古渡に向かい密《ひそ》かに小森《こもり》源次郎と面会した。二人は信秀が勝幡城にいた頃からの顔見知りで幼馴染《おさななじみ》だ。源次郎は長刀の使い手で知られている。

「源次郎、怪我をしたあの武士はどうした。どこにいる、教えろ！」

沢彦を襲った一団は源次郎だけが手掛かりだ。

「禅師さまはあの者は主人に追放されるゆえ、探し出してくれとそれがしに頼まれて美濃に帰った。頼む。教えてくれ。禅師さまは駿河の間者などではない。勿論《もちろん》、美濃の間者でもない。吉法師さまに尾張を統一させるための師だ。信じられぬなら自分の目で確かめて見ろ。屋敷に来い！」

「あれは弟だ……」

小森源次郎がボソリと言った。

「何んだとッ、源三郎《げんざぶろう》殿かッ！」

「そうだ、あれは血の気が多くてな、早まったことをした」

「それで源三郎殿はどうした！」

「使いものにならぬと黄金二枚で追い払われた……」

「何んだと、おのれらッ！」

久秀の顔色が変わり怒りの顔になった。若いが思慮深い久秀には珍しい。久秀は血が滲《にじ》むほど唇を噛《か》んだ。

「源三郎が短慮なのだ」

「黙れッ、源三郎殿はどこだッ、おのれら、源三郎を捨てたな、清洲か、古渡かッ、言わねば斬るッ！」

「そんなはずはない、禅師さまが殺すはずがない！」

久秀が立ち上がって太刀を抜いた。

「言えッ、言わねばうぬを斬って拙者も腹を斬る。どこだッ！」

「清洲だ……」

久秀の迫力に源次郎が白状した。

「清洲のどこだッ！」

「今頃死んでいる」

「黙れッ、清洲のどこだ、親父《おやじ》殿のところか？」

「違う……」

「どこだ、言わぬかッ！」

「勘助《かんすけ》という百姓家だ……」

久秀は太刀を握ったまま長屋を飛び出して馬に飛び乗った。傷付いた源三郎は実家に帰ることもならず死んだものとして密かに捨てられた。沢彦を襲ったことが信秀に知れれば、美作守が信秀に咎められる。

久秀は清洲城下に馬を飛ばした。黄金二枚で投げ捨てられた源三郎はすぐ見付かった。馬小屋の藁《わら》の中で震えながら、瀕死《ひんし》の様子で眼をつぶり転がっている。

「勘助ッ、医者だッ。女房、命を助けたら黄金二枚だ！」

久秀は勘助とその女房に死に物狂いで働くことを要求した。

「ヘイッ！」

源三郎の二枚とで黄金四枚だ。貧乏百姓に黄金四枚は大変な実入りになる。久秀は勘助の息子に、那古野から汎秀《ひろひで》を呼んで来るように命じた。この事態を他に知られてはならない。ことに清洲城の織田信友に知れれば信秀に迷惑をかけると判断した。医者を帰宅させず勘助の百姓家に腰を据《す》えて、源三郎が回復したらすぐ美濃の大宝寺に移すことを考えた。

四人の必死の看病でその夜遅く、源三郎が意識を取り戻した。

「ひらてどの……」

「源三郎殿、全て分かっている。眠れ……」

明け方、甚左衛門汎秀が馬で駆け付けた。久秀は医者と勘助と囲炉裏《いろり》の傍《そば》に座って、寒さ凌《しの》ぎの布団《ふとん》を体に巻き付けていた。

「おう、ご苦労……」

汎秀が囲炉裏の傍に這《は》って来た。

「あれに寝ているのが小森源三郎だ。禅師さまを襲って打ち据えられた。役に立たぬということで捨てられたようだ」

「源三郎が捨てられた。林殿の命令か？」

「おそらくな。源次郎にここを聞いて来た」

「美作守め、許せぬな、それで容体は？」

「命は助かるが右手が不自由になるそうだ。肩の骨が砕《くだ》けている。禅師さまから美濃に連れてくるようにと言われた。このことが清洲や古渡に知られては厄介《やっかい》だ。林殿にも源次郎にも知られずに美濃に移したい」

医者と勘助は疲れ果てて炉辺《ろばた》で寝ている。

「それで移すのはいつ？」

「若いゆえ、五日もすれば動かせるだろうというのだが、万一のことを考えて十日は様子を見たい。そこで警固を頼みたいのだ。一味が殺しに来るかも知れぬ……」

「よし、承知した！」

数日後、久秀は十九歳の源三郎を荷車に乗せて勘助とその女房に引かせ美濃に向かった。久秀は徒歩だ。荷車の尻には勘助の息子と医者が付いている。

「源三郎殿、美濃までの辛抱《しんぼう》だ」

荷車の遥《はる》か後方に見え隠れしながら、汎秀が馬に乗って付いている。

「平手殿、美濃で僧侶になるのでしょうか？」

「それはお主の考え次第だ。禅師さまは無理に僧侶にすることはない。お会いするまで考えておくことだな」

「愚か者と笑うでしょうか？」

「源三郎殿、禅師さまはそのようなお方ではない。それがしは天下一の禅僧だと思っている。京の妙心寺の大住持になられたお方だ。お弟子にしてもらいたいぐらいだ」

「平手殿が？」

「あのお方に付いて行けば間違いはない。天下を見通しておられる」

久秀は沢彦に会うたび、魅力を感じていた。

「平手さま、お話はそれぐらいに願います。熱が出ます」

久秀と源三郎が医者に叱られた。

昼過ぎになると医者が忠告した通り、源三郎が高熱を発し、先に進めなくなり、近くの百姓家に一夜の宿を願って養生《ようじょう》することになった。

「兄者、どうした？」

「うむ、源三郎が熱を出した」

「長旅はまだ無理でしたか？」

「深手《ふかで》だからな」

「兄者……」

汎秀が懐《ふところ》から袱紗《ふくさ》包みを出して久秀に渡した。

「倹約家《けんやくか》の父上が八枚もくれた……」

「ほう、黄金八枚とは驚きだ」

久秀は源三郎を大宝寺に預けるに当たって父政秀に、寺への寄進《きしん》として黄金三枚を願ったが、それに政秀は大枚《たいまい》を奮発したのだ。

「父上は林殿を怒っておられたが、殿に知れれば林殿は追放か切腹《せっぷく》だろうと仰せだ。あの条件の取り引きであれば、林殿の動きを封じられるとも言われた」

「そうか。納得されたのだな」

「うむ、禅師さまに申し訳ないと仰せられた。兄者の処置が正しいとも……」

「安堵《あんど》した。叱られるかと思ったぞ」

「あれで父上はなかなかに話が分かる……」

汎秀が頑固な父親を評して苦笑した。

「明日までに熱が下がれば美濃に向かうが、下がらねば足止めだ。どうする？」

「那古野に戻る。ここまで来れば源三郎が襲われることもなかろう。二度もやれば林殿は間違いなく切腹だ。それほど愚かではあるまいよ……」

「うむ、父上に礼を言ってくれ。源三郎を大宝寺に預けたらすぐ戻る」

「承知した」

汎秀が馬に乗って百姓家から離れて行った。

ガラガラと荷車の旅は思いの外に源三郎を疲労させた。痩《や》せ衰《おとろ》えた体から高熱はなかなか退散せず、二日間百姓家に逗留《とうりゅう》して養生し、美濃に向かった。

大宝寺に無事到着したが、また高熱を発して医者が尾張に戻れなくなった。

「久秀さま、ご苦労でしたな」

沢彦と久秀が方丈で対面した。

「禅師さま、父から寄進を預かってまいりました」

久秀が袱紗《ふくさ》に包んだ黄金五枚を沢彦に差し出した。それを開いて沢彦が一枚をつまんで墨衣《すみい》に入れ、残りを久秀に返した。

「禅師さま……」

「久秀さま、そう度々《たびたび》の寄進では寺も困る。これから長い付き合いを願わねばならぬ。お父上にお返し願いたい。平手氏政さまからも津島からも寄進があります。寺が金持ちでは坊主は堕落《だらく》するだけじゃ。余分な寄進は戴《いただ》かぬに限る。病人のことは拙僧がしたことゆえ気にとめてくださるな」

「はッ、父にそのように伝えまする」

沢彦は久秀が医者と百姓にも礼を渡すだろうと考えている。

「明日、那古野に向かうつもりだがいかがなさるか？」

「お供《とも》させて戴きまする」

「うむ、用心のため東美濃から尾張に入ろうと思います」

「畏《かしこ》まりました」

「病人のことは宗玄と宗仁に任《まか》せておけば安心です。このことは拙僧の責任ゆえ、治り次第、本人と相談して良きようにします」

沢彦は若者を戦場から遠ざけたことで自分を納得させた。戦場に出ればいつ死ぬか分からない。その命が沢彦に打ち据えられることで、死を免《まぬが》れるとしたら大いなる功徳だと考えた。

「人の命とは不可思議なものじゃ。何が災《わざわ》いになり何が光明《こうみよう》になるか分からない。災いも転ずれば光明じゃ。あの若者が拙僧と出会ったことが光明と思えるようにします」

「有り難きお言葉にございまする」

「明日は寝ずに歩きます。少し休んでおかれた方が楽ですぞ」

久秀は方丈から下がって本堂の仏壇の裏の小部屋に源三郎を見舞《みま》った。源三郎は高熱のためか眠っている。久秀が小部屋を出て自室に戻ると百姓姿の甚八が座っていた。

「甚八殿ッ！」

「平手さま……」

「どうしたことだ。お主、なぜこんなところにいる」

二人は勝幡城にいる頃からの顔見知りだ。

「殿の命令で吉法師さまと沢彦さまを守っている」

「そうか、そういうことか？」

「平手さま、恐ろしい一撃でしたな」

「見ていたのか？」

「林の中から配下と……」

「いざとなれば出て来たか?」

「いや、味方同士の争いに手出しはできません。愚かな林殿はいつか道を誤りましょうな、困ったことだ」

「殿に申し上げるのか?」

「いや、味方同士の喧嘩《けんか》など……」

「喧嘩?」

「喧嘩でなくて何んですか。闇討《やみう》ちですか?」

「いや、喧嘩だ。甚八殿、忝《かたじけな》く存ずる」

久秀は喧嘩と言った甚八の機転を瞬時に理解した。

「平手さま、禅師さまは常人に非ず。時に優しく、時に恐ろしい。北方を守る多《た》聞天《もんてん》かもしれませんな」

「多聞天、確かに美濃は尾張の北方だ。吉法師さまをお守りくださる毘沙門天《びしやもんてん》さまかもしれませんな?」

多聞天と毘沙門天は同一の護法神《ごほうしん》だ。

「平手さま、気を付けてくだされ?」

「それがしを狙う者でもいるのですか?」

「はい、武家の妬《ねた》みやっかみは醜《みにく》い。恨みはなお醜い」

「林殿が根に持ったか？」

「あのご仁《じん》は兄の佐渡守さまと違って根に持つ性質《たち》です。埒《らち》の分からぬご仁です。獅子《しし》身中《しんちゅう》の虫とはあのようなご仁のことでしょうな。平手さまがお望みならそれがしの一存にて、いつでも命を断ちましょう」

「甚八殿、それがしの取り引きが林殿を傷付けたとお思いか？」

「あのようなご仁はどこにでもおります。己《おのれ》の悪事を恥《は》じず他に敵を求める。面《めん》子《つ》を潰《つぶ》されたと思っているのでしょう。逆恨《さかうら》みです」

久秀は美作守と取り引きをした。信秀に知らせない代わりに源三郎の命を狙わない約束だ。

「用心なさるが肝要《かんよう》です」

甚八は久秀に忠告すると部屋から出て行った。後年、林美作守は信長に戦いを仕掛け討ち取られる。

神が降臨《こうりん》する

翌早暁《そうぎょう》、沢彦と久秀が大宝寺を出て、井ノ口から東美濃に向かった。

東美濃から木曽川を渡った尾張の犬山《いぬやま》城に、信秀の弟与次郎信康《よじろうのぶやす》が入っている。信康は冷静沈着《れいせいちんちゃく》で思慮深く信秀は右腕として信頼している。

この信康も早くから吉法師の才能を見抜き、期待を寄せ可愛《かわい》がっていた。犬山より少し上流の鵜沼《うぬま》で木曽川を渡って久秀が沢彦に説明した。

「禅師さま、犬山城には殿の弟さまが入っておられます」

「うむ、確か与次郎信康さま？」

沢彦が立ち止まって犬山城を眺めた。

「戦に強く治世《ちせい》にも優《すぐ》れたお方と聞いています」

「殿が最も信頼しておられる方です」

久秀は聡明《そうめい》な信康が好きだった。

「いつかお会いしてみたい……」

「よろしければまだ陽《ひ》も高いゆえ、これからお訪ねになってはいかがでしょうか？」

「突然、伺《うかが》っては無礼にはなりませんかな？」

「信康さまは気さくなお人柄ですからお気になさることはないかと存じます。

むしろお喜びになるかと思いますが……」

「思い立ったが吉日とも言う。お訪ねしましょうか？」

「では！」

久秀が来訪を告げるため城門に走って行った。犬山城は信秀の父信定が隠居《いんきょ》した城で木《き》ノ下《した》城といったが、それを廃して信康が惣構《そうがま》えの大きな城に造り替《か》えた。

「お願い申すッ！」

久秀が城門に大声で叫んだ。

「おう、名を名乗られいッ！」

「それがしは那古野城次席家老平手監物が嫡男《ちゃくなん》五郎右衛門久秀でござるッ。美濃大宝寺のご住職沢彦宗恩禅師さまをご案内してまいったッ。ご城主、信康さまにお取り次ぎ願いたいッ！」

「改《あらた》める。那古野の平手殿が美濃の沢彦さまを案内してまいったのだなッ？」

「おう、そうだッ！」

「暫く待たれいッ！」

久秀が叫んでいる傍に沢彦が立った。暫くすると沢彦と久秀は城内に導かれ、信康の前に案内された。広間には近習二人がいるだけで信康がポツンと高床主座に座っている。

「沢彦大住持さま、五郎右衛門、そこでは遠いもっと近くに、遠慮は無用……」

沢彦が主座近くに進んで合掌した。

「ご都合も伺わず突然にお訪ね致しました」

恐縮して沢彦が頭を下げると信康は初見《しょけん》とは思えない親しさで微笑《ほほえ》んだ。

「よくお出《い》でくだされた。沢彦さまとはお会いしたいと思っておりました」

機嫌よく歓迎した。沢彦はこの人物とは話ができると直感した。

「拙僧もお会いしたいと思っておりました」

信康はニコニコとした好人物だ。

「兄上から聞いております。吉法師の師をお引き受け戴いたとか？」

「平手監物さまにお招き戴き、お引き受け致しました」

「吉法師は織田家の宝です。よしなに願います」

「承知致しました」

「織田家の家臣にも色々おりましてな。お気になさらず、お好きなように吉法師を育ててくだされ。沢彦さまなら安心です。願わくば尾張を統一し、民を安んじる武将に育てていただきたいが、いかがか？」

吉法師の武将としての姿を信康が語った。織田家は尾張一国を統一できれば良いと考えている。多くを望めばお家を滅ぼす危険がある。それが信康の考えだ。

沢彦は信康をなかなかの人物と見て同意した。尾張の統一だけでも容易な仕事でないことを、信康が暗に言っている。

「禅師さまにお訊ねしたい。忌憚《きたん》なくお話し願いたい……」

「承知しました」

「乱世は応仁《おうにん》以来百年が経《た》とうとしておりますが、そろそろ終わりにしなければなりません。どのように収まるのが良いとお考えかお聞かせ願いたい」

信康が難しい問いを沢彦に投げた。

「拙僧は足利幕府の再興などではとても収まらないと考えます。幕府は尊氏《たかうじ》さまの時から大きな武力は持っておりません。三代義満さまの手腕が優れていたおかげで、今があるように思います。その幕府の力のなさが、各地に有力大名を産むことになり、より強大な勢力を築くため、領地を奪い合うようになりました。その勢力争いに寺社や百姓衆まで加わり、秩序のない有様になっております。最早、大軍で薙ぎ払うしかないと思います」

「かえって混乱することはありませんか？」

「五年、十年は混乱しましょう。さりながら二十万の兵力を擁《よう》すれば、その混乱は一刻の痛みに過ぎません。新しい世を産む陣痛《じんつう》にて、これから百年乱世が続くことを考えれば、耐えられぬ痛みではないと考えます」

「なるほど、応仁からほぼ百年、これからの百年は何んとも辛《つら》い……」

「世が乱れ収拾できなくなると、乱世が英雄を産むのか神が降臨《こうりん》するのか、その時に必要な傑物《けつぶつ》が現れております」

「沢彦さまはこの国の混乱もそろそろだとお考えですか？」

信康の顔からは笑顔が消え闘将らしい眼の輝きを見せた。

「良い頃かと考えます」

「二十万の兵力で薙ぎ払う……」

「おそらく二十万の兵力が整う頃には天下静謐《てんかせいひつ》、統一されておりましょう」

信康は沢彦の言いたいことを理解した。相当な荒療治《あらりょうじ》をしなければこの乱世を終わらせることは難しい。吉法師の師としてこれ以上の人物はいないと信康は思った。

「沢彦さま、乱世が終わる面白い話でした。お話し戴き感謝致します。吉法師のこと、それがしからもお願い申し上げまする」

「微力《びりょく》ながら……」

信康はこの禅僧が吉法師をどのような男に育てるか期待が膨《ふく》らむのを感じた。

だが、信康は吉法師の成長した姿を見ることはできなかった。

沢彦と久秀は粥《かゆ》を馳走《ちそう》になり、犬山城を辞して那古野に発った。沢彦と久秀が那古野城下に入り城の近くまで来ると、後ろから馬に乗った吉法師が追い抜いて行った。勝三郎と二人の近習がそれぞれ馬に乗って従っている。

五間ほど行き過ぎて吉法師が馬を止め、馬首を返して二人の前に戻って来た。

「沢彦、明日からだな！」

吉法師が馬上から沢彦を睨んだ。喧嘩をしてきたのか額《ひたい》に血が滲んでいる。年《とし》嵩《かさ》の近習が沢彦に頭を下げた。

「いつもと同じです」

「沢彦、喧嘩をして負けぬ方法はあるか！」

吉法師は腰の荒縄《あらなわ》に木刀を差し、輪乗りをしながら聞いた。漆黒《しっこく》の見事な馬だ。

「負ける喧嘩をせぬこと。考えて考え抜くこと！」

「ケッ、そんなこと、分かっておるわい。くそ坊主ッ！」

「池田殿、無礼であろう！」

久秀が勝三郎を叱った。同時に、久秀の竹杖《たけづえ》がバシッと勝三郎の馬の尻《しり》を叩いた。驚いた馬が来た道を戻って行った。

「追えッ！」

吉法師が近習に命じた。

「沢彦、分かった！」

吉法師は沢彦を睨み付け馬首を返し、三人を置き去りにして城に帰って行った。

「良き大将になる……」

沢彦が呟《つぶや》いたのを久秀が聞いた。

二人が平手屋敷に到着すると政秀が大玄関に出て来た。

「禅師さま、遠路、大儀にございまする」

「久秀さまと楽しい旅でした」

「この度は小森源三郎がご迷惑をお掛け致しましたようで……」

「いや、そのことは拙僧のしたことです。お気になさらぬよう願います」

「五郎右衛門、話は甚左衛門から聞いた。ご苦労であった」

「父上、禅師さまは誠に健脚《けんきゃく》にて後を追うのに苦労しました」

久秀は呪文を唱えながら墨衣を翻《ひるがえ》して歩く沢彦と肩を並べることができなかった。

「禅師さまは諸国を巡られたのじゃ。そなたとは足の鍛《きた》えが違う」

政秀は玄関に立った沢彦を頼もしく見た。

「禅師さま、是非、お会い戴きたいお方がお見えにござりまする。夕餉《ゆうげ》など差し上げますので庵《いおり》ではなくこちらにお上がり願いまする」

「承知致しました」

沢彦が広間に入ると立ち止まった。主座に大雲永瑞禅師がニコニコと座っていた。

「永瑞さま……」

滅多に驚かない沢彦が慌てて墨衣を正した。

「監物さまは人が悪い……」

沢彦は政秀が永瑞の名を告げなかったことを叱った。それに政秀はニコニコしながら頭を下げた。その様子を大雲永瑞が嬉しそうに見ている。そしてすぐ助け舟を出した。

「いやいや、拙僧が悪さをしたのよ。宗恩さま、久しいのう」

永瑞が親しく話しかけた。宗派は違うが互いにその人柄を認め合う仲だ。老僧大雲永瑞は温厚で、沢彦は才気を発散する表裏のような二人だ。

「健《すこ》やかなお姿を拝し、お喜びを申し上げます」

沢彦が永瑞の前に座して合掌し挨拶《あいさつ》した。

「いやいや、そう健やかでもないのじゃ、歳《とし》じゃからのう」

「萬松寺の開山法会に？」

「さよう、宗恩さまに頼めば良かったかのう」

「まだまだ永瑞さまには及びません」

「謙遜なされますな。妙心寺第一座の宗恩さまに老寺鼠《ろうてらねずみ》が敵《かな》いますまいて、法会には出て戴けますかな」

悟り切ったように永瑞は笑顔を絶やさず、白眉《はくび》の下の眼は柔和《にゆうわ》な優しさを湛《たた》えている。

「永瑞さま、拙僧は吉法師さまの師として監物さまにお招き戴きましたが、何かと敵が多く目立つことは差し控えたいと存じます」

永瑞が沢彦を見詰めた。

「うむ、そうだのう、ご苦労なことじゃな……」

永瑞は沢彦の心中を読み解いた。

「恐れ入ります」

「その吉法師だが見込みはありますかな？」

「尾張一国には治まらぬ逸材かと見ます……」

「ほう、宗恩さまがそこまで申されるとは、政秀殿、そなたの苦労が報《むく》われそうじゃな？」

「禅師さまに感謝しております」

「うむ、吉法師の師を宗恩さまによく頼まれた。織田家の一番手柄じゃよ」

「はッ、勿体《もったい》ないお言葉にございまする」

政秀が恐縮して永瑞に頭を下げたが、内心ではしてやったりと自慢する気持ちもある。吉法師の傅役《もりやく》として並大抵の苦労ではなかった。

「宗恩さま、お好きなように吉法師を育ててくだされや……」

「承知いたしました。微力を尽くします」

「ところで信秀殿と会われたと聞きましたが、いかがでしたかな？」

「先日、吉法師さまの師としてご挨拶申し上げました」

「それで尾張の虎をどう見ましたかな？」

沢彦が永瑞を見たまま沈黙した。

「どうなされた。何か不都合でも。政秀殿、ここでの拙僧と宗恩さまとの話は他言無用に願えますかな？」

「はい、誓って！」

「宗恩さま、話してくださらぬか？」

「では、正直にお話し申し上げます。弾正忠さまは戦《いくさ》には無類の強さを発揮されましょう。もし、負けましてもすぐ立ち直りましょうが……」

沢彦が言葉を切り、次が出ない。

「宗恩さま、お聞かせ下され、何を見られたのじゃ。遠慮はいりませんぞ？」

永瑞に励まされて言葉を繋いだ。

「申し上げます。女人《にょにん》です」

「女人、女難《じょなん》の相《そう》を見られたか？」

永瑞が沈黙してしまった。政秀はどういうことかと二人を交互に見た。一瞬、三人に困ったという沈黙が漂った。

「これはかりはのう……」

永瑞があらぬ方を見て呟いた。沢彦の見立てが思いもよらないことだったからだ。

「政秀殿、信秀殿は戦ではなく女人で身を滅ぼすと宗恩さまは見たのじゃよ」

「何んと……」

政秀は思い当たることがあった。信秀には数えきれないほど子どもがいる。津島の鞍姫を筆頭に二十人以上いた。隠し子を入れれば何人いるか知れない。

「殿の女好きは若い頃からの癖にて……」

政秀が渋々信秀の女好きを認めた。

信秀が十二歳の頃、間者のお仙《せん》から仕込まれたことを誰も知らない。同じ間者の甚八が気付いている程度だ。信秀とお仙の間には近頃、女の隠し子が生まれたばかりだ。

「唐国《からこく》でも女人に溺《おぼ》れ、身を滅ぼした武将は数多《あまた》おります。どなたか弾正忠さまに多淫《たいん》は身を蝕《むしば》むとご忠告ありたいが?」

「困ったのう、政秀殿……」

永瑞と政秀が黙り込んでしまった。この十年後、織田弾正忠信秀は清洲の織田信友から女を与えられ、若く美しい愛妾《あいしょう》岩室《いわむろ》に夢中になり腹上死《ふくじょうし》する。沢彦の予言が的中するのだ。

「拙僧の役目かのう……」

永瑞は甥《おい》の信秀に諫言《かんげん》しようと決心した。三人の話が一段落すると永瑞と沢彦が粥を馳走になった。

「ところで、美濃の快川紹喜さまは達者かのう」

「崇福寺にて壮健にございます」

「何より、何よりじゃ、駿河の雪斎さまも達者かのう」

「太原さまも至って壮健と聞いております」

「結構、結構、この乱世に京の妙心寺さまは大林《だいりん》さま、太原さま、沢彦さま、快川さま、希菴《きあん》さまと、多くの傑物を産まれたものじゃ、宗恩さまが吉法師の師になられて安堵だが、太原さまは駿河の軍師、沢彦さまは尾張の軍師、快川さまは美濃の軍師、希菴さまが甲斐の軍師、この国は臨済宗《りんざいしゅう》に捕られてしまう。ご用心、ご用心……」

政秀は沢彦が織田の家中に襲われたとも言えず苦笑した。沢彦は平然と永瑞の懸念《けねん》を受け入れた。大雲永瑞は希菴玄密《げんみつ》が武田家の依頼で甲斐に出向いていることを知っていた。永瑞が予言したようにやがて乱世は臨済僧に乗っ取られることになる。

越後の上杉謙信は宗心という臨済僧になり、今川義元には太原雪斎が、武田信《しん》玄《げん》には希菴玄密、快川紹喜が、出羽の伊達政宗《だてまさむね》は虎哉宗乙《こさいそういつ》を師にする。

徳川家康には黒衣の宰相《こくいのさいしょう》金地院崇伝《こんちいんすうでん》、藤原惺窩《ふじわらせいか》、三要元佶《さんようげんきつ》が、豊臣秀吉には南化玄興《なんかげんこう》、玄圃霊三《げんぼれいさん》、西笑承兌《さいしょうじょうたい》が、石田三成には春屋宗園《しゅんおくそうえん》、沢庵宗彭《たくあんそうほう》が、上杉景勝には南化玄興が師になる。

長曾我部元親《ちょうそかべもとちか》には真西堂如淵《しんせいどうじょえん》が、島津義久《しまづよしひさ》には文之玄昌《ぶんしげんしょう》が、毛利輝元には安《あん》国寺恵瓊《こくじえけい》が、豊臣秀次には虎岩玄隆《こげんげんりゆう》、豊臣秀頼には文英清韓《ぶんえいせいかん》が師となる。多くの臨済僧が各大名家に入って、乱世の武将を育てる。

「いつでも萬松寺にお出で下され、近過ぎても疎遠《そえん》になるものじゃ、これからは宗恩さまと話すのが楽しみになりました」

「恐れ入ります。近いうちにお訪ね致します」

「拙僧も吉法師を見ておきましょう」

大雲永瑞は沢彦が吉法師の師になった事が信じられない。どこをどう見て承諾したのか知りたかった。沢彦を高禄で迎えたい大名は多いはずだが、美濃に沢彦がいて尾張に吉法師が生まれたことが幸運だったのだと考えた。人はどこに生まれ、どう育ち、誰と出会うかが決定的に重要だと永瑞は思っている。

王者の剣

翌朝、沢彦の庵に吉法師が現れた。愛用の木刀《ぼくとう》を担《かつ》ぎ、腰の荒縄には水の入った小さな瓢箪《ひょうたん》が一つぶら下がっている。

「沢彦ッ！」

「おう、上がりなされ！」

吉法師は足半《あしなか》を脱ぐと、汚れた足で庭からズカズカと沢彦のいる部屋に入って来た。

「良い恰好《かっこう》だ。朝餉《あさげ》は？」

「食ってきた！」

「吉法師さまは好きな時に好きなところで好きなことをなされ。もっと阿呆《あほう》にならねば殺される。敵を欺《あざむ》くにはまず味方からと言う」

「分かった！」

吉法師がニヤリと笑って素直に同意する。こんなことは滅多にない。

「もっと襤褸《ぼろ》を着て馬鹿になりなされ！」

吉法師が沢彦の意図が分かったらしくまたニッと笑った。

「沢彦、だれも乞食《こじき》は殺さぬな！」

「さよう。殺しがいがないからです。本当の乞食には憐憫《れんびん》の情を持って当たりなされ……」

「ふん、乞食は煮ても焼いても食えぬわ！」

「吉法師さまも食えぬ大将になりなされ。それが身を守ることになります」

吉法師は沢彦を睨み付け、この坊主は分かっていると思う。吉法師は吉法師なりに身を守る術《すべ》を心得ている。

「沢彦、武術の達人だと勝介から聞いた。人を殺したことはあるか！」

「坊主は人を生かすのが仕事です。殺したことはありません」

「一人で千人殺せる家来が欲しい！」

「この世には千人が万人でも殺せる強い武将はおります。だが、何んのために殺すか大義名分がなければ殺してはならぬことです」

「天下を取るためだ。それでもだめか！」

「何んのために天下を取ります？」

「知れたこと、家来に城と領地をやるためだ！」

「ほう、それだけで万人を殺しますか。その領地には民百姓《たみひやくしよう》が住んでいます。国の基《もと》は民百姓であることをお忘れあるな」

「ふん、百姓のためか！」

「さよう。この理屈が分からねば人を殺してはなりません。百姓あっての武家ですぞ。武家あっての百姓ではない」

吉法師が沢彦を睨み付けた。武家が百姓より下のように聞こえた。

「武家は太刀や槍を持っているから強そうに見えるが、鍬《くわ》で田を耕《たがや》し、米を作るのは百姓です。その米を食らうのが武家。米がなければ武家は生きてゆけぬ。このこと忘れまいぞ。民百姓を楽にしてやるのが天下を取る目的じゃ。武家が十万人死んでも百姓が十人いれば食うに困らぬ。百姓こそ神と思え……」

吉法師は理屈だと思った。百姓を神とまで言い切った者は吉法師の周りにはいない。百姓こそ神とは小気味よい響きだ。兵の中には百姓の次男、三男が多いことを吉法師は知っていた。百姓の暮らしが楽でないことも知っている。

「今日は漢籍《かんせき》をやります」

二人の一日はこんなやり取りから始まるのが常だ。吉法師は日に日に荒々しくなり勝三郎までが本気で吉法師を恐れるようになった。恰好は以前から気にしないところがあったが、より手の付けられない子どもに変身していた。

沢彦は吉法師が人格形成期に入っていると考えている。姿かたちはどうあれ人柄を卑《いや》しくはしたくない。いかなる時も毅然《きぜん》とした武将でなければ、家臣が不安になり戦どころではなくなる。凜《りん》とした大将をそこに見て、家臣は勇気を出して戦う。戦場だけでなく常日頃《つねひごろ》の立《た》ち居振《いふ》る舞《ま》いも重要だ。

だが、吉法師はまだ七歳だ。何を優先するべきか沢彦は考えた。吉法師の個性は沢彦によってその使命に目覚めつつある。良き師によって荒ぶる魂《たましい》が方向性を得たとも言える。

沢彦の熱意が吉法師に伝わらないはずがない。

萬松寺の開山法会は大雲永瑞が大導師《おおどうし》を務め、百人の曹洞宗の僧が集められ、信秀以下の重臣を始め、多くの家臣や織田一門が列して盛大に行われた。読経が広大な全山に響き渡り、厳粛《げんしゅく》にして荘厳《そうごん》な開山法会となった。

吉法師も参列していたが、抹香臭《まっこうくさ》い本堂にいたたまれず、勝手に座を立って、一人で沢彦の庵に戻って来てしまった。沢彦は書見《しょけん》をしていた。

「終わりましたか？」

沢彦が聞いた。あまりにも早く吉法師が現れたからだ。

「面白くない！」

吉法師が怒っている。癇癖が顔を出していた。

「そうですか。では、始めよう」

「沢彦、今日はやめだ！」

吉法師は苛立《いらだ》って八つ当たりする。萬松寺では我慢に我慢をしていた。その苛立ちを沢彦が見抜いた。

「いいでしょう。庭で太刀の稽古をします」

吉法師は雪の降った日に城の馬場で、一撃で終わった勝負を思い出して警戒した。

沢彦が錫杖を握って裸足《はだし》で庭に立つ。吉法師はいつも持って歩く木刀を握って庭に降りた。錫杖が届かないよう沢彦から二間離れて立った。

「構えて！」

吉法師の眼が輝いてきた。木刀を沢彦に向けて中段に構える。

「吉法師さま、太刀は振り回すだけではない。突くことも考えて構えることです。切っ先が下がっていては突けませんぞ！」

沢彦に言われ吉法師は切っ先を上げた。

「背筋を伸ばして、前に出した足を少し引け。よし、良い型《かた》だ。突けッ！」

「ヤーッ！」

吉法師が間合いを詰めて沢彦に突きかかった。その瞬間、錫杖がジャリーンと鳴って沢彦の姿が空中に飛びあがり、錫杖を支《ささ》えに身を一回転させると吉法師の後方に飛び降りジャリッと錫杖を構えた。黒い巨大な鳥が吉法師の眼の前から飛び立った。その瞬間を吉法師は見た。恐ろしい技だと思った。

吉法師は木刀を下げて振り返り沢彦を睨んだ。沢彦が厳しい顔で吉法師を睨み返す。

「沢彦、どこで覚えた！」

「太刀は鹿島《かしま》にて五年、飛び技は伊賀にて三年……」

「鹿島とはどこだ！」

「常陸の国……」

「東だな。その技、教えろ！」

「このような技は大将には無用です。吉法師さまは破邪顕正《はじゃけんしょう》、王者の剣を身に付けることです」

「破邪顕正！」

「さよう。誤りを打ち砕き正しきを示す剣です。王者の剣を持ちなされ……」

吉法師が王者の剣とは何か考えた。誤りとは何か、正しいとは何か。吉法師は沢彦によって日に日に目覚ましい成長を遂《と》げている。

「王者の剣とは堂々たる正義の剣。吉法師さまが天下の乱れを薙ぎ払う剣。民を救う仏の剣。恐れを知らぬ剣です。構えて、背筋を伸ばせ、ゆったりと構えて、肘《ひじ》を少し引け、うむ、良い型だ。それを忘れるな。踏み込めッ！」

「ヤーッ」

吉法師の木刀を沢彦が錫杖で払った。勢い余って吉法師がつんのめった。

「良い気合いだ。構えて、肘を引け、足の指で地面を摑め！」

沢彦は錫杖を静かに水平に構えた。馬場で見た勝負の構えだ。吉法師の脳裏を凄《すさ》まじい一撃の恐怖がよぎった。

「踏み込めッ！」

「ヤーッ！」

沢彦が錫杖でガキッと受け止めた。吉法師が渾身《こんしん》の力で沢彦を押したが動かない。逆に跳ね飛ばされた。

「踏み込めッ！」

「イヤーッ！」

吉法師に太刀を教えるのは初めてだ。沢彦は鹿島で塚原新右衛門から一《ひとつ》の太刀の奥義《おうぎ》を伝授《でんじゅ》されている。新右衛門は土佐守ともいい、広く諸国に名の知られた剣豪《けんごう》だ。数百度の立ち合いにおいて、一度も敗れたことがない剣聖《けんせい》だ。

二百人を相手に不覚を取らなかったという、尋常《じんじょう》ならざる剣気《けんき》の持ち主だ。号は卜伝《ぼくでん》という。土佐守は若くして剣の深遠《しんえん》に眼覚め、諸国を巡って修行をし、まだ剣術という体系がなく、戦場の剣でしかなかった技を、鹿島古流を基礎に、鹿島新当《しんとう》流を編み出した傑物だ。土佐守は兵法家でもある。沢彦はその鹿島で修行をし、猛将でも敵わない剣技を身に付けた。

二人の稽古が昼まで続き、吉法師は息も絶え絶えになって城に帰った。激しい稽古で苛立ちは消えた。平手屋敷は政秀以下が萬松寺に出払って寂《じゃく》としている。

沢彦は足を洗い庵に上がって書見を再開した。

庵は寝所、学問所、囲炉裏座敷の三部屋に小さな土間が付いて、そこが水屋も兼ねていた。沢彦は一日の多くを学問所で過ごした。朝餉、夕餉の二食は母屋の平手屋敷から運ばれてくる。後の五日が終わった日、吉法師の様子がいつもと違っていた。

「何か屈託《くったく》がおありかな?」

「沢彦、城に来い。城に屋敷を作ってやる。城に住め、吉法師の命令だ!」

「有り難い仰せなれど、その命令には従えません」

「何ッ!」

吉法師がここ数日、そのことを考えた結論だ。沢彦が自分にとっても、那古野城にとっても欠かせないと思い始めていた。吉法師がこのような考えに至ることは滅多にない。己《おのれ》だけを信じる強烈な個性だ。考え抜いた結論を拒否され吉法師が気色《けしき》ばんだ。

「まずはお座りくだされ。お話し致しましょう。拙僧が吉法師さまのお傍にいることが知れれば、吉法師さまと拙僧の命を狙う者が出てまいります。拙僧は身を守れますが、吉法師さまを池田さまや近習だけでは守れません」

「誰が狙う！」

「駿河、美濃、尾張……」

「何ッ、尾張だとッ！」

「尾張はまだ統一されておらず、吉法師さまのお命を狙う者は数多おります」

吉法師が沢彦を睨んで考えた。

「心当たりがありますな？」

「清洲の信友！」

「その名は拙僧も聞いております」

沢彦は古渡や那古野にも吉法師の命を狙う者がいることを言わなかった。七歳の子どもに残酷《ざんこく》な宣告になるからだ。だが、賢い吉法師は那古野城の内情も、古渡城の内情も分かっている。佐渡守一派が自分を嫌《きら》っていると感じていた。

「お分かり戴けましたかな、無益な争いは避けねばなりません。十年後、吉法師さまに抗《あらが》う者を一掃し、尾張を統一しなければなりません。駿河も美濃も呑み込みましょう。それまで隠忍自重《いんにんじちょう》です」

「統一する策はあるか！」

「吉法師さまのため、既に拙僧が考えてあります」

「駿河と美濃をとれるか！」

「必ず拙僧が吉法師さまのものにして差し上げます。望むことあらば拙僧にお話しくださるように……」

吉法師は猜疑心《さいぎしん》が強い。沢彦を睨んでその言葉に嘘《うそ》がないか点検する。

「嘘か誠か。十年のご辛抱を、まずは味方を欺《あざむ》くこと、お忘れなきよう。吉法師さまは敵に包囲されております。いずれその敵が見えてまいります。どの敵を生かし、どの敵を殺すか考えることが大切です。皆殺しにすればいいというものではありません」

「分かった！」

吉法師が愛用の木刀を握り、立ち上がると庭に降りてそのまま帰って行った。

平手屋敷の前で勝三郎が馬を引いて待っている。勝三郎は吉法師と離されたことを根に持って、沢彦への悪態《あくたい》が酷《ひど》く久秀から屋敷への出入りを禁じられた。

「集まったか！」

「うん、三十人だ……」

「よし！」

勝三郎が吉法師に手綱を渡し道に四つん這《ば》いになって吉法師の踏み台になっ

た。吉法師が騎乗すると勝三郎が轡《くつわ》を取って歩き出した。子分を集めて近くの村の餓鬼大将《がきだいしょう》と喧嘩をするのだ。場所も人数も決まっている。果たし合いだ。

その頃、沢彦の庵に政秀が顔を出した。

「吉法師さまが随分大人《ずいぶんおとな》びてまいりました」

政秀はニコニコと嬉しそうに言う。

「監物さま、まだまだ道半《みちなか》ばにも至っておりませんよしなに願いまする。禅師さまは美濃にお帰りになられまするか？」

「昨夜考えたのですが、大雲さまにご挨拶をして、鹿島に向かおうかと思います」

「鹿島？」

「拙僧の剣の師、塚原土佐守さまにお会いしたくなりました。来月中ごろには間違いなくこちらにまいります」

「禅師さま、今川と織田は険悪《けんあく》にて、駿河にお入りになるのはいかがなものかと思いますが？」

「犬山城下から東美濃に入り信濃、甲斐、武蔵を通って常陸にまいります」

「余計《よけい》なことを申し上げました」

「ところで何か用向きがおありでは？」

沢彦は政秀がただ挨拶に出て来たとは思わない。

「はい、先日の開山法会の折、津島の大橋殿と堀田殿にお会い致しました。その折、堀田殿から大宝寺にご寄進米百俵をお運びするとお聞き致しました。木曽川からお入れするとのことです。差《さ》し支《つか》えはございませぬか？」

「忝《かたじけな》く存じます。道空さまに睨まれましょうが、美濃で商売をなさる堀田家からのご寄進であれば道空さまのご実家ですので、差し支えないと存じます」

「道空殿のお立場と寺領に差し障《さわ》りはありますまいか」

「道空さまの立場が危うくなることはないと思います。寺に見えられた時の話では、寺領が少なくなるような話でしたが、津島からの寄進があると申し上げておきました」

沢彦の言葉に政秀が安心した。

沢彦が稲葉山城への出仕を断ったことを政秀は知らない。政秀は大橋重長と堀田正貞に迷惑は掛けられないと考えていたが、政秀が沢彦を招いたことであちこちにわだかまりができていた。寺領を減らされ寺が困窮《こんきゅう》すれば大宝寺の学僧たちが飢《う》える。

「吉法師さまのためとはいえ、お気を煩《わずら》わせ申し訳ござりませぬ」

「何んの、ご寄進を頂戴せねば、寺はやって行けぬのが道理、どなたからのご寄進でも仏さまはお喜びになります」

「恐れ入ります。堀田殿にそのようにお知らせしておきまする」

政秀は道空と懇意にしている。

旅支度をした沢彦が錫杖を握って平手屋敷を出た。政秀と久秀、汎秀の三人が見送りに出たが久秀は沢彦と常陸に行きたいと思った。

萬松寺に立ち寄った沢彦が大雲永瑞に開山の祝いを述べ、鹿島に向かうことを伝えて寺を出ると、山門の前に旅支度の久秀が待っていた。

「おう……」

「お供をお許し下さい。禅師さまをお守り致しまする」

「二人旅も楽しかろう」

沢彦は久秀が足手まといになると分かっていたが同行を許した。

呪文を唱えながら沢彦が歩き出すと、瞬く間に二間、三間と久秀は引き離された。沢彦の健脚は並大抵ではない。馬にも負けないと自信を持つ鍛え上げられた足だ。腰には履《は》き替えの草鞋《わらじ》が十足ぶら下がっていた。昼夜を分かたず歩き続ける。

沢彦が立ち止まった。

「久秀殿、拙僧は歩くことが修行ゆえ、そなたを待つようなことはしません。行き先は鹿島の新当流道場です。甲斐から和田《わだ》峠を越えて武蔵に入り鹿島に向かいます」

「半日ほどは遅れましょうが必ず……」

「道を間違えぬよう。夜は宿を取ってくだされ」

沢彦は歩きに歩いて木曽川を渡り、鵜沼《うぬま》から東に歩き夜には岩村《いわむら》城下に入った。岩村城の遠山景任《とおやまかげとう》には信秀の妹お直《なお》ことおつやが嫁いでいる。

希菴玄密の大圓寺に寄ろうかと考えたが、希菴に引き止められると思い、岩村城下を通り過ぎ山道を諏訪《すわ》に向かった。星明かりだけを頼りに歩き続けた。遅れた久秀は深夜に岩村城下の寺の境内で休息を取った。

呪文が夜道に流れて行く。沢彦は高遠《たかとお》に立ち寄るか考えた。伊那谷《いなだに》に入れば諏訪に出るのに足の速い沢彦でも一日はかかる。迷ったが久秀に追い越されることを覚悟で、高遠を見ておこうと向かった。

久秀は昼も夜もない旅に疲れ、荷車に乗せて貰《もら》ったり、馬借《ばしゃく》に願って馬に乗ったり、手段を選ばず先を急いだ。沢彦を追い抜いて諏訪に入ると、宿を取って二刻《こく》の休息を取り甲斐に向かった。

甲斐は名門武田家の領国だ。新羅三郎《しんらさぶろう》以来十九代を重ね、甲斐源氏として大きな力を持ち始めている。

翌年天文十年（一五四一）に嫡男晴信《はるのぶ》が父信虎を駿河に追放して、二十一歳の若き当主になった。後の信玄だ。久秀は甲斐府中を通過して、脇街道《わきかいどう》に入り武蔵との国境《くにざかい》である和田峠に向かった。その頃、沢彦は高遠から諏訪に入って、諏訪湖を望める高台で休息を取ることにした。路傍《ろぼう》の地蔵尊《じぞうそん》を見て足を止めた。

「お地蔵さま、一刻《いっとき》の宿を拝借致します」

沢彦が地蔵尊に合掌してから傍の蓬《よもぎ》の叢《くさむら》に腰を下ろした。錫杖を抱いて暫しの休息だ。以前にもここに座ったことを思い出した。

「ここのお地蔵さまとは縁があるようだ……」

歩き続けて来た沢彦が、座るとスーッと眠りに誘い込まれた。

地蔵の餅《もち》を食う

「お坊さま、お坊さま……」

沢彦が百姓の老婆《ろうば》に揺り起こされ、ハッとして老婆の皺深《しわぶか》い顔を見た。

「おう、眠ってしまったようじゃ」

「旅のお坊さま、お疲れのようじゃがこれを食べてくだされ……」

「お婆殿《ばばどの》、これは……」

「今朝《けさ》、孫が生まれたでな。餅を搗《つ》いてお地蔵さまにお供えしようと思ったのだが、お坊さまが寝ておるでな……」

老婆はニコニコと木の椀《わん》に入った餅を沢彦に差し出した。

「お婆殿、お地蔵さまにまずお供えしてくだされ。拙僧はお地蔵さまから頂戴致します」

「そうかえ。お地蔵さまもお坊さまも同じずら……」

「お孫さまをお守り下さるのはここのお地蔵さま、拙僧はただの旅人です」

「そうかえ。じゃ、そうするべ……」

老婆が餅を地蔵尊に供え、合掌してから沢彦に木の椀を差し出した。

「お地蔵さまに聞いたら食えと言っておるで、食え……」

「遠慮なく一つ馳走《ごち》になりましょう」

沢彦が蓬の葉を扱いて茎《くき》に餅を引っ掛けて口に入れた。

「美味《うま》かろうが？」

「誠に美味《びみ》。拙僧は一つで結構、残りはお地蔵さまに差し上げてくださるよう」

沢彦が合掌した。

「お地蔵さまとお坊さまに差し上げれば功徳が倍だべ……」

「お孫さまが丈夫に育ちますよう、羯諦《ぎやてい》　羯諦《ぎやてい》　波羅羯諦《はらぎやてい》　波羅僧羯諦《はらそうぎやてい》　菩提薩《ぼじそ》婆訶《わか》、お婆殿も達者《たつしや》にお暮らしくだされ」

「お坊さまも気を付けて旅をなされや……」

沢彦が合掌して老婆に頭を下げた。沢彦は母を思った。近江に近い美濃の小さな村に沢彦は生まれたが、小百姓の暮らしは苦しい、沢彦は美濃の瑞龍寺《ずいりようじ》に四歳で預けられた。十六歳になるまで父母の顔を知らなかった。

修行の旅に出る時に住職から聞いて、自分の生い立ちを知り父母に会いに行った。働き詰めの父母は日に焼けて皺深く年老《としお》いていた。

修行の旅から戻って妙心寺に入る前にも会った。父母はやはり年老いていた。母はすまないとでも言うように、立派な坊さまになられたと繰り返すのを、沢彦は有り難いと思って聞いた。

女なら育てて売ることもできるが、間引《まび》きをせずに育ててくれたと有り難く思った。産んだ子を育てられず、間引くことなど当たり前なのだ。百姓家の裏の林には密かに殺された嬰児《えいじ》が埋《う》められる。

僅《わず》か数年でも、産み育ててくれた父母の愛を沢彦はその胸に深く刻んだ。殺さずに寺に預けてくれた父母の愛を有り難いと感謝した。

老婆に見送られて沢彦は甲斐に向かった。修行の未熟を老婆に知らされた。老婆は沢彦の空腹を見破り、餅椀を差し出したのだ。何んたる不覚か。

沢彦は厳しく自分を律《りつ》してきた。だが路傍に眠る僧の空腹を老婆は案じた。その優しさに沢彦は負けたと思った。人は貧しくとも優しくなれる。いや、貧しいからこそ他人の空腹が分かるのだと沢彦は思う。

追い越して行っただろう久秀を追って、沢彦の足が速くなった。久秀も明るいうちに和田峠を越えようと急ぎに急いでいた。

久秀は和田峠から武蔵に入り、山を駆け下りて武蔵恩方《おんがた》の古刹《こさつ》心源院《しんげんいん》へ夜に到着して本堂の階《きざはし》で仮眠した。疲れもあってすぐ睡魔《すいま》の誘《さそ》いに応じた。

その頃、沢彦は久秀の後を追うように陣馬街道《じんばかいどう》に入り、和田峠に登る山道に差し掛かっていた。この道は十年前にも通っている。野盗に襲われて戦った山道だ。風もなく静まり返った夜の山道をジャッジャッと錫杖を鳴らして登った。登り始めてすぐ、静寂《せいじゃく》を斬り裂《さ》くピューーッと鋭い口笛が鳴った。

沢彦が野盗の襲撃を覚悟して歩速を緩め前方の闇を睨んだ。二十間ほど先の枝道から松明《たいまつ》を持った十人ばかりの野盗が現れ沢彦の行く手を塞いだ。

沢彦が錫杖を立てて立ち止まった。

「何んだ、坊主ではないか？」

「坊主でも銭《ぜに》は持っているだろうよ」

沢彦を無力な僧とあなどって野盗がゾロゾロと坂を下りて来た。槍、長刀、弓、太刀など得物はそれぞれで、恰好は猟師風だったり、侍風だったり、いかにも山賊《さんぞく》といった恰好で、威勢だけで銭を奪おうとしている。

「おいッ、坊主、銭を置いて行けッ！」

「銭なら少しだが持っておるぞ」

「それを出せッ！」

「罰当たりな。坊主から銭を奪えば仏罰が下る。それでも良ければ置いて行こう」

「ふん、仏罰が怖くて山賊ができるかッ！」

無精髭《ぶしょうひげ》の恐ろしげな大男が野太《のぶと》く怒鳴った。

「さようか。では拙僧が手荒く仏罰を下してやろう。前に出なさい」

「やるかッ！」

大男が太刀の柄を握って身構えた。その時、松明の灯りで沢彦を見ていた老野盗が沢彦の前に出て来た。

「ご坊！」

「拙僧を知っているのか？」

「はッ、何年か前にここでご坊に打ち据えられた者で……」

「おう、まだこんなことをしているのか？」

「面目《めんぼく》ねえことで、誰か大将を呼んで来いッ！」

若い盗賊が走り出し、大男の盗賊は拍子抜けしてポカンと二人を見ている。

「大将とは熊衛門《くまえもん》のことか？」

老盗賊がばつが悪そうに額を掻《か》いた。

「馬鹿者ッ！」

「へ、へい……」

沢彦の大喝《だいかつ》に盗賊たちが尻込みした。

「山賊をやめると約束しておきながらこのざまは何んだ。熊衛門のところに案内せい、酒で腐《くさ》れた首を叩き落としてくれる！」

沢彦の錫杖がジャリーンと鳴った。

「あのう、こちらで……」

盗賊たちは縮み上がっている。沢彦は墨衣を翻して枝道に入って行った。

「あのう……」

「何んだ！」

「あのう、大将は武田の家来になりまして……」

「何んだと、武田家の家臣だと、益々《ますます》許《ゆる》せぬ！」

沢彦が老盗賊を錫杖で急き立《せ》てズンズンと山に登って行った。後ろには盗賊の集団が付いて来た。すっかりおとなしくなった盗賊たちは沈黙して歩いている。

山賊の砦《とりで》に着くと熊衛門が慌てて砦から出るところだった。

「熊衛門ッ！」

着脹《きぶく》れした山賊の頭《かしら》が沢彦の足元に転がるように平伏した。

「禅師さま！」

「このざまは何んだッ！」

錫杖がジャリーンと鳴った。酔《よ》いも醒《さ》めて熊衛門は震えている。以前、熊衛門は山道で沢彦と戦い錫杖で腕と足を折られた。

「武田家の家臣になったそうだな？」

「へ、へい、又家来《またけらい》でして……」

「黙れッ、又家来でも家臣は家臣だッ、分からぬ奴。首を叩き落としてやる。立てッ！」

「ご、ご勘弁《かんべん》、ご勘弁を……」

熊衛門が這《は》い蹲《つくば》った。

「武田さまのためだ。この悪事、断じて許せぬ。立て……」

沢彦が静かな声で命じた。

「ご坊、お許しを……」

老盗賊が大将の傍に並んで謝った。砦の中から酔った女のけたたましい笑い声が聞こえる。自堕落《じだらく》な山賊砦であることに間違いない。

「皆、ご坊に謝れ！」

大将と二人だけでは駄目だと考えた老盗賊が呆然《ぼうぜん》と取り巻いている盗賊たちに命じた。

「嫌だ！」

大男が拗《す》ねた。それを沢彦がジロリと見た。大男は自慢の腕っぷしを仲間に見せて次の頭を宣言しようと考えている。それを察知した沢彦は、大男が熊衛門以上に旅人を苦しめると判断した。

「抜け……」

沢彦の静かな呟きに誘《さそ》われ大男が太刀を抜いた。その瞬間。

「カーッ！」

沢彦の錫杖が大男の太刀に振り落とされた。キーンと鋭い音がして太刀が折れた。その勢いで錫杖が大男の膝を激しく叩いた。ボキッと鈍い音がしてギャーッと叫びながら、大男がもんどりうって崩れ落ち、地面でもがきながら転がり回った。

「これで二度と悪事はできぬ。仏の功徳だ……」

盗賊たちが一斉にその場に跪《ひざまず》き沢彦に頭を下げた。砦の中から派手な着物を引っ掛け、全裸に近い女たちが外の異変に気付いてゾロゾロ出て来た。

「熊衛門、立て、皆も立て！」

沢彦は女たちの前で熊衛門に恥をかかせたくない。

「熊衛門、拙僧は鹿島に行って帰りにまたこの道を通る。必ずここに立ち寄るゆえ、始末を付けて待て。逃げるな。逃げれば武田さまに申し上げて追手《おって》を掛ける。あの男の手当てをしてやれ！」

それだけ言うと沢彦は老盗賊の松明に導かれ砦を後にした。

「お坊さーん……」

酔った女の声が沢彦を追った。哀れな声が山に響いた。何んとも辛《つら》い乱世の悲鳴に聞こえる。沢彦はこの国のいたるところで、このような悲鳴が上がっているのだと思う。

恩方で久秀を追い越し鹿島に入り、新当流の道場に沢彦は直行したが、土佐守は道場には出ていなかった。道場は多くの剣士の血と汗と涙が詰まった神聖な場所だ。住まいの屋敷に回ると若い弟子が来客中と沢彦に伝えた。

「道場にてひと汗かいてまいります。土佐守さまに美濃の沢彦が来たとお伝え願います」

沢彦は道場に引き返し草鞋を脱いだ。道場では土佐守の高弟真壁宗幹《まかべむねもと》が大勢の弟子に指南していた。沢彦が道場に顔を出すと、真壁が立ち上がって稽古の中止を命じた。

「ご坊！」

「真壁さま、お久しゅうございます」

沢彦は鹿島の神が鎮座《ちんざ》する正面の祭壇まで進んで座すと合掌して眼を瞑《つむ》った。剣士の道場に墨衣の僧侶は不似合いだ。道場内が無人のように静まり、門弟の中には沢彦と兄弟弟子の顔が数人いる。

「ご坊、立ち合いますか？」

「お願い致します」

「よし！」

二人が気合いよく立ち上がった。

沢彦が道場の入り口に立て掛けた錫杖を取りに行き、真壁は襷《たすき》掛けで立ち合いの支度をした。東西の壁際に門弟衆が居並んで、二人の動きに吸い込まれている。

「拙僧はこの錫杖で……」

「承知！」

二人は道場の中央に立ち鹿島の大神に一礼して向き合った。

「いざ！」

「おう！」

木刀と錫杖の立ち合いだ。真壁の木刀がピリピリと剣気を放った。沢彦が一歩下がって間合いを取り、錫杖を静かに木刀の前に突き出した。木刀の剣気が響くのか錫杖がカリカリと鳴った。

沢彦が静かに構えを変える。槍のように錫杖を頭上に挙げて突く隙を狙う。真壁の木刀は中段にいて微動《びどう》だにしない。

沢彦の錫杖が喉《のど》を狙って突き出された。その切っ先を真壁の木刀が弾いた。体を引き錫杖を引いて沢彦が再び頭上に構えた。その瞬間、真壁の木刀が沢彦を襲った。

「キェーッ！」

沢彦が錫杖で木刀にすり合わせ、スッと二歩下がって逃げた。

だが、間を置かず真壁の木刀が胴を払ってきた。それを弾くと右上段から切ってきた。切っ先をかわして錫杖を構えたが時既《すで》に遅く、鋭く踏み込んだ真壁の木刀が沢彦の頭上でピタリと止まった。

「まいりました」

「フーッ……」

真壁が大きく息を吐いて木刀を引いた。

「ご坊、その錫杖は恐ろしい武器じゃな」

「拙僧の護身用です」

「真剣なら刀が折れていたかも知れぬ……」

真壁が錫杖を手に取って重さを確かめた。

「樫《かし》だな？」

「少し長く作りました」

「うむ、ご坊には良い得物《えもの》だ。誰かご坊と立ち合う者はいるか？」

真壁が道場を見回すと若い門弟がスッと立ち上がった。沢彦を知っている門弟は静観した。

「木刀を拝借致します」

「これを使え……」

真壁が立ち合った木刀を沢彦に渡し、錫杖を持って高座に座った。土佐守が座っているようだ。沢彦は二度三度と素振りをして若い門弟と対峙《たいじ》した。

「お願いします！」

「こちらこそ」

一礼して二人は二歩ずつ下がって木刀を構えた。

「いざ！」

沢彦が真壁と同じように中段に構える。若い門弟が小刻みに沢彦の木刀を弾いた。その忙《せわ》しなさが門弟の力量だった。沢彦が僅かに切っ先を下段に向けた。誘いの隙だ。

「イヤーッ」

門弟の木刀が上段から襲って来た。それを沢彦の木刀が跳ね上げた。踏み込みが甘く切っ先の動きが遅い。真壁のような鋭さがない。木刀を跳ね上げられ、よろけながら態勢を立て直して構えた。一撃だけの立ち合いだ。力量が違い過ぎた。

「それまでッ、次ッ！」

真壁の鋭い声が道場に響いた。

「ご坊、お願い申す！」

沢彦と同じ年頃の剣士が道場の端に立ち上がった。

「おう、弥四郎《やしろう》さま、お願い申す！」

沢彦と弥四郎が二間ほど離れ、鹿島の大神に一礼して構えた。沢彦が機先を制して仕掛けたが、弥四郎の前で踏み止《とど》まりスッと二歩下がった。それを隙と見た弥四郎が踏み込んだ。

「ターッ！」

中段から胴を狙ってきた。沢彦は逃げずに木刀で跳ね返して素早く中段に構えた。

弥四郎が沢彦の構えを崩すように鋭く踏み込んで来る。その切っ先を木刀で弾き右に回って中段に構えた。そこにも弥四郎が踏み込んで来た。三度、四度と沢彦が弥四郎の踏み込みをかわした。

「そこまでッ、引き分けだな！」

「真壁、どこを見ておる。沢彦禅師の負けじゃ……」

土佐守が道場の入り口に立っていた。沢彦と弥四郎はその場に座して師に頭を下げた。門弟が一斉に土佐守に頭を下げる。五十二歳の土佐守が道場に現れることなど滅多にない。白い髭《ひげ》を蓄《たくわ》え着流しで、天下一の剣豪とは思えない恰好だ。

「沢彦さん、久しいのう」

「ご壮健にてお喜び申し上げます」

「うむ、手を見てやろうか？」

「有り難き幸せ！」

土佐守が自ら弟子に教えることなどない。門弟衆は全員が羨《うらや》ましく思って見ている。

「真壁、その錫杖を……」

土佐守が錫杖を握ると道場の中央に立った。土佐守が連れて来た隻眼《せきがん》で足を引き摺《ず》る武士が祭壇の傍に座った。道場に息苦しいほどの緊張が澱《よど》んだ。

沢彦が無言で土佐守に頭を下げ、スッと下がって間合いを取った。土佐守は錫杖を握り、ただそこに立っているだけだ。どこにも力らしきものが感じられない。息をしているのかさえ分からない。

眼を半眼にしてジッと沢彦を見詰めている。沢彦は構えたがとても踏み込めるとは思えない。隙だらけなのだが踏み込む前に自分の構えがこれでいいのかと迷い込んだ。

一の太刀を伝授された沢彦が臆《おく》することは許されない。中段に構え、踏み込みながら木刀を上段に挙げて、土佐守の頭上に振り下ろした。その時、錫杖が動いたのを微《かす》かに見た。電光石火《でんこうせっか》の動きだ。

「カッキーン！」

乾いた音がして沢彦の木刀が弾き飛ばされ、手から離れて壁際に居並ぶ門弟の方に飛んでガラリと床に落ちた。沢彦は床に座して土佐守に頭を下げた。

「まいりました」

「うむ、沢彦さん、この錫杖は少し重い。積もる話を奥で聞こう……」

道場を出る土佐守に従って行くと、後ろに隻眼の武士がついて来た。殺気《さっき》を放つ武士だ。

広座敷に入ると沢彦が改めて土佐守に挨拶した。

「沢彦さんや、このご仁《じん》は若い頃、一緒に旅をした駿河の山本勘助《やまもとかんすけ》殿じゃ」

「山本勘助でござる」

「美濃の沢彦宗恩です」

「先ほど土佐守さまからお聞きしました。禅師さまのお名前だけは、太原雪斎さまから聞いておりました」

「駿河の雪斎さま？」

「そうです。拙者の父山本貞幸は駿河庵原忠胤《いおはらただたね》さまの姫を妻に貰いましてな。光禅尼さまというのだが、その方が亡くなられ、後妻に入ったのが拙者の母です。そんな訳で庵原家から出られた雪斎さまとは縁戚にて入魂《じっこん》にしていただいております」

四十八歳の山本勘助が太原雪斎との繋がりを話した。

「このご仁は若い頃からなかなかの曲者《くせもの》でな。この度、武田家に仕官するとのことだ。身分は足軽大将だが、扱いは軍師だそうじゃ」

「土佐守さまを甲斐にお連れしようと尋ねたのだが、押しても引いても動かぬ……」

「お主に利用されるのは御免《ごめん》だ」

「一度ぐらいは良かろうに……」

「お主には若い頃から手を焼いた。もう御免だ。ところで沢彦さんと雪斎さまは妙心寺の同門ではありませんかな」

「はい、京の妙心寺で何度もお会いしましたが、雪斎さまは駿河に下られましたので……」

「義元殿の軍師として？」

沢彦は妙な気分だ。雪斎が駿河の軍師、勘助が甲斐の軍師、自分が尾張の軍師になったら不思議な因縁の三竦《さんすく》みになると少々不快だ。それも雪斎と勘助は縁戚なのだ。その屈託を感じた土佐守が話柄《わへい》を変えた。

「沢彦さんや、いつまで鹿島に逗留《とうりゅう》できるのかな？」

「土佐守さまのお顔を拝見いたしましたのでいつでも美濃に立ち戻ります」

「そんなに急ぐのか？」

「お会いしたくて出てまいりました。連れの者が間もなく到着するかと？」

「ほう、連れがあるとは珍しい。明日、鹿島の大神さまの前で太刀筋《たちすじ》を見てやろう」

「よろしくお願い致します」

沢彦は土佐守と山本勘助に頭を下げて、部屋を辞し道場に向かった。夜になって久秀が道場に到着した。

仏に会いに行く

夜明け前の鹿島神宮は、鬱蒼《うっそう》とした大木の息遣《いきづか》いが聞こえそうなほど森閑《しんかん》としている。薄い霧が立ち込め、神々《こうごう》しい佇《たたず》まいだ。その参道を土佐守と沢彦が歩いている。二人以外、鳥の声すらまだない。夜明け前の闇が広がって空気が微かに白みかけている。

「勘助の前では話せないことだな？」

沈黙を破って土佐守が聞いた。

「土佐守さまは尾張の織田信秀さまをご存じでしょうか？」

「清洲城三奉行の一人織田信定の嫡男。名は聞いたことがある。戦に強く尾張の虎と呼ばれているそうだな？」

「その信秀さまの三男に吉法師さまという子がおります。その傅役《もりやく》、平手監物さまに学問の師として招かれました」

「うむ、それで、引き受けたのだな？」

「はい、月に一度十日ほど尾張に出向いております」

「禅師ほどの者が引き受けるからには、その子がものになると見たからであろう」

「乱世を薙ぎ払えるかと……」

「ほう、乱世をな、入れ込んだものだ。実はそう言いながら沢彦禅師自身が薙ぎ払うのであろう。そういうことか、駿河の太原雪斎と戦うことになるのだな？」

「今川が西に出て来れば、そこは尾張にございますれば……」

「義元と雪斎が上洛すれば、その上洛軍と戦うことになる？」

「そうなります」

土佐守が長い参道を歩きながら考えた。

「将軍義晴《よしはる》さまは無力じゃからな。天下は諸大名の争いの場だ。だが、義元の天下にはなるまい。あの山本勘助だが足が悪い上、隻眼で醜《みにく》い、それゆえ義元は仕官を許さなかったそうだ。それを甲斐の武田晴信が拾った。晴信の方が人を見る目があり見込みがある。沢彦禅師の本当の敵は義元ではなく晴信かも知れぬな。雪斎と戦うのは難儀だが、雪斎も人に過ぎぬ。勝つ策はいくらでもある」

後に土佐守は武田晴信にも兵法《ひょうほう》を講釈する。

「今川が三万として、尾張は？」

「一万です」

「それなら充分に戦える。地《ち》の利《り》だな？」

「尾張で戦います」

「それが良い。あとはその吉法師が何歳の時かだ？」

「当年、七歳です」

「うむ、十年だな。十年後に沢彦さんは幾つになる?」

「四十八になります」

土佐守は沢彦の能力を高く評価している。剣の筋も良く、その人柄も門弟たちに好かれている。大軍を率いる器《うつわ》だと考えている。将軍家の嫡男菊童丸《きくどうまる》の指南役として推挙《すいきょ》しても良いとさえ思っていた。菊童丸は後の剣豪将軍足利義輝《よしてる》だ。

「兵法は千変万化《せんぺんばんか》する事態にいかに早く適切に対応するかだ。大局《たいきょく》を見誤らぬようにしながら、戦わずに勝てれば最良だがのう。さて、大神さまの御前じゃ。始めようか?」

二人は社殿に一礼して向き合った。夜明けが薄霧の中に漂っていた。

「その錫杖が得物だな……」

土佐守が草履《ぞうり》を脱ぎ裸足になって腰の太刀を抜いた。沢彦は草鞋の紐《ひも》を確かめた。真剣の立ち合いは一瞬の隙が危険だ。

「いざ!」

沢彦は錫杖の中ごろを握って僅《わず》かに半身《はんみ》になり、錫杖を突き出して構えた。土佐守は太刀を中段に置いて静かに立っている。

この構えでは右を狙われる。錫杖をどこに置く。沢彦はスッと錫杖を引いて上段の構えに直した。錫杖で土佐守の胴を払いたいのだが、かわされた瞬間に踏み込まれて太刀を受け止められない。沢彦がゆっくり摺《す》り足で右に回った。踏み込む隙がない。後手でも土佐守の剣は素早く隙を斬って来る。先に動けば斬られる。呼吸も分からない。土佐守の剣は凄まじい圧力で沢彦に伸《の》し掛かって来る。沢彦は土佐守の剣先が、喉元に伸びて来るような気がして、一歩引いてしまった。

「それまで……」

土佐守が構えを解いて太刀を鞘に戻した。

「沢彦さん、錫杖の扱いは難しかろう。隙だらけであった」

「恐れ入ります」

「僧侶ゆえ太刀を帯びることはできぬ。錫杖で工夫することだな？」

「錫杖をもう少し軽く致します」

「うむ、唐国には棍棒《こんぼう》の技があると聞いたことがある。堺《さかい》辺りに異国人が来ているようだから、学ぶ時があるやも知れぬな？」

「棍棒の技？」

「どんな技か、見たことはない」

二人は社殿に一礼して参道を戻り始めた。

「沢彦さんや、あの供は織田の家臣か？」

「平手監物さまの嫡男にて、五郎右衛門さまと申します」

「ちらと見たのだがそなたの護衛にはならぬな」

「そう思います……」

「そのうち、京に上るつもりだ。美濃の寺に暫く世話になろう」

「いつ頃にございますか？」

「年内は無理かも知れぬ。来年か、数年後かも知れぬ」

「お待ちしております」

師弟は堅い信頼で結ばれている。土佐守はその鍛え上げられた肉体に八十二歳の長寿を得る。沢彦は土佐守と益々絆《きずな》を深めていくことになる。

沢彦と久秀は五日間鹿島に滞在して帰途《きと》についた。帰り道は二人とも急がない。和田峠では熊衛門の砦に立ち寄ると、熊衛門はすっかり改心して、盗賊砦は焼き払うと沢彦に約束した。女たちの影も形もなくなっていた。

二人は甲府、諏訪を経て岩村城下に入り美濃に戻った。途中で久秀は木曽川を渡り那古野に向かい、沢彦は井ノ口に向かった。大宝寺に戻ると大怪我の小森源三郎が、宗玄の肩を借りて歩けるまでになっていた。沢彦が方丈に入ると宗玄が後を追って来た。

「津島の堀田家より百俵のお米が届いております。三俵をお供えし、残りは庫裡《くり》の土間に積んであります」

「うむ、那古野で平手さまから聞きました。寺の修繕《しゅうぜん》など使い道は任せます」

「畏《かしこ》まりました……」

「お医師は何んと？」

「あと半月もすれば体は元に戻るが、右腕は動かないとのことです」

「そうか……」

「先々のことを話しておりますが、まだ、決心がつかないようです」

沢彦は源三郎に仏縁がなければ僧になることは無理だと考えている。僧の修行は決して楽なものではない。

「武士に未練があるようで、なかなか決心が……」

「そうか、皆で良く面倒を見てやってくれ」

その夜、沢彦を監視していたかのように堀田道空が現れた。

「長旅だったようだな？」

道空は沢彦が那古野に行くようになってから不機嫌だ。

「鹿島の塚原土佐守さまにお会いして来ました」

「おう、塚原さまはお達者か？」

「いずれこの寺に逗留したいと仰せであった」

「ほう、一度お眼に掛かりたいものだ」

「ところで堀田さまは山本勘助なるご仁をご存じか？」

「山本、どこの山本か？」

「駿河の太原雪斎さまと縁戚だそうだ」

「駿河の山本、知らんな」

「その山本さまが鹿島におられた。甲斐武田家に軍師として仕官するとのことであった」

「何ッ、武田の軍師だと？」

「それで土佐守さまへご挨拶に見えておられた。歳の頃は五十過ぎぐらい、隻眼です」

「隻眼の山本、利政さまならご存じかもしれぬ。武田が南信濃に出て来る気配になっている」

「美濃と接することになる？」

「そうだ。信濃には有力大名がいない。越後に近い村上殿と諏訪大社の諏訪殿ぐらいだ……」

道空は武田が甲斐から信濃に出て来ると見ていた。城でもそのように話し合われている。東美濃は南信濃と接している。武田軍が南信濃を手に入れれば、東美濃に侵入して来ると城の誰もが見ている。

「お父上の右馬太夫さまから百俵のご寄進がありました」

「うむ、そのことで来たのだ。寺領は安堵されることになった」

大宝寺の寺領は百石で斎藤家から納入された。寺の改修などの大掛かりな出費は別に斎藤家からの寄進と、檀方からの寄進で賄《まかな》っている。津島からの百俵の寄進は大宝寺にとっては大きな実入りだ。

「安堵とは道空さまの働きですかな？」

感謝の意を込めて沢彦が聞いた。すると、道空が自慢した。

「そうだ。誰が大宝寺のために働く！」

道空が恩着せがましく言った。城の重臣たちを説得して大宝寺の寺領を安堵した。道空は沢彦との友情を大切に考えている。

「忝く存じます」

沢彦は大宝寺の寺領は自分が握っていると言いたげな道空に合掌して頭を下げた。

「親父から書状が来た。大橋さまが大宝寺の賄いを心配されておられる。半減するなら津島が賄うと脅してきた。気に入らぬ。寺領が安堵されたのだ。大橋さまに断れ。美濃での立場が無くなるぞ」

「拙僧を脅すつもりですかな？」

「そうだ！」

道空は沢彦には何も隠さず、いつも考えをそのまま真っ直ぐに言う。

「お断りします」

「チッ、分からぬ坊主だ」

「ご寄進のお礼のため津島に伺い、大橋さま、堀田さまとお会いして安堵のことをお話しします」

「津島と大宝寺の寺領は関係のない話だ！」

「寺がどこから寄進を受けようが美濃とは関係ありません」

「何んだと、喧嘩を売るつもりか？」

「喧嘩を仕掛けているのは道空さまでは……」

「おのれ、図に乗りおって！」

「寺に指図は受けません」

二人はいつもこの調子で喧嘩をすることが多い。沢彦は織田家からの俸禄を辞退している。五千石が一万石でも納得しなければ沢彦は辞退する。稲葉山への出仕が二百石の加増だった。二百石加増されれば学僧たちが助かる。だが、沢彦はその出仕を断った。

津島からの寄進は織田家からの俸禄の肩代わりだ。そのことに道空は気付いていて、それが気に入らない。

「断らぬと言うのだな？」

「拙僧が考えて決めることです」

沢彦がきっぱり言って道空を睨んだ。道空が太刀を握った。

「やりますかな？」

「ふん、面白くない坊主だ。帰る！」

座を立つと堀田道空が荒々しい足音で方丈を出て行った。

十日ほど寺で過ごした沢彦が旅支度をして大宝寺を出た。木曽川の川並衆《かわなみしゅう》に願って荷舟で津島に下った。沢彦が舟に乗ることなど川の渡し舟以外ではないことだ。下り舟は美濃の物産を運び上り船は津島から海産物を運んでくる。川を行き来する交易は、川上にも川下にも重要だが、土豪や荘園主、領主が関《せき》銭《せん》をいたるところで集めるため、あまり発展はしていない。ことに、京と大坂を結ぶ川は関所だらけで、六百もの関所があり関銭を集めていた。

沢彦は物の流れが円滑《えんかつ》でなければ、土地は発展しないと考えている。その障害が関銭だ。そんな中で舟の上り下りは川並衆が支配していた。

錫杖を抱いて目を瞑り呪文を唱えていると、川並衆の老人が声をかけた。

「沢彦さんや……」

「おう、ご老人……」

「旅にお出掛けじゃな？」

「津島にまいります」

「頼みがあるのだが、聞いてくださるか？」

川並衆の老人が辺りを見回した。日に焼けた黒い顔が沈痛な面持ちだ。

「拙僧で足りることならお聞きしよう」

老人の顔色を察して沢彦が優しく促した。

「家の婆が長くないのじゃ、沢彦さんの寺に頼めぬかのう？」

老人が恐る恐る沢彦に願った。老人は既に妻の死を覚悟していた。

「そういうことなら引き受けますが、老人はどこの寺の檀方かな？」

「わしは捨て子じゃ。寺など無縁だった」

「そうですか」

「人の生き死にには厄介だで……」

「そのために坊主がいるのです。婆殿を誰が面倒を見ているのかな？」

「近くへ嫁に行った一人娘がいる」

沢彦が矢立《やたて》を取り出して筆で紙片にサラサラと戒名《かいみよう》を書いた。

「ご老人、亡くなったら亡骸《なきがら》とこれを大宝寺に持って行きなさい。拙僧が旅に出ていても宗玄という坊主がいる。これを見せれば引き受けてくれる」

「そうかい。有りがてえな……」

老人が顔色を明るくして紙片を受け取った。

「そなたの妻の戒名じゃ」

「これはえらく立派じゃないか？」

老人は字を読めなかったが沢彦の達筆を見て呟いた。

「老人、そなたにも戒名を付けてやろう。長生きするようにな……」

沢彦の筆が迷うことなく老人の戒名を書いた。

「婆がいないと長生きしてもつまらん……」

「そう言うな。生き死には仏さまが決めることだ。戒名があれば必ず仏さまのところに行ける。羯諦　羯諦　波羅羯諦　波羅僧羯諦　菩提薩婆訶。これがそなたの戒名じゃ」

老人が自分と妻の戒名を見比べている。

「沢彦さんや、婆の戒名は立派だが、わしのは貧弱だな？」

「そなたは若い頃、悪さをしたであろう。その戒名は仏さまに悪さを謝る有り難い戒名じゃ。そなたも大宝寺に来い。婆さんと一緒に葬《ほうむ》ってやる。今よりそなたは坊主だ。何事も慎《つつし》め……」

「それは有り難い、二人でいくら供養すればいいかのう？」

「銭か。仏さまに会いに行くのじゃ。銭などいらぬ。六文だけは抱いて行け。川並衆でも三途《さんず》の川だけはただでは渡れぬぞ」

「へい、有りがてえや、娘に畑の物でも持たせますで……」

「うむ、そうしてくだされ」

沢彦が矢立を仕舞う間、老人は嬉しそうに戒名を見ていた。

「沢彦さんや、聞いた話だが沢彦さんは偉い坊さんだってな？」

「そうだ……」

「どれぐらい偉いかのう」

老人はもう遠慮しない歳になっていた。

「そうだな。天下で三番目だ」

「へーっ。そりゃ大変だ。一番は何んという人かのう？」

「それは井ノ口、崇福寺の快川紹喜さまだな」

「へーっ。美濃に一番目と三番目がいるのかい？」

「そういうことだ。二番も美濃におるぞ。美濃は天下一良いところだ」

「そんなもんかい。わしは尾張の方がいいように思うが、二番目は誰かのう？」

「うむ、東美濃大圓寺の希菴玄密さまだ」

「美濃がそんなにいいかのう」

老人がブツブツ言いながら戒名の紙片を大事そうに懐《ふところ》にしまった。

下りの船足は速く、沢彦が考えたよりも早く津島に到着して堀田屋敷に急いだ。右馬太夫に寄進の礼を述べ、寺領が道空の働きで安堵されたことを伝え、小嶋日向守が隠棲《いんせい》している百姓家に回った。日向守を世話している老婆が出て来て来客中と告げた。沢彦が出直そうとした時、日向守の「お上がりくだされ」との声が聞こえた。

「御免……」

沢彦が百姓家の土間に立つと炉辺《ろばた》に座っていた武士が沢彦に頭を下げた。沢彦は見覚えがない。一度でも会っていれば覚えている筈《はず》だ。

「遠慮なくお上がりくだされ。良い機会です。村井《むらい》殿をお引き合わせ致します」

沢彦は草鞋を脱いで炉辺に座り客人を見たが覚えがない。

「信秀殿の家臣にて村井殿です」

日向守が武士を紹介した。

「村井貞勝《さだかつ》です。先日、古渡の城で禅師さまのお姿をお見かけ致しました」

「古渡、そうでしたか……」

村井貞勝は日向守を慕って近江から尾張に出て、日向守の推挙で信秀に仕えた。

「村井殿はいずれ織田家にはなくてはならぬご仁になります。禅師さまにはお見知りおき願います」

日向守が沢彦に村井貞勝《としかさ》を推薦した。貞勝は後に信長の京都所司代を務める男だ。沢彦の方が少し年嵩に見える。

日向守は口数が少なく炉の火をいじりながら、沢彦と貞勝二人の話を聞いている。そこに沢彦の後を追うように大橋家の使いが顔を出した。

「主人が夕餉を差し上げたいとのことでございます。是非、お出で下さるようにとのことでございますが？」

「承知しました。重長殿にすぐ伺いますとお伝えくだされ……」

日向守が答えて使いを返した。日向守が外出の支度をする間、沢彦と貞勝が炉辺で話し込んだ。この出会いが吉法師の将来に大きな影響を及ぼすことになる。

村井貞勝は信長の表の顔として京の所司代を務め、沢彦宗恩は影の軍師として信長を支えて行くことになる。

「お待たせしました。まいりましょう」

小嶋日向守信房は珍しく腰に脇差を帯び太刀を握っている。

「刀が重いようでは武士も終わりじゃな」

そう呟くと日向守が苦笑して土間の草履を履いた。三人が外に出ると薄暗くなっていた。大橋屋敷は二町も離れていない。

大橋屋敷には重長の他に道空の父堀田右馬太夫と、鞍姫を産んだ咲姫の父恒川《つねかわ》左京大夫《さきょうだゆう》、津島牛頭天王社の神官河村助右衛門らが集まっていた。

三人が到着すると既に津島十五党の四人は酒を呑んでいた。

「おう、禅師さま、日向守さま、先に始めておりました」

酒豪の堀田右馬太夫正貞が上機嫌で三人を迎えた。

「遅くなりました」

日向守が主座の重長の傍に座った。

「禅師さま、こちらが鞍姫の祖父、恒川左京大夫殿です」

日向守が左京大夫を沢彦に紹介した。座は七人になって急に賑やかになった。

「初めてお目に掛かります。恒川左京大夫でございまする。ご尊名は重長さまからうかがっておりました」

「これからは入魂《じっこん》に願います」

沢彦が合掌して恒川左京大夫に頭を下げた。左京大夫も津島の大物だ。神官であり豪商であり武家なのだ。

「大宝寺にご寄進を頂戴しお礼申し上げます」

沢彦が合掌し重長に頭を下げた。

「寺領安堵のことは右馬太夫殿から聞きましたが道空殿の手柄ですか？」

重長が聞いた。

「そうです。道空さまには感謝しております」

「倅《せがれ》を褒めないで貰いたい。あれとはいずれ戦わねばならぬ」

右馬太夫が不快そうに言った。

「いや、道空殿は津島のことを考えて働いておられる」

「殿さままで褒めないでもらいたい。正龍めは言うことを聞かず津島に帰って来ぬ……」

少し酔っている妖怪の本音がポロリと出た。

「右馬太夫殿、道空殿はいずれ戻って来ます。心配なさるな……」

そう言う重長に酔って赤い顔の妖怪が頷いた。そんなやり取りを傍で日向守が聞いている。そこへ鞍姫が大きく孕《はら》んだ体を重そうにして、侍女たちに膳を持たせて部屋に入って来た。

「父上さま、お爺さま……」

鞍姫が養父の日向守と祖父の恒川左京大夫に挨拶した。

「禅師さまには粥をお持ち致しました」

「これは忝いことです。お身体は大丈夫ですかな？」

「おかげさまで……」

鞍姫は孕んだ腹を見て嬉しそうに微笑んだ。

「有り難く粥を頂戴します。感謝、感謝」

合掌した沢彦の膳には粥と汁に味噌《みそ》と盃がのっていた。宴席では見かけない妙な膳だ。

「まずは一献……」

「頂戴します」

重長に勧められて沢彦が盃を取った。大橋重長は生まれてくる子に高僧の功徳を願った。

「丈夫なお子が生まれますように、羯諦　羯諦　波羅羯諦　波羅僧羯諦　菩提薩婆訶、では、頂戴いたします……」

沢彦がグッと盃を飲み干した。何んとも賑やかな宴席だ。沢彦は南朝後醍醐帝の親王に仕えた十五党の誇り高い気概を感じ取った。

第二章

翡《ひ》翠《すい》

うつけとは無礼千万《ぶれいせんばん》

夜半に三人は日向守宅に戻り、村井貞勝は泊まり、沢彦は夜の道を那古野《なごや》に向かった。夜旅は沢彦の常であり、わずかな星明かりがあれば歩いた。

夜明けには平手屋敷の庵《いおり》に到着し、その日から吉法師に講釈を開始した。吉法師も沢彦との刻《とき》を最優先にして、遊びの予定があっても庵に顔を出す。勝三郎はそれが気に入らない。

「くそ坊主め、また来たか！」

罵《ののし》って吉法師に叱《しか》られることを覚悟であからさまに不満を訴える。

「諦《あきら》めろ、あの沢彦に勝てる者はこの城にはいない！」

吉法師が宥《なだ》める。

「内藤さまでもか？」

「ああ、勝介でも勝てぬ！」

「くそ坊主め、ありゃ化け物だ。吉法師、気を付けろ！」

忠臣勝三郎は吉法師に忠告し、沢彦を根に持っている。だが、勝三郎は沢彦のどこが嫌いなのか、何に気を付けるのか分かっていない。そんな勝三郎の悔《くや》しい気持ちを吉法師は分かっている。素直に勝三郎の忠告を聞きながら、勝三郎が羨《うらや》ましがっていることを見逃してはいない。

「勝、皆を萬松寺に集めておけ！」

「うん、わかった！」

萬松寺が完成して吉法師たちの遊び場があちこちの寺から萬松寺に移っていた。

「行って来る。終わったら萬松寺に行く！」

勝三郎に見送られ木刀を担《かつ》いで吉法師が平手屋敷に向かった。近習《きんじゅ》二人が平手屋敷まで警固するのが常だ。

「沢彦ッ！」

「おう、入りなされ！」

「沢彦、立ち合えッ！」

吉法師が足半《あしなか》を後ろに蹴飛《けと》ばして木刀を構えた。そこにヌッと沢彦が部屋から出て来た。

「朝から元気がいいのう。よし、太刀筋《たちすじ》を見てやろう」

沢彦が傍《かたわ》らの錫杖《しやくじよう》を握って裸足《はだし》で庭に降りた。そこに吉法師の大声を聞き付けた久秀が現れた。

「沢彦、構えろ！」

叫びざま吉法師が木刀を構え直した。沢彦が錫杖をジャリジャリと二度しごいて、両手で錫杖を握り少し腰を沈め、錫杖を頭上に持っていき構えを取った。吉法師は恐ろしい気迫だと思う。とても踏み込めそうにない。

だが、吉法師の激しい気性が無謀にも足を一歩前に出した。錫杖を構えた沢彦は微動だにしない。裸足の沢彦の足指が大地をガッシリ摑《つか》んでいる。指の隅々《すみずみ》まで緊張が張り詰めて全く隙《すき》がない。無謀にも吉法師がまた前に出た。

「イヤーッ！」

カッキーン、振り下ろした木刀が吉法師の手を離れて庵の屋根に飛んで行った。沢彦の錫杖が吉法師の目の前にピタリと止まりジャリと鳴った。

「お見事ッ！」

久秀が吉法師の傍《そば》に歩いて来た。

「お見事。よく踏み込まれました。吉法師さまの気迫、禅師さまに負けておりませぬぞ」

吉法師を褒《ほ》めて吉法師の手を確かめた。まだ可愛《かわい》らしい子どもの手だ。

「五郎右衛門、あれを取っておけ！」

「はい、お帰りまでには……」

吉法師は一撃で負けたことを全く気にしていない。

「沢彦、太刀筋はどうだ！」

吉法師が沢彦の後ろ姿に聞いた。それに、沢彦が振り返って「よくありませんが、大将の太刀筋としては充分かと思います」そう答えると吉法師が満足そうだ。

吉法師が久秀を見る。どうだという気分がその眼に現れている。久秀が笑顔で吉法師に二度三度頷《うなず》いた。沢彦と吉法師は文武両道《ぶんぶりょうどう》、漢籍から太刀の稽古まで行う。馬術、槍《やり》、弓は城内で内藤勝介が吉法師に指南していた。

沢彦は漢籍、和歌、書、歴史、兵法、太刀など飽きないように工夫して教えている。吉法師は着々と領主としての教養、大軍の将としての知識を身に付けていた。乱世の武将たちは勝手に強く、賢《かしこ》くなったのではない。そこには必ず才能を育て導いた師がいる。

相変わらず恰好《かっこう》は擦《す》り切れた短袴《たんばかま》に小袖《こそで》、腰に紐《ひも》や縄を巻いて水の入った小さな瓢簞《ひょうたん》をぶら下げ、裸足に足半を履《は》き木刀を担いでいる。頭髪は乳母《うば》が朝に整《とと》えるが城に帰る頃はざんばら髪になる。それを勝三郎が束《たば》にして赤い紐で結んでやる。吉法師は乳母と勝三郎の他には頭髪を触《さわ》らせない。

沢彦は前の五日が終わると休息日に久秀と馬で熱田《あつた》に向かった。

那古野城の南、萬松寺に立ち寄って大雲永瑞《だいうんえいずい》に挨拶《あいさつ》し、馬首を熱田に向けた。

熱田羽城《はじょう》の加藤図書助順盛《かとうずしょのすけよりもり》に会うためだ。

「禅師さま、源三郎はいかがしておりましょうか？」

久秀が気になっていることを、馬に揺られながら沢彦に聞いた。大宝寺に運んで以来消息を知らない。

「随分《ずいぶん》、回復しました。宗玄が今後のことを相談しているようです」

「やはり、腕は動きませんか？」

「うむ、動かぬ……」

「禅師さまは源三郎を僧侶に？」

「本人の考え次第じゃ。仏縁がなければ僧にはなれぬ」

沢彦は美濃に帰ったら回復した源三郎を説得しようと考えた。

二人が向かっている熱田は、熱田神宮を中心に栄えた神の住む杜《もり》だ。熱田神宮は景行天皇《けいこうてんのう》の御世（一一三）に創建されたと伝わり、その創建年も定かではない古代の社《やしろ》だ。ご神体は神器の一つ、天子の武力の象徴草薙神剣《くさなぎのみつるぎ》、相殿として天照大神、素盞嗚尊《すさのおのみこと》、日本武尊《やまとたけるのみこと》、宮簀媛命《みやすひめのみこと》、建稲種命《たけいなだたねのみこと》など草薙神剣に縁のある神々が祀《まつ》られている。

熱田には織田家に味方する東加藤と西加藤がある。加藤家は代々伊勢山田の神官だったが美濃に移り、尾張に移って勢力を築いた一族だ。

先代の加藤順光《かとうよりみつ》から弟隼人佐《はやとのすけ》が分家して西加藤を興《おこ》し、本家東加藤は当主が順光から図書助順盛《ずしょのすけよりもり》になって、精進川沿いに羽城と呼ばれる広大な平城を構えている。図書助は加藤家の当主が代々名乗っている。加藤家の先々代景繁《かげしげ》は美濃岩村城に出仕《しゅっし》していたが浪人し、熱田に出て豪商になり景繁の子順光から織田家に与力している。

加藤家もまた津島の十五党と同じように神官であり武家であり豪商だ。

熱田は神の住む杜であると同時に、東国と伊勢を繋《つな》ぐ湊《みなと》としても栄えている。

津島と熱田は尾張の二大湊で、この二つの湊を織田弾正忠《だんじょうのちゅう》忠家が支配している。

津島には大橋家や堀田家があり、熱田には東西加藤家が勢力を張っている。順盛の姉夏姫《なつひめ》は美男で女好きの信秀の愛妾《あいしょう》で、二人の間には姫が生まれ、織田家ている。

と加藤家は血で結ばれている。津島の大橋家も吉法師の姉鞍姫が嫁ぎ血で結ばれている。

「織田家は津島と熱田を大切にしておられるようだが？」

「はい、津島と熱田が織田家を支えておりますので……」

「尾張には大きな湊が二つもある。人や物が動けば間違いなく国は栄える」

「津島の牛頭天王社《ごずてんのうしゃ》も熱田の神宮も祭事の折には誠に賑《にぎ》やかでござります。京に負けないという者がおります」

久秀が自慢げに言った。事実、津島も熱田も祭事の折には久秀の言葉に倍する賑わいだ。衰微した京に負けない賑わいになる。それを久秀は織田弾正忠家の威勢だと信じている。津島も熱田も祭り好きな吉法師には恰好の遊び場になっていた。

沢彦は羽城に到着するとすぐ当主の加藤図書助順盛と面会した。沢彦が吉法師の師になった事は公にはされなかったが、織田家の家臣団に広く知られていた。

加藤図書助順盛は二十七歳の若さながら、熱田神宮の神官らしく落ち着いた静かな風貌だ。勿論《もちろん》、武家でもある順盛には滾《たぎ》る血が流れている。

「禅師さま、ご高名はお聞きしております。この度は吉法師さまの師をお引き受けくださると聞き、喜んでいる次第でございまする」

「拙僧《せっそう》の及ぶ限りのことは務めさせて戴《いただ》きます」

「吉法師さまがいかように育つか、織田家の家臣団だけでなく、織田家に誼《よしみ》を通じる武家が見ておりまする。賢いと言う者、うつけと言う者など、相半《あいなか》ばかと思いまする。それがしは稀《まれ》に見る逸材と考えておりまする」

順盛に古渡からは勿論、津島衆や小嶋金吾から沢彦のことは聞こえていた。この後、順盛は沢彦の求めに応じて、次男を吉法師の近習として差し出す。加藤弥三郎だ。

沢彦は順盛と日が西に傾く頃まで話し込んで羽城を辞した。順盛は若いが沢彦が期待した通りの誠実な人物だった。信秀にも信頼されている若き大将だ。

沢彦が会いたいと思う人物は、信秀の弟で守山城主《もりやまじょう》の織田信光だけになった。守山城は三河の松平と駿河の今川を抑える城として重要だ。それを信秀は弟の信光に任《まか》せている。沢彦はそのうち信光と会う機会があるだろうと守山城には行かなかった。

「禅師さま、吉法師さまをうつけと申す者はどこを見ているのでしょうか？」

「久秀さま、うつけで結構。賢いという噂《うわさ》では困ります。うつけなれば命を狙われることがありませんからな」

沢彦が久秀を諭《さと》すように言ったが久秀は不満だ。

「幼いとはいえ吉法師さまは那古野城の主、無礼千万にござりまする」

「いやいや、この世は目明《めあ》き千人、盲《めくら》千人です」

沢彦の悟った気分を、十八歳の若い久秀には理解できない。

吉法師との後の五日が終わるとすぐ沢彦は美濃に向かう。ジャッジャッと歩きながら尾張で会った人々のことを考えた。織田信秀、平手政秀、久秀、汎秀、大雲永瑞、大橋重長、堀田正貞、道空の母、堀田正秀、小嶋日向守信房、村井貞勝、恒川左京大夫、河村神官、加藤順盛、織田信康、織田造酒丞《おだみきのじょう》、弥五郎、甚八など全て吉法師の味方になる人々だ。

吉法師には家臣団をまとめる魅力、頭脳、気迫があると沢彦は思う。武家は俸《ほう》禄《ろく》や知行《ちぎょう》だけが目当てで戦うのではない。主人の魅力に引き付けられて戦う武将も多い。大宝寺に戻ると門前で見張っていた宗泉が寺に駆け込み、宗玄が慌《あわ》てて境内《けいだい》に飛び出して来た。

「どうした?」

沢彦が立ち止まって宗玄を睨《にら》んだ。

「申し訳ございません。源三郎さまが寺を出て行かれましたッ！」

沢彦は足元に蹲《うずくま》って謝罪する宗玄を見下ろした。そこに宗仁と宗泉、宗丹までが出て来て呆然《ぼうぜん》と二人を見ている。三吉も境内に出て来て心配そうに見ている。

「宗玄、泣くな。ここでは落ち着いて聞けぬ。方丈で聞こう」

沢彦が庫裡《くり》に回って錫杖を宗泉に渡し、草鞋《わらじ》を脱いで方丈に向かった。後ろに宗玄と宗仁が従う。

「聞こうか……」

沢彦が文机《ふづくえ》を前に座ると宗玄と宗仁が合掌《がっしょう》して頭を下げた。

「寺を出たのはいつだ？」

「今日の早朝かと思います」

宗玄は責任を感じて苦しげに答えた。

「寺を出て行く気配は全くありませんでした」

傍らの宗仁が恐る恐る宗玄を庇《かば》うように言った。二人はまさか源三郎が黙って寺を出て行くとは考えていなかった。

「最後に見たのはいつか？」

二人のどちらにともなく沢彦が聞いた。出て行ったのが夜なのか朝なのかによってどの辺りまで行ったか分かる。

「昨夜、寝る前に源三郎さまの部屋を覗《のぞ》きました」

「その後、誰も見ていないのだな？」

宗玄が頷いて涙ぐんだ。源三郎がいないことに気付いた宗玄は、寺に宗仁を残して宗泉と宗丹の二人と三吉を井ノ口から四方に走らせ、自らも尾張への道を走って木曽川の渡しまで探した。だが、源三郎はどこに行ったのか見付からなかった。

「肩の傷は癒《い》えたのだな？」

「右手は不自由ですが、ここ数日は境内を歩いておりました」

「夜のうちに寺を出たのかもしれんな。朝には二、三里先に行ってしまったであろう。どこに向かったかだ？」

二人はうなだれて沢彦の話を聞いている。

「おそらく京だな……」

「京ですか、尾張ではないのですか？」

宗玄は源三郎が大怪我《けが》をして役立たずになり、捨てられたことを知らない。

「尾張には戻らぬ。誰かを頼ることもないだろう。おそらく、死を覚悟で京に向かったのだ。生きて京に辿《たど》り着けるか分からぬな？」

「申し訳ありません……」

宗玄が顔を歪《ゆが》めて沢彦に謝罪した。

「そなたの責任ではない。気に病《や》むな」

沢彦は暫《しばら》く考えて京だと確信を持った。源三郎は京にわずかな生きる道を探しに行ったのだと考えた。孤立無縁《こりつむえん》になった源三郎が死ぬ覚悟で寺を出たことは間違いない。動かぬ右腕で何ができるというのだと、沢彦はすぐ探しに行く決心をした。

「京に行く。そなたらは寺を守れ。戻って来たら何も聞かず労《いたわ》ってやれ……」

「本山には？」

「いや、妙心寺には寄らぬ。源三郎殿を探しに行くのだ」

沢彦が立ち上がって方丈を出た。夜の道を京に向かう。沢彦は庫裡で粥《かゆ》を食し、寄進《きしん》された草鞋十足を腰にぶら下げて旅支度を整え、四人に見送られて大宝寺を発った。

稲葉山城下の井ノ口を出て近江に向かい京に入る。沢彦には美濃と妙心寺の間は歩き慣れた道だ。源三郎が京に向かったとして、どこに行くか考えてみた。京に知り合いでもない限り行き場は六条河原か、寺院の軒下しかない。物乞《ものご》いをしながらの旅のはずだと、沢彦は道の周囲に気を配って京を目指した。道端《みちばた》に行き倒れているかもしれない。

近江に入り夜が明けると、心当たりの寺を探し回ったが源三郎はどこにもいない。見付かれば説得して美濃に連れ帰ろうと思ったが、源三郎の姿はどこにもなかった。

井ノ口から瀬田の唐橋《からはし》まで四日を掛けて探したが手掛かり一つなかった。源三郎らしき男を見掛けた者もいない。

源三郎は夜に寺を出て京を目指したのだが、一日も歩かず高熱で行き倒れ、百姓家に担ぎ込まれて寝ていた。沢彦は行き過ぎたのだ。それに気付いた沢彦が瀬田から源三郎を探しながら引き返した。七日間を源三郎探しに費《つい》やしたが見つけることができず空《むな》しく井ノ口に戻った。その日、津島への下り舟で知り合った川並衆の老人が娘と寺に現れた。

「沢彦さんはおられるかのう？」

境内を掃《は》き清めている三吉に声をかけた。三吉は先日、宗玄が葬式を出してやった老人だとすぐ分かった。

「禅師さまは方丈だ。呼んで来ます。本堂に上がりなされ……」

老人と娘を本堂に案内して沢彦を呼びに奥へ消えた。

娘は籠《かご》に畑の菜を詰め込んできている。沢彦が尾張に行っている間に老人の妻は亡くなり、妻の亡骸《なきがら》と沢彦から貰《もら》った戒名《かいみょう》を持って大宝寺に現れ、宗玄と宗仁が葬式を済ませたのだ。大宝寺のような大寺に妻を葬《ほうむ》ったことで老人は沢彦に感謝している。

「ご老人、よくまいられた。人の生死は世の常じゃ」

そう言いながら沢彦が宗玄と本堂に現れた。

「沢彦さん、お礼に上がりました」

「うむ、宗玄から話は聞いております」

「有り難いことで、約束の畑の物だ。こんな物しかないで、すまぬことです」

「結構。結構。ご老人の心尽くし、有り難く頂戴します。寺も貧乏ですから

……」

沢彦が合掌した。

「ところで娘さん。いつ生まれるのかな？」

「来月です」

「沢彦さんや、生まれてくる子に名前を付けてくだされ」

「名は付けてやるが、男か女か分かるまい？」

「男だ。男に決まっている」

老人はどうしても男の子が欲しい口ぶりだ。

「方丈にお出《い》でなさい。宗玄、その籠を庫裡に下げて仏さまにお供えしなさい」

沢彦が老人と娘を連れて方丈に入ると、文机の紙に生まれてくる子の名を書いた。

「古い書物にこの美濃の国を美乃と書いたものがある」

美乃介《みのすけ》と書いた紙を老人に見せた。

「男なら美乃介。万一、女なら美乃じゃ」

沢彦が美乃介と書いた紙を老人に渡した。

「みのすけ、みのすけか、えらく大きな名じゃ。有り難い、有り難い……」

老人が紙を捧《ささ》げてから娘に渡した。二人が大喜びで帰った夜、沢彦は夜陰《やいん》に紛《まぎ》れて尾張に向かった。木曽川の河原に出ると近付いて来る足音に立ち止まった。

「禅師さま、沢彦さま……」

「その声は甚八殿か？」

甚八が闇の中からヌッと現れ、二人が河原に腰を下ろした。朝まで木曽川は渡れない。

「源三郎のことで、京へ？」

甚八は源三郎がいなくなり大宝寺が大騒ぎになったことを配下から聞いて知っていた。

「寺を出て、行方が分からなくなりました」

「探しますか？」

「いや、甚八殿に頼めることではありません。生きていれば必ず会えます。行き先は京しかないはず。時々、京に行って探すつもりです」

「京にも織田家の間者がおりますが？」

「お心遣い　忝《かたじけな》く存じますが、このことは拙僧がしなければならないことです」

源三郎を探すのは自分の責務だと沢彦は考えていた。甚八たち信秀の家臣を使うなど埒外《らちがい》と思っている。

「分かりました。では御免……」

甚八が立ち上がると河原の闇《やみ》の中に消えた。沢彦は夜明けまで河原で仮眠して一番舟で木曽川を渡り尾張に入った。

呪文を唱えジャッジャッと錫杖を鳴らし、尾張の紺碧《こんぺき》の空を睨んで、公案《こうあん》を考えながら歩いた。頭髪も髭《ひげ》も伸びている。沢彦は不精《ぶしょう》だ。身なりを気にすることがない。暑さの中に秋の気配を感じながら平手屋敷に到着すると政秀と面会した。

「監物さま、源三郎殿が寺を出て行きました。井ノ口から瀬田まで探したのですがどこにもおりません」

「源三郎が寺を出てどうするつもりであろうか？」

「おそらく京を目指したものと考えられます。源三郎殿を探すのは拙僧の責務。何かあった時のために監物《けんもつ》さまにお伝えしておきます」

「源三郎は考えがあって寺を出たのでしょうから、くれぐれも無理をなさらぬよう願いまする」

政秀は若い源三郎が僧侶になることを拒んだのだと判断した。

沢彦が泣く

吉法師の前の五日と後の五日が終わって、その日のうちに沢彦は美濃に急ぎ、大宝寺で一日休息し、翌早朝には京に向かって発《た》った。長良川を渡ってすぐ、沢彦の前に二人の女が現れた。

「もし、禅師さま……」

路傍から声を掛けられた。見知らぬ女だったが沢彦は足を止めた。

「失礼ですが、大宝寺の沢彦さまでしょうか？」

若い女が聞いた。その傍には老婆が立っている。沢彦は二人とも知らない。

「大宝寺の沢彦宗恩です」

「突然に声をお掛けし失礼致しました。甚八殿からお話を聞き、美濃の山奥から出てまいりました。織田弾正忠さまが家臣、仙と申します」

お仙が頭を下げた。沢彦は甚八の名が出たことで全てを悟った。

「そちらのお方は？」

「母にございます」

「沢彦さん、織田信定さまに仕えておりましたお六《ろく》という者でございます」

老女は信秀の父信定の名を出した。それは沢彦に織田家の間者《かんじゃ》集団の忠誠が固いことを知らせている。

「先代さまのご家臣？」

「この歳《とし》では滅多《めった》に仕事には出ませんのじゃ。沢彦さんが那古野の小童《こわっぱ》のお師匠さまになられたと聞き、会いとうなりましてな。池田山《いけだやま》から下りて来ました。それに若い武家が無礼を働いて沢彦さんに打ち据えられたとか、織田家にも馬鹿者がおるようじゃて……」

お六は織田家の最古の間者だ。遠慮がない。

「お六殿、吉法師さまは聞きしに勝る逸材です。源三郎殿のことは打ち据えた拙僧が負わねばならぬ責務です」

「お探しに行くのですか？」

お仙が沢彦に聞いた。

「京まで探しながらまいります」

「沢彦さん、馬鹿者は放っておきなされ。殿さまに聞こえたら切腹じゃて……」

「お六殿、そうはできぬのです。仏さまに仕える身で、打ち据えたのは拙僧ですから……」

「そうですかいな。ご苦労なことですな。ところで沢彦さん、娘が京に用向《ようむ》きがあってな。連れて行ってくださらぬか？」

「お仙殿を？」

「瀬田の唐橋までお願い致します。迎えが来るはずです」

お仙が願った。

沢彦は甚八の気遣いを感じ取った。源三郎の探索を手伝うと言えば断られる。一計を考えたのだ。京に用向きがあるということなら断れない。間者が同行を願うなどおかしな話だが、沢彦に断る理由がない。

「承知しました」

「沢彦さん、娘は歳を食っているが織田家一の家臣じゃ。迷惑はかけませんからのう」

「そうですか。では、まいりますか？」

沢彦は自分より年下と思えるお仙に織田家との深いかかわりを感じ取った。落ち着きといい、目配りといい只《ただ》の女間者とは思えない。

沢彦のこの勘は正しかった。お仙は間者でありながら信秀の愛妾で女の子が生まれていた。信秀が十二歳の時、男にしたのが年上のお仙だ。以来、信秀は雪姫と巡り合うまで女狂いの日々を過ごした。

沢彦が錫杖を鳴らして歩きはじめると、お仙は三歩ほど離れて沢彦に従った。沢彦に負けない健脚《けんきゃく》だ。やがてこのお仙が信長の最も苦手な女の一人になって行く。

二人は黙々と歩いて源三郎のいる村を通り過ぎた。沢彦は源三郎が既《すで》に京にいるものと信じ切っていた。さすがの沢彦も足元の隙《すき》に気付いていない。

寺や神社を探し回り人々に聞いて回ったが、源三郎らしき若者を誰も見ていない。それもそのはずで源三郎は担ぎ込まれた百姓家で養生しながら、体が回復するよう時折《ときおり》仕事を手伝って、百姓家から動いていなかった。沢彦とお仙が三日間をかけて瀬田の唐橋まで源三郎を探した。唐橋に到着すると男女がお仙を迎えに出ていた。

「お仙さま……」

女が唐橋を走って来た。沢彦の知らない男女で、男がゆっくり沢彦に近付いて来た。

「竹兵衛《たけべえ》殿、美濃の沢彦さまです」

お仙が沢彦を京の間者竹兵衛に紹介した。

「妙心寺の沢彦さまは存じ上げておりまする。門前にて何度もお見受け致しました。織田弾正忠さまが家臣竹兵衛と申しまする……」

「宗恩です」

「高名な禅師さまとお会いできるとは有難いことです」

沢彦よりだいぶ若い竹兵衛が合掌して頭を下げた。

「沢彦さま、こちらが竹兵衛殿の奥方、滝乃《たきの》殿です」

夫婦で織田家の間者だ。沢彦は織田家の根の深さを感じた。それは織田家の財力の大きさでもある。その事実を沢彦は瀬田の唐橋で見た。滝乃はニコニコとまだ二十代の京女だった。

「竹兵衛殿、拙僧は京にまいります。お仙殿、お力添え忝く存じます。甚八殿によしなにお伝えくだされ。女人との旅は初めてです。楽しい旅でした。御免……」

沢彦がお仙に合掌し唐橋を渡って京に向かった。沢彦が目指すのは六条河原だ。そこにいなければ京の寺々を探すつもりでいる。三人は沢彦を見送ってどこへともなく姿を消した。

京の六条河原には、古くから権力者に抗《あらが》った者など、罪人を処刑する刑場がある。

河原は物乞いや刑場の雑役《ざつえき》をする非人、罪人の骸《むくろ》を埋葬する者、卑俗《ひぞく》な遊芸を売る河原者や沙門《しゃもん》など、乱世で行き場のない貧民が屯《たむろ》する巣窟《そうくつ》になっていた。下級の色香《いろか》を売る場所でもある。この貧民窟《ひんみんくつ》に堕《お》ちたら最後、抜け出すことは至難だ。一旦、どん底に堕ちた人間はそこから抜け出そうとする気力さえ奪われる。

沢彦は六条河原の住人を一人ひとり確かめて歩いた。河原の叢《くさむら》に座してぼんやり北山を見ている汚れた沙門がいた。病で熱があるのか眠そうにして辺りに悪《あく》臭《しゅう》を放っている。

「ご坊、人を探しているのだが?」

「ん、ご同業だな……」

「右手の不自由な若い武家をご存じあるまいか?」

「ご同輩、そんな武家はここと三条河原に百人はいるよ……」

沙門が大げさに言って沢彦に手を差し出した。銭をくれと言う。

「忝《かたじけな》い……」

沢彦は礼を言って銭を三枚その手に置いた。隣の掘っ立て小屋を見た。

「御免……」

そう言って筵《むしろ》を捲《めく》ると中から強い香の匂いが流れてきた。

「お坊さん、遊んでいきなさいな……」

匂いと一緒に女の声が沢彦を誘った。薄く立ち込めた香の煙の中に中年の女は白い顔で艶然《えんぜん》と微笑んでいる。外の風景とは隔絶した世界がそこにあった。

「ここは極楽ですえ……」

沢彦は慌《あわ》てて筵を下ろした。刑場の地獄と遊芸の極楽が河原に混在している。

何んと悲惨で哀れなことかと沢彦は暫《しば》しその場に立って呪文を唱えた。

その沢彦の墨衣《すみい》を引く子どもがいた。髪がボサボサの女の子だ。

「何かご用かな？」

「うッうう……」

女の子は頷いて隣の掘っ立て小屋を指差した。女の子は口が利《き》けず沢彦の墨衣を引っ張ったのだ。

「分かった。そこに行けと言うのだな？」

沢彦が女の子の汚れた手を引いて歩いた。女の子は無表情で聞こえているのか、聞こえていないのか分からない。沢彦の手を振り解《ほど》くと、掘っ立て小屋に走って行き筵の陰に消えた。

「御免……」

沢彦が筵を捲ると若い女がポツンと座っている。沢彦が見詰めるとニッコリと邪気のない笑顔で立って来て沢彦の手を引いた。

「うう、うう……」

若い女が頷いて笑った。汚れているが美しい笑顔だと沢彦は思った。だがすぐ母子とも口が利けないことが分かった。その時、沢彦の目の前に立っていた女の子が腰紐《こしひも》を解いて裸になった。女の子が驚いている沢彦に小さく頷いた。体を売ると言う。小さく華奢《きゃしゃ》な体は白く神々《こうごう》しく輝いていた。沢彦は女の子が脱いだ襤《ぼ》褸《ろ》の着物を取ってその体を包み抱きしめた。

「無惨《むざん》な……」

修行を積んで、あまり笑ったり泣いたり怒ったりすることのない沢彦の眼から大粒の涙が零《こぼ》れた。女の子も泣いた。母親は呆然と二人を見ている。

「そのようなことはせずともよいのだ……」

沢彦は女の子に襤褸を着せ紐で縛り、女の子と母親の手を引いてすぐ掘っ立て小屋の外に出た。もうその眼に涙はなく、険《けわ》しい怒りの顔に変わっていた。

母親は何日も外に出ていない。眼が眩《くら》んでフラフラしている。民を顧《かえり》みない勝手な武家どもを、皆殺しにしてでも乱世を薙《な》ぎ払ってやる。それで地獄なら行こう。沢彦は怒っていた。沢彦の怒りの五体を血が激流となって流れた。

源三郎を探すのを諦めて、襤褸をまとった親子の手を引き美濃に帰る決心をした。痩せた母娘《ははこ》の手を沢彦が握っている。母親は沢彦を怖がったが、幼い娘は沢彦の腕にぶら下がるようにしてキョロキョロと辺りを見る。親子の手を引いて河原から出ようとすると、河原の男たちがゾロゾロとついて来た。

「おい、坊主！」

「何かな？」

沢彦が振り返ると髭もじゃの汚れた男が悪臭を放ちながら近付いて来た。右腕のない大男だ。

「その女をどこに連れて行く？」

「そなた亭主殿か？」

「ふん、知るか！」

「亭主ではないようだな。この二人は美濃に連れて行く……」

「何ッ、美濃だと、坊主が人攫《ひとさら》いをしていいのか？」

沢彦は大将ぶった男が母娘を銭にしたいのだとすぐに分かった。

「親分、拙僧はこの女を気に入ったのじゃ。人攫いをするつもりはない。銭はないがいくらで売るかな？」

「へーッ、こんな女を気に入ったとは坊さんも好き者だな。親子で黄金一枚と言いたいところだが、そう低く出られると吹っかけることもできんな。坊さんの言い値で売るよ……」

「そうか。それは有り難い……」

沢彦が親分の顔を立てて母娘を銭で買うことにした。

「禅師さま……」

野次馬の中から竹兵衛が現れ沢彦の前に立った。心配して沢彦の後をつけていたのだ。

「よいところに来てくだされた。黄金一枚お持ちではあるまいか？」

「黄金？」

竹兵衛が周りの乞食たちを見回し髭面の親分を睨んだ。親分が武家の出現に身を引いて視線を避ける。

「暫し、お待ちくださるよう、都合してまいります」

竹兵衛が沢彦に頭を下げて野次馬の中に消えた。

「親分、暫時《ざんじ》、休め！」

「へーッ……」

髭面の親分は立派な武家に黄金一枚を命じた沢彦に怯《おび》えた。母娘は沢彦の手と墨衣をしっかり握って震《ふる》えている。片腕の親分が相当に恐ろしいのだ。

四半刻《しはんとき》待たされて竹兵衛が滝乃から黄金一枚を預かって戻って来た。親分はすっかり沢彦に馴染《なじ》んで子分のように何んでもへイ、へイと言って話を聞いた。

「禅師さま、お待たせ致しました」

「忝い。お借り致します」

沢彦が竹兵衛から黄金一枚を受け取り傍の親分に渡した。

「これでいいな？」

「おい、皆の者、黄金だ。お坊さまに礼を申し上げろ！」

黄金一枚で髭面の親分はすっかり偉くなった。

「おありがとうございます……」

乞食たちが沢彦に礼を唱和する。

「親分、独り占めするでないぞ」

「お坊さま、貧乏人は相身互《あいみたが》いじゃ。今夜は河原で酒盛りだ。お坊さまも来るか？」

「いや、拙僧はこれからこの親子と美濃に帰る。そなたも達者で暮らせ……」

沢彦は竹兵衛と母娘を連れて六条河原を離れた。

京は荒廃して始末に困った死骸を河原に捨てる者がいる。それらを親分たちが片付けたり川に流したりしていた。沢彦は人として扱われない河原者の優しさを見た。

「竹兵衛殿、世話になりました。この二人を美濃に連れて行きたいのだが、旅支度をお内儀《ないぎ》に願えまいか？」

「承知致しました。それがしの住まいは本能寺の裏にございます」

「遠慮なく厄介になります」

沢彦は京に詳しい。日蓮宗の本能寺は四条坊門小路蛸薬師《たこやくし》の近くに広大な伽藍《がらん》を持っていた。応仁の乱で荒廃した京を復興させたのが本能寺の信徒衆で、法華《ほっけ》のお題目が京中に響くほど栄えた。叡山《えいざん》の僧兵と争って堺に移ったが、それも回復して本能寺は京に戻り日蓮宗の本拠になっている。

竹兵衛たちの間者屋敷は目立たぬようにひっそりとしている。そこに瀬田で分かれたお仙がいた。お仙と滝乃に願って汚れた親子を洗い、一刻以上掛けて奇麗《きれい》にすると、親子は沢彦が驚くほどの可愛らしさに変身した。

母親は二十一歳で娘が九歳であることが分かった。母親は育ちが卑《いや》しくはないようで、文字が分かるようだが親と娘の父親の名だけは決して明かさない。母親の名は朱鷺《とき》といい立派な名だったが娘の名は分からない。というより名がついていないようなのだ。

沢彦は母親が武家か公家の出ではないかと思った。その可愛らしい九歳の女の子に翡翠《ひすい》という高貴な名を付けた。母親と同じ鳥の名でカワセミのことだ。翠鳥《そにどり》ともいう。翡翠は石の名でもあり高価な玉のことだ。これ以上の美しい名はないと思える名を沢彦は女の子に贈った。沢彦と翡翠の出会いは沢彦の心を激しく揺さぶった。

母のために幼い子が身を投げ出すなど、仏の捨身飼虎《しゃしんしこ》以外のなにものでもない。変身した親子は六条河原にいたとは思えない美しい母娘だ。お仙と滝乃は奮発して奇麗な着物を何枚も親子に持たせた。

その日、沢彦は久しぶりに妙心寺に顔を出した。妙心寺の梵鐘《ぼんしょう》の音を聞いて立ち寄った。この国で最も古く、最も美しい音色を黄鐘調《おうしきちょう》という。高い撞座《つきざ》から放つ高音の音色が沢彦は好きだ。修行の時から梵鐘の音に何度も心を洗われた。浄土に響く黄鐘調だ。

翌早朝、見違えるほど奇麗になった親子を連れて、お仙と竹兵衛が妙心寺の玉《ぎょく》鳳院《ほういん》に現れた。お仙も美濃に帰るため旅支度をしている。

竹兵衛が翡翠を背負い瀬田の唐橋まで送った。朱鷺は変貌《へんぼう》した自分を信じられないままニコニコとお仙に感謝している。竹兵衛に見送られ美濃に向かうと、翡翠は嬉しさのあまり、沢彦の手をしっかり握って勢いよく歩き出した。

翡翠は大宝寺に通って学問を身に付け、沢彦から鹿島新当流を学び、沈黙の女剣士に育って行く。翡翠は聞こえない剣風を聞き、その小太刀は沢彦も驚くほど上達する。

沢彦が探し続ける源三郎の行方は杳《よう》として分からず新しい年を迎えた。

月に一度、尾張に出向き吉法師と十日間を過ごし、美濃に帰る沢彦の日々は、見違える成長を見せる吉法師に魅《み》せられた日々だ。八歳になった吉法師がその知性を益々《ますます》輝かせる。

そんな春の日、大宝寺に戻った沢彦の前に堀田道空が沈痛な顔で現れた。方丈で書見をしていた沢彦の前に座して、太刀を放り出すようにガシャッと無造作に置いた。

「お疲れのようだが？」

「頼満さまが死んだ……」

道空が困り果てた顔でボソリと呟《つぶや》いた。

「聞いております。利政さまの宴席で倒れたとか。毒を食ったとの噂ですが、加担されたのか。毒殺を知っていましたな？」

「いや、知らなかった。お命を戴く話は昨年の暮れに聞いた……」

道空は利政一派に名を連ねている。

「蝮《まむし》殿が名門土岐《とき》に牙《きば》を剝《む》いた。頼満さまの奥方さまは利政さまの姫さまだったはずだが？」

「そうだ。利政さまは義父だ……」

「不仲とは聞いていましたが頼満さまは油断されたようじゃな。宴席《えんせき》に招かれ毒を食うとは防ぎようがない。利政さまも宴席に招いて毒害とは大胆なことをなさる。道空さまはその場におられましたのか？」

「いた。頼満さまが大層苦しまれた……」

道空はその宴席にいて一部始終を見た。突然のことで家臣たちは仰天したが、すぐ利政の仕業と分かり沈黙を決め込んだ。だが、その日のうちに頼満の死の原因が毒害であると井ノ口に広まった。その噂を沢彦も聞いた。大っぴらに利政の仕業とは語られないが、誰もが蝮のやったことだと知っている。

「このようなことでは美濃が滅びますぞ……」

「織田が攻めてくるか？」

道空が沢彦を睨んだ。朝倉や六角が動くことはこれまでの関わりから分かるが、尾張の虎、信秀の考えが摑めない。

「攻めても良いが、この有様では織田軍が攻めずとも土岐家も利政さまも滅びる……」

争いが絶えず、利政の野心が剝き出しになってきたことに苦言を言った。

「言いたい放題だな、殺さねば殺されるのだ」

道空は苦言を跳ね返して利政を庇《かば》った。利政一派の道空は毒害を不快に思いながらも認めるしかない。

おさまらないのが頼満の兄、美濃守護の頼芸《よりのり》だ。激怒していることは沢彦にも分かった。愛妾深芳野《みよしの》を利政に奪われ、弟頼満を殺害された。頼芸と利政が激突することは眼に見えている。

「どうなさる。まだ、美濃に未練がおありか？」

「未練だと……」

道空がその話は聞かぬという眼で沢彦を睨んだ。それを沢彦が怯《ひる》まず睨み返した。

「津島に戻られることも良策ではありませんか？」

道空が選ぶべき道を率直に問いかけた。なぜか津島の話になると道空が苛《いら》ついた。

「黙れ、おめおめと帰れるか……」

激しく意地を張る。

「されど、美濃は荒れますぞ。利政さまは土岐家を乗っ取る腹積もり。それもここ一、二年でしょう。だが、朝倉、六角が黙っておりませんぞ……」

沢彦は蝮の利政が一気に勝負に出たと感じ取っていた。おそらく、東美濃と西美濃の有力武将をまとめ上げたのだろう。そうでなければ主人の弟を毒害するなどという大胆なことはできない。罪を問われ自分が滅ぶ危険がある。

「織田は動くか？」

「拙僧はこのことにかかわりたくない」

沢彦が自分の立場をはっきりさせようとした。

「逃げるな……」

道空は沢彦を巻き込んで利政一派に取り込みたいと考えている。

「尾張は清洲と岩倉と古渡に三分している。どこの織田が動くか拙僧には分かりません」

「美濃を攻める力は古渡の弾正忠にしかあるまい……」

道空は沢彦を逃がすまいと核心を衝《つ》いた。二人は暫く睨み合った。互いの思惑が違う。

「では拙僧の見方を申し上げましょう。拙僧は美濃、尾張のいずれにも味方はしません。そのこと、承知戴きたい。おそらく、朝倉や六角は土岐家との繋がりで動きましょうが、織田家は頼芸さまが救援を求めない限り動きません。織田家の一義は駿河と三河対策です。これ以上は聞かれても答えませんぞ」

道空が沈黙して考え込んだ。尾張生まれの道空には沢彦の言いたいことが充分に分かる。

善は行い易《やす》し

方丈に柔らかな日差しが差し込んでいた。沢彦と道空は緊張した空気の中に座している。美濃が大荒れになる予感を二人とも持っていた。

「そこもとの屈託を拙僧が斬ってやろう。境内に出られよ！」

二人の話し合いが行き詰まった。

沢彦が座を立つと道空も無言で従った。沢彦は無腰だ。錫杖も持っていない。

二人が本堂の前で対峙《たいじ》した。

「その脇差を拝借したい」

道空が鞘《さや》ごと脇差を抜いて沢彦に渡した。それを沢彦は無造作にスラリと抜いて鞘を本堂の階《きざはし》に置いた。

「良い刀だ。さすが津島。千子村正《せんごむらまさ》ですな、その首を落とすには勿体《もったい》ない刀だ」

「チッ、埒《らち》もないことを、行くぞ！」

道空が自慢の太刀を抜き放った。津島の堀田家から持って来た名刀千子村正の大小が睨み合う。沢彦が脇差を中段に構え、二人は一間半の必殺の間合いにいた。境内で遊んでいた宗泉と宗丹と翡翠が遊びを止めて、何事かと二人の立ち合いを見詰めている。

道空の太刀が中段から右上段にスッと上がった。袈裟《けさ》に斬って来ることは分かったが沢彦は微動だにせず中段のままだ。

「エイーッ！」

道空の太刀が沢彦を袈裟に斬ったかに見えたが、脇差が道空の太刀をすりあげた。一瞬、沢彦の踏み込みが速かった。刃《やいば》の下を沢彦が左に抜けたのを道空は見た。

斬られた。道空は身震いした。僧衣の胸前が大きく裂けた。沢彦の脇差がどこを通ったのか道空には分からなかったが、胸を横一文字に斬られたことを僧衣が証明していた。

「フーッ」

沢彦が息を吐いた。

「拙僧を斬る気にならねばこういうことになる。一瞬の躊躇《ちゅうちょ》に太刀が伸びて行きますぞ……」

沢彦が鞘に脇差を戻して道空に差し出した。その瞬間、「イヤーッ！」と道空が上段から斬りつけた。その太刀を沢彦が脇差の柄《つか》でガキッと受け止め、立ち合いと同じようにスッと左に抜けて鞘のまま道空の喉《のど》に切っ先を付けた。

「まいったッ！」

道空が太刀を鞘に納めた。沢彦に二度斬られた。

「良い気合いでした。この太刀のようにいつも澄んだ気持ちでいたいものです」

この沢彦の太刀筋を見た者がいた。翡翠だ。小さな眼は一瞬の太刀の動きが見える眼だ。そのような眼を持つ者がいることを、沢彦は土佐守から聞いていた。

土佐守自身がそんな眼の持ち主だった。

「京から親子を連れて来たそうだな。坊主が妾《めかけ》を隠しているという噂だぞ……」

「檀方からも同じことを聞きました」

沢彦は否定しない。親子を連れて来たことは事実だ。だが、妾などではないと言いたかったがそれも否定しない。人々は下賤《げせん》な噂を好むものだ。人の口に戸は立てられない以上、やり過ごすのが良策だ。

「城でも噂だ。気を付けろ……」

「忠告、忝《かたじけな》い……」

沢彦が礼を言って境内から出て行く道空を見送った。そこに翡翠が走って来た。墨衣を引っ張って遊びの仲間に入れということらしい。翡翠はニコニコといつも笑顔の優しい子だ。

そんな翡翠が棒切れを持って、宗泉と宗丹を追い回しているのを見て、沢彦が剣を教えてみようと思った。翡翠が身を守る手段だと沢彦は考えた。

ところが、沢彦と稽古するのが嬉しいのか、沢彦を大好きな翡翠は、沢彦が削り出した短い木刀を腰紐に差して、暗いうちから境内に来て待っているようになる。その熱心さには眼を見張るものがあった。

秋になって沢彦が大桑《おおが》城に呼び出された。美濃守護土岐美濃守頼芸《よりのり》は四十歳の働き盛りだったが、酒に溺《おぼ》れでっぷりと太り、武家というより公家に似た風貌だ。以前に会見した時はもっと精悍《せいかん》な男だった。

蝮に相当苦労しているとすぐ分かった。この男では美濃は治まらない。沢彦は美濃の先々が見えた気がした。

「沢彦禅師、久しぶりだ。まずは一献、禅師に酌《しゃく》をせい……」

近習に命じた美濃守は既に酔っている。

「有り難く頂戴致します」

沢彦が一気に飲み干して盃《さかずき》を膳《ぜん》の上に伏せた。

「禅師、尾張のことを聞きたい」

美濃守は沢彦が那古野に通っていることを夏の終わりに聞いた。

「どのようなことをお話し致しましょうか？」

「古渡の弾正忠とはどんな男だ？」

美濃守は那古野のことには触れず信秀のことを聞いた。沢彦は美濃守が尾張に逃げることを考えていると直感した。尾張の熱田に土岐家の遠縁がいることを思い出した。

「弾正忠さまとは一度お会い致しました。その印象を申し上げます」

「うむ……」

美濃守が近習に盃を満たさせ口に運びながら頷いた。

「歳は三十二歳、風貌は眼光鋭く痩身《そうしん》にて美男。用兵は野戦が得意。清洲織田、岩倉織田が恐れていますが、その身分は清洲大和守家の三奉行の一人。さりながら実力は大和守家より上。只今は駿河今川の侵攻に備え三河を侵食中。今年は豊作にて家中は充実しております」

「尾張の虎というそうだな？」

「戦《いくさじょうず》上手ゆえの渾名《あだな》かと存じます」

「うむ、それで兵力は？」

「先の松平清康さまとの戦では一万と聞いております」

「余の方が兵力は上だ」

沢彦は考え込んでいる美濃守を見詰めた。信秀は一万五千の兵を動かせると沢彦は見ている。

「禅師は美濃をどう見ておる？」

美濃守は血走った酔眼《すいがん》で沢彦を睨んで聞いた。沢彦は沈黙したまま何も答えない。すると、美濃守が同じことを聞いた。

「美濃をどう見るかと聞いておる……」

沢彦の鋭い眼光を避けるように美濃守が気味悪くニッと笑った。

「その沈黙が答えか？」

美濃守は沢彦の沈黙を見込みがないと言いたいのだと判断した。

沢彦は不要な言葉を吐いて波風《なみかぜ》を立てたくない。美濃は土岐派と斎藤派に二分して一触即発の状況になっている。頼満の毒殺は美濃中の武将を緊張させているが、美濃守はその弟の毒殺には触れない。

「禅師、余は土岐の家督を争って兄と三度戦った。六角から姫を迎え、兄の子頼《より》純《ずみ》と四年前に和睦した。家督の争乱は治まったが美濃は静かにならぬ。余の徳が足りないのか？」

沢彦はそれにも答えない。

美濃守の兄頼武は父に疎《うと》まれ廃嫡になり、溺愛されていた次男の頼芸が家督を継いだ。頼武は越前に逃れ朝倉の支援を得て美濃に侵攻して来た。一度では決着が付かず三度戦った。頼武の子頼純と頼芸は和睦して頼純は大桑城の城主になった。そこに頼芸は同居している。

「禅師、徳とは何か？」

「徳とは道を悟り、善き行いをする品位のことかと心得ます」

「善き行いか？」

「仏の前にて恥じぬ行いかと存じます」

「仏に恥じぬ行いなど誰にできようか？」

「善は行い易《やす》く、悪は行い難し、人は生来、善と心得ます」

沢彦の根本的な考えだ。

「禅師、もう一献致せ……」

「頂戴致します」

沢彦が伏せておいた盃を取って近習の酌を受けた。

「そなた、崇福寺《そうふくじ》の快川《かいせん》を弟と呼ぶそうだが、誠の兄弟ではあるまい……」

「妙心寺にて兄弟となりました」

「鹿島の塚原土佐守や駿河の太原雪斎《たいげんせっさい》とも入魂《じっこん》だと聞いたぞ……」

「土佐守さまは剣の師。雪斎さまは妙心寺の先達《せんだつ》にございます」

沢彦がグッと盃を干した。

「そなたは知己《ちき》が多いそうだのう」

「美濃守さまも出家なさいますか？」

沢彦は美濃守が蝮に勝てないと確信している。育ちが良いのか邪気《じゃき》が全く感じられない。その美濃守が毒気の塊《かたまり》のような蝮に勝てるはずがない。

「出家か、そなたの寺で引き取るか？」

「一命を賭《と》してこの沢彦宗恩がお守り致します」

「うむ、その時は頼む、もう下がってよい……」

「では、失礼致します」

沢彦が美濃守に合掌して座を立った。大桑城から帰ると待っていたかのように堀田道空が大宝寺に現れた。それだけ美濃の情勢が切迫しているのだ。

道空はいつものようにズカズカと方丈に入って来てドカッと沢彦の文机の前に座した。

「城に呼ばれたであろう?」

「一献頂戴してまいりました」

「何を聞かれた?」

道空がたたみ掛けてきた。怒っている時の道空の常套《じょうとう》手段だ。そんなことは知り尽くしている沢彦だ。

「格別に下問《かもん》はなかった。拙僧からは出家を勧めた」

尾張のことには触れず道空の問いをかわした。だが、道空は沢彦の逃げを塞《ふさ》いだ。

「黙れ、坊主、何も聞かぬはずがない。隠すな!」

いつもの乱暴な言いように変わった。坊主が坊主と罵《ののし》るのは滑稽だ。そこが道空の良いところだと沢彦は考えている。

「ほう、拙僧に隠しごとなどありませんが……」

「おかしいではないか。子どもでも分かることだ。殿さまが酒を振る舞うだけで坊主を城に呼ぶか?」

理屈は道空の方が正しい。

「拙僧は美濃のことにはかかわらずと申し上げたことお忘れかな？」

「何ッ、大桑城に行けばかかわることになる」

「拙僧に登城を断れと申されるか。この井ノ口に住む者にそのようなことができますかな。乱暴もいい加減になされ……」

「小癪《こしやく》なッ、利政さまから呼び出しがあったら稲葉山に来るか？」

「伺おう。拙僧は逃げも隠れもしません」

「その言やよし、近々使いが来る」

「お待ちいたします」

道空が苛立って太刀を握ると荒々しく方丈から出て行った。

翌日、稲葉山城からさっそく使いが来て沢彦が呼び出された。美濃が混乱し始めていることをうかがわせる。沢彦は久しぶりに宗玄に手伝わせて頭を剃《そ》った。

青々と剃り上がった頭は小僧の宗泉や宗丹より青い。境内に出ると翡翠が木刀を持って走って来た。沢彦の前で中段に構えた。

「うむ、良い構えだ」

翡翠を褒めてから錫杖を翡翠の目の前に出して構えた。それで満足した翡翠がニコッと笑って、沢彦の胸に飛びついてきた。それを抱き上げ肩に乗せると山門まで行ってトンと下ろした。翡翠は沢彦が角を曲がるまで見送って寺に引き返す。

呪文を唱える沢彦の青頭を美濃の山から下りて来た冷たい秋風が嬲《なぶ》って行った。雪の近いことを告げている。沢彦は雪が来る前に尾張へ出向こうと考えた。

山裾の七曲《ななまが》り口に立つと城門から利政の若い家臣が飛び出して来た。城のある稲葉山は急峻《きゆうしゆん》な山だ。その山頂に城郭《じようかく》群が建っている。

「禅師さま、お待ちしておりました」

「斎藤利政さまから呼び出しを戴き、参上致しました」

「はッ、承知しておりまする。どうぞ……」

案内されて沢彦が山を登り四半刻ほどで城に入った。千畳敷《せんじようじき》の大広間の主座には蝮《まむし》と渾名《あだな》される斎藤利政が座し、東美濃や西美濃の錚々《そうそう》たる武将が左右に居並んでいる。その中に堀田道空も座していた。

「沢彦禅師、もそっと近こう……」

座ろうとする沢彦を制して利政が主座の近くに呼んだ。沢彦は四、五歩進んで主座の前に座し利政に向かって合掌した。

「お招きを戴き参上致しました」

「うむ、大儀……」

笑顔だが利政は何から切り出すか考えている風だ。沢彦は利政との会見が生死を分ける勝負と見ている。前日の道空の苛立ちが尋常でなかったことからそう感じていた。

利政との会見は三度目になる。笑顔の中の眼光には隙がない。卑《いや》しさも驕《おご》りもない。五十歳の利政は蝮とは程遠い整った顔立ちの美男だ。

沢彦は口を結んで利政から眼を離さず睨んでいる。大広間に緊張が走った。静寂の中で二人の対決が始まった。沢彦は背後に殺気を感じながら座している。

今やここが美濃の中心なのだ。

沢彦の気迫を主座の利政も感じ取っていた。沢彦は利政が以前より少し痩せたと思った。生きるか死ぬかの勝負を仕掛けている研《と》ぎ澄《す》まされた男が目の前にいた。

「禅師に問う、美濃の弱点は何か。正直に申せ、遠慮は要らぬ……」

利政の低く澄んだ声が威圧する。この静かな声が人を説得するのだと沢彦は思った。

「申し上げます。美濃には海がないことかと存じます」

「うむ、確かに。だが、禅師の言いたいことは他に有ろう？」

沢彦の心底を見抜こうとしている。

利政の父は若い頃、京の日蓮宗妙覚寺《みょうかくじ》で修行した法華《ほっけ》僧だ。妙覚寺の末寺、美濃井ノ口の鷲林山常在寺《しゅうりんざんじょうざいじ》に移って父は還俗《げんぞく》した。蝮は松波庄九郎《まつなみしょうくろう》と改名して油屋の娘を娶《めと》り、商人となり武家を目指した。やがて土岐家に仕え西村勘九郎正利《にしむらかんくろうまさとし》、長井新九郎規秀《ながいしんくろうのりひで》、長井新九郎秀龍《ひでたつ》と出世して、三年前美濃守護代斎藤利良が死去すると、斎藤新九郎利政と名乗って美濃の最高実力者に伸《の》し上《あ》がった。

利政は僧だった父の影響で沢彦に興味を持っている。

「妙心寺一座のそなたが何を申そうと咎《とが》める者などいない、それがしも元を辿《たど》れば妙覚寺の法華僧の子だ……」

利政は懐《ふところ》の深いところを見せた。だが、沢彦は利政の懐柔策《かいじゅうさく》と見て油断しない。利政の命令一つで大広間の武将たちが殺到して来る。沢彦は無腰で座していた。襲い掛かる武将の太刀を奪って戦う自信はある。沢彦は覚悟を決めた。

「斎藤新九郎利政さまかと存じます……」

蝮の名を言い利政こそが美濃の弱点だと言い放った。

「おのれッ！」

西美濃の大物、稲葉良通《いなばよしみち》二十九歳と氏家直元《うじいえなおもと》三十一歳が太刀を握って立ち上がった。道空は沢彦を助けねばと太刀を握って身構える。稲葉良通は快川紹喜《じょうき》の弟子だ。

「坊主ッ、うぬはッ！」

短気な直元が太刀を抜こうとした。

「待てッ！」

直元の傍にいた東美濃明智《あけち》城主明智光綱《みつつな》が制した。

「明智殿ッ、なぜ止めるッ！」

「ここは戦場ではござらぬ、気を静められよ……」

「ふん、分別臭《ふんべつくさ》いことを！」

「何ッ！」

短気な直元と光綱が睨み合って喧嘩《けんか》になりそうだ。光綱は四十七歳の分別盛り。この二人はやがて戦い明智城は落城する。子の光秀《みつひで》は浪人することになる。

「二人とも座ってくだされ……」

利政が冷静に扇子で二人を制し、座るよう命じた。

「その訳を聞こう……」

「利政さまに大義名分がございません」

「まだ言うかッ！」

直元と日根野弘就《ひねのひろなり》二十五歳が立ち上がった。太刀を摑んだ直元の手が怒りで震えている。利政の美濃乗っ取りには、大義がないと指摘した沢彦を直元は許せない。乱世で国取りなど当たり前で裏切り謀殺は日常だ。骨肉が殺し合うのが乱世だと直元は言いたい。

「二人とも座ってくださらぬか、大切な話でござる……」

利政はあくまで冷静な構えだ。そこには相手が沢彦でも問答には負けぬとの自信と気迫が漲《みなぎ》っていた。沢彦は数珠《じゅず》を握って平然としている。

利政は尾張のことにも美濃守との会見のことにも触れず、正面から沢彦に勝負を仕掛けていた。負ければ沢彦の命は勿論《もちろん》のこと大宝寺に戻ることも危うい。道空はハラハラしながらどうなることかと居心地《いごこち》が悪い。

「禅師の言う大義とは上洛《じょうらく》のことか？」

「さに非《あら》ず。大義とは民の安寧《あんねい》と考えます」

「なるほど、だが、武家の大義は上洛して天子と将軍に会い、お助けすることではないのか？」

「さに非ず。上洛は天佑神助《てんゆうしんじょ》なくば叶《かな》わず。民の安寧は日常と心得ます」

「なるほど、美濃の民は苦しんでいるか？」

「それはご存じのはず。こう戦続きでは民の安寧は得られません。美濃四十万石の民が等しく安寧と思し召《おぼめ》しますか？」

大広間が静まり返った。武将たちは沢彦の言葉を内臓を抉《えぐ》られる思いで聞いている。誰もがこれで良いとは思っていない。乱世の荒々しい武将でも悪鬼羅刹《あっきらせつ》ではない。父母や妻子を愛し優しい心を持っている。

「相分かった。どうすれば民の安寧を得られるか？」

「乱世を薙ぎ払うことです。天下百万の武家の半数に死んで戴くことです」

大広間が急に騒々しくなった。利政も沢彦の言葉に度肝《どぎも》を抜かれた。この坊主は何を考えているのだと、蝮らしくなく戸惑った。大広間の雰囲気が一変した。沢彦は武家の数が多過ぎると指摘した。この問題は武家社会に最後までつきまとうことになる。

「禅師さま、薙ぎ払う方策はおありか？」

西美濃の大物、安藤守就《あんどうもりなり》四十二歳が穏やかに聞いた。守就は後年、信長に追放される。

「あります」

沢彦はそれを聞いてどうすると安藤守就を無視して利政を睨んだ。蝮に睨まれた蛙《かえる》ではなく、禅僧に睨まれた蝮で逃げられなくなった。

「その策を聞きたい……」

利政が下手《したて》に出た。降参の意思表示だ。

「神が降臨します。乱世を薙ぎ払う龍が降臨します」

沢彦の言葉を誰も理解できない。神とか龍と言われても思いが及ばない。想像力の欠如は悲しい。ただ一人、沢彦が吉法師を神か龍と見ていると理解した者がいた。堀田道空だ。利政も尾張に出向く沢彦を聞き知っている。だが、吉法師のことまでは知らない。

時代が行き詰まると天は途轍《とてつ》もない人間を産み落とすことがある。

利政も只者ではない。後年、梟雄《きようゆう》と呼ばれる男だ。どうなることかと、周囲の武将たちの顔色を窺《うかが》っている道空の挙動不審《きよどうふしん》を見逃さなかった。

人は犬猫とは違う

蝮の利政はこの始末をどうするか考えた。その狡猾《こうかつ》な頭脳は切れ味鋭い。沢彦と親しい道空に話を持って行こうと考えた。

「道空、これにまいれ……」

扇子で沢彦の隣の座を指し扇子で招いた。道空はとんでもないことになったと恐れた。

頭を下げ太刀を摑んで立ち上がった。周囲の武将たちは何も分からず、なぜ堀田なのだという顔で見ている。その視線は道空には気持ちの良いものだったが、何を聞かれるのか不安だ。

道空は沢彦の隣に座って利政に平伏した。

「道空、この話の先を聞いても良いのか？」

利政は神などと怪しげな話になったことで、これ以上、問い詰めては坊主の話がどこに行くか知れないと思っている。公案《こうあん》の名手沢彦の独壇場《どくだんじょう》になる恐れがあった。

頭を下げた道空は自分に振られても答えられないと沢彦の顔を覗き込んだ。そこは沢彦と道空の仲だ。以心伝心《いしんでんしん》。沢彦は道空の求める助け舟を出した。

「姫さまを頂戴できればこの先のお話を致しますが？」

「何ッ、姫とは帰蝶《きちょう》のことか？」

利政が思わず身を引いて沢彦を睨んだ。七歳の帰蝶姫は蝮が愛してやまない掌中《しょうちゅう》の珠《たま》だ。利発《りはつ》であることは沢彦も聞き知っている。その姫と交換で龍の名を教えると言う。

この条件にはさすがの蝮の利政も降参するしかなかった。完敗だ。この帰蝶姫の条件には沢彦の大戦略が隠されていた。

「大儀であった。話の続きはまたにしよう。下がってよい……」

誰が見ても明らかで、なりふり構わず利政が逃げた。沢彦は利政の人間の大きさを見た。美濃の混乱は自分にあると分かっていながら、野心を達成しようと突き進んでいる。そんな利政を沢彦はなぜか好きになれない。

沢彦が大宝寺に戻ると後を追うように、城から黄金五枚が寺へ寄進として届けられた。夕刻には檀方の平手氏政が現れ、夜になって上機嫌の堀田道空が酒に酔って現れた。

「酒を呑んでいるな?」

「悪いか!」

方丈に入って来た道空を沢彦が咎《とが》めた。道空は酒癖《さけぐせ》が悪い。

「坊主、気分が良いぞ!」

千子村正の名刀をガシャッと放り出して沢彦の前にドサリと座った。

「そうですか。それは結構……」

「ケッ、坊主の首が飛ぶかとハラハラしたぞ!」

「あの構えは氏家さまと一緒に拙僧を斬るつもりだったのでは?」

「無礼者めッ、坊主を助けるつもりだった。分かるか?」

「それは有り難いことです」

「ケッ、それは有り難いことです、偉そうに、坊主、酒だ、酒……」

「寺に酒はありません」

「何、酒はありませんだと……」

道空は泥酔《でいすい》して沢彦の口真似《くちまね》がようやくだ。

「おい、坊主、嬉しいぞ……」

「それは結構なことです」

「結構なことですだと、坊主め、偉そうに言うな！」

「拙僧は妙心寺の一座、偉いに決まっておろうが……」

沢彦が道空をからかった。

「何ッ、妙、妙心寺、そうか、坊主は一座か、偉い。蝮がたじたじでな、負けたくせに妙に機嫌が良かった。へへッ、そのおこぼれじゃ……」

「そうですか」

「坊主、お主は蝮より偉い、姫をくれとはよく言うた。蝮の泣き所じゃ、偉い、吉法師の嫁だな？」

道空は言いたいことをまくし立てフラリと機嫌よく方丈から出て行った。

その夜、沢彦が旅支度で寺を出ると門前に朱鷺と翡翠が立っていた。尾張に行く沢彦を見送りに出て来たのだ。美濃の秋は寒い。虫の音が満天の星空に響いていく。

沢彦が頷くと翡翠が両手を広げて沢彦の胸に飛び込んで来た。それを肩に乗せ朱鷺の手を引いて歩き出した。人に見られても沢彦は気にしない。近頃は朱鷺を沢彦の妾、翡翠を沢彦の娘と言う者がいる。朱鷺の百姓家の近くで翡翠を肩から下ろし二人に見送られて尾張に向かった。

木曽川の河原でいつものように仮眠していると「禅師さま、沢彦さま……」と闇の中から声がして甚八が現れた。

「沢彦さま、この寒さは毒です」

甚八が着ていた蓑《みの》を脱いで沢彦に差し出した。沢彦は尾張に向かうところを、井ノ口の人たちに見られたくない。

「良いところに来てくれました」

沢彦が懐から黄金二枚を出して甚八に渡した。

「この黄金は？」

不思議そうに表裏を眺めて沢彦に聞いた。

「京で竹兵衛殿に拝借しました。母娘の着物を購《あがな》って貰いました。不足かも知れませぬがお返し願いたい」

「そのようなことはお気遣い無用に願いまする」

「あの親子は拙僧が勝手に連れて来ました。織田家の方々にご迷惑は掛けられません」

「お仙殿から聞いています。六条河原の片腕の大男に、黄金一枚を渡されたとか？」

「あの河原の者たちは同じ境遇の者には実に優しい。拙僧は長く京に暮らしたが思いが及ばなかった。乱世は何んとしても薙ぎ払わねばなりません。人は人らしく生きねば、犬猫とは違うのですから……」

沢彦の言葉に甚八が頷き「美濃守さまと蝮から何か？」と聞いた。

甚八の配下は沢彦が美濃守と利政から呼び出されたことを見張っていた。沢彦の言葉から甚八は只ならぬ切迫を感じた。

「美濃守さまは尾張に逃げるかも知れません」

「尾張に？」

「確か、熱田に土岐家の縁戚がおられたはずですが？」

「熱田？」

甚八は不覚にも知らなかった。すぐ、配下に調べさせることにした。万一、美濃守が尾張に逃亡すれば間違いなく織田家は美濃に出陣することになる。

「殿のお耳に入れてよろしゅうございますか？」

「結構です。美濃守さまの腹の中は尾張と見ました。奥方さまを連れて逃げれば六角かも知れませんが？」

「奥方さま？」

「そうです。さりながら、南近江の六角は西美濃衆に塞がれます。この川を渡れば尾張、信秀さまの方が井ノ口に侵入することは容易《たやす》い……」

「入るが易ければ出るも易し……」

「さよう、美濃守さまが舟で出れば津島から熱田です。馬かも知れないが……」

沢彦は美濃守が追放されれば尾張に逃げ込むだろうと予言した。美濃の重大事が尾張にも影響する。甚八は信秀に知らせることにした。

「源三郎のことをお聞きしようと出てまいりました……」

「まだ見つかりません、京ではないのかも知れません」

「探しましょうか？」

「いや、甚八殿、これは拙僧が何んとかしなければならないことです」

沢彦は再び甚八に断った。源三郎が生きていると信じている。夜が明けると二人は渡し舟で木曽川を渡り尾張に入った。

甚八は平手屋敷に入り政秀と話し合ってから古渡に向かった。沢彦は庵で座禅を組み公案を考え早目に寝に付いた。

翌早朝、吉法師が現れた。

「沢彦ッ！」

屋敷中に聞こえそうな大声で威勢よく吉法師が乗り込んで来る。

「入りなされ！」

沢彦が答えると吉法師は足半を蹴飛ばして、庵にズカズカと入って来る。その恰好は暑さ寒さに拘《かかわ》らず、襤褸《ぼろ》の短袴《たんばかま》に擦り切れているが小奇麗な小袖、腰紐は縄だったり紐だったり、そこに水の入った小さな瓢簞を下げ、近頃は木刀を差している。頭には相変わらず髪を巻き上げた赤い紐が簪《かんざし》のように派手だ。どこから見ても那古野城の城主とは思えない。武家を真似した少し気の触れた小僧だ。

木刀を傍に置いて沢彦の前に安座する。

「沢彦、美濃は寒いか！」

吉法師の眼には美濃は山だらけで雪の多いところと映っている。

「尾張よりは随分と寒いかと思います」

「美濃は土岐だな！」

「美濃の守護は土岐頼芸《よりのり》さまといいます」

「その頼芸か、毒を食ったのは！」

「そのようなことを吉法師さまはどこでお聞きになりましたか？」

「ふん、城の者は皆知っている、余には隠そうとするがな！」

吉法師は自分を一人前に扱わない大人たちに不満なのだ。

「そうですか。話しましょう。頼芸さまではありません。頼芸さまの弟です」

「毒を食わせたのは誰だ！」

「斎藤利政さまです」

「蝮という渾名はその男か！」

「そうです」

「よし、その蝮の首、余が斬り捨ててくれる！」

「いずれ、そのようになりましょう」

「沢彦、策を考えておけ！」

吉法師は美濃に詳しい沢彦が策を考えるべきだと思っている。それを自分が実行する。合理的な考え方だ。沢彦の策が気に入らなければ他の策に替えればよい。

「承知しました」

「うむ、始めてよいぞ！」

吉法師が機嫌よく沢彦に命じた。吉法師がこのような話をするのは沢彦と平手

政秀だけだ。この二人しか信用できないのだ。乳母である勝三郎の母もすぐ信秀に言いつけるので信用していない。もう一人、内藤勝介も信用できると思っている。

吉法師には那古野城の城主であるとの自覚が芽生え始めていた。乱世がどんなものかも知り始めている。

沢彦は那古野に来るたび吉法師の成長に手応えを感じた。吉法師との十日間が終わり美濃に戻ると大宝寺に塚原土佐守が高弟真壁と逗留《とうりゅう》していた。

沢彦は墨衣を正して土佐守の前に出た。

「只今、尾張から戻ってまいりました」

沢彦が土佐守の前に座して合掌した。

「留守中に上がり込んで厄介《やっかい》になっている。京からの帰りじゃ。四、五日世話になるが……」

「四、五日が十日でも十五日でもご逗留ください」

「そう長く逗留もできぬ。鹿島に戻らねば……」

常陸国は南北に長く、古来東海道に属していた。鹿島は常陸国の南の端にある。守護《しゅご》佐竹大膳大夫義篤《さたけだいぜんのだいぶよしあつ》三十五歳は甲斐源氏と同じ新羅《しんら》三郎義光の十六代目であったが、器量に欠け弟義元と不仲だった。その義元を一年前に自害に追い込んだが、混乱は続いていた。子の徳寿丸はまだ十一歳と幼く、常陸国の趨勢《すうせい》はまだ定まっていない。

土佐守には鹿島を守る大きな責務があった。同行の真壁は国人《こくじん》即ち常陸国に長く住み付いた土豪で真壁城の城主だが、四十四歳の真壁宗幹は子の久幹《ひさもと》二十歳に城を譲り、土佐守の高弟として道場にいることが多い。

突きをかわす

塚原土佐守は鍛え上げた肉体を保持しているが、寄る年波には勝てず長旅に疲れを見せた。

「京の将軍さまはいかがにございましたか？」

「うむ、義晴さまは湖西《こさい》の朽木《くつき》におられた。晴元《はるもと》殿と相変わらず争っておられる」

土佐守は無力な将軍と、実力で権力を握っている細川晴元の不和には、困ったことだと顔を暗くした。義晴と晴元は戦いと和睦を繰り返し、将軍義晴は近江の坂本や朽木に逃げることが多かった。

「ただ一つの望みは将軍家の嫡男菊童丸《きくどうまる》さまじゃな。三代さま以来の柳営《りゅうえい》の虎かも知れぬ。気迫よし、筋もよしと見たが、いかんせん将軍家には自前の武力がない。傀儡《かいらい》では何もできぬ。将軍親政に戻せるかだ……」

将軍家の将来を見通して、土佐守は菊童丸に期待を寄せていた。この時、菊童丸は六歳で後の剣豪将軍足利義輝《けんごうしょうぐんあしかがよしてる》だ。後に土佐守から一《ひとつ》の太刀の奥義《おうぎ》を伝授される。三代さまとは足利幕府の絶頂期に君臨した三代将軍足利義満だ。

「沢彦さんを菊童丸さまの学問の師に推挙しようと思っておったのじゃ。妙心寺一座の沢彦さんのことは将軍義晴さまも存じておられるでな」

土佐守が付け加えた。沢彦を尾張に取られたとの思いを土佐守も持っている。

「勿体《もったい》ない仰せにございます」

「沢彦禅師ほどの者が菊童丸さまの傍にいれば天下も変わるというものだが……」

「恐れ入ります」

「禅師、明日の朝、立ち合うか？」

真壁が沢彦を誘った。

「一手ご指南願います」

「よし、手加減はせぬからな」

「手加減すればお主が負けるわ……」

土佐守が口を挟《はさ》んで笑った。土佐守は沢彦より真壁が上と見ているが、実力では弥四郎が第一と見ている。

「静かに休みたいでな。この寺にいることは内緒じゃ。招かれてもどこにも行かぬ……」

土佐守が子供のように無邪気《むじゃき》に言って休息を宣言した。

「拙僧の知己にて堀田道空という者が、以前より土佐守さまとお会いしたいと願っておりますが、叶いませぬか?」

「堀田、津島の堀田か?」

「次男にて土岐家の家臣にございます」

土佐守が顔の前で手を振って拒否した。土佐守はどこに行っても武家に招かれ嫌気《いやけ》がさしている。酒の肴《さかな》に真剣勝負のことを聞かれるのは不愉快だ。勝負に勝った土佐守は称賛されるが、負けた相手は塵芥《ちりあくた》のように言われる。それが土佐守には耐えられない。

土佐守ほどの剣豪に挑む者は皆その道の達人なのだ。人品の卑《いや》しい者など一人もいなかった。敗者を悪人に仕立てるのは巷間《こうかん》の噂だ。いつしか、土佐守は立ち合いのことは封印して話さなくなった。聞かれても剣豪らしくなく「勝負は時の運です」と言って逃げた。分からぬ者に話しても仕方ない。面白おかしく語られることに怒りすら感じていた。

「分かりました」

「勝手を言う。すまぬな……」

「いいえ、お心を解せず、ご無礼を申し上げました」

三人は深更《しんこう》まで旅の話や乱世の成り行き、諸国の武将の話などに花が咲き、鹿島の道場にいる時のように、師弟は遠慮なく語り合った。土佐守も真壁も上機嫌で寝に付いた。

翌朝、真壁と沢彦は人影のない境内で立ち合った。土佐守は本堂の階《きざはし》に腰を下ろして、どんな立ち合いが見られるかと気軽に座っている。そこに木刀を持った翡翠が境内に入って来て、沢彦から十間ほど離れた地面に正座した。その様子を土佐守が見ている。

真壁と沢彦が木刀を持って二間の間合いを取った。土佐守に一礼してから対峙《たいじ》した。

「いざッ！」

翡翠は沢彦が戦う姿を初めて見る。瞬《まばた》きもせず木刀を握って緊張している。

「ヤッ！」

「おうッ！」

二人は気合を発して、沢彦がスーッと左に回った。真壁も左に動いた。その時、真壁に隙ができた。木刀を持って正座している翡翠が眼に入ったのだ。その隙を沢彦は見逃さなかった。

「シャーッ」

真壁の木刀の下に飛び込んだ。その瞬間、真壁の木刀が上段から「トーッ」と沢彦の脳天に撃ち降ろされたが遅かった。木刀を握る拳が沢彦の肩に当たった。その前に沢彦の木刀が逆袈裟に斬り上げ真壁の胴を掠《かす》っていた。

「まいったッ！」

二人が木刀を引いて一礼した。真壁は立ち合いを真剣に見つめる翡翠に一瞬気を取られた。地面に正座している子どもに瞬間真壁の眼が流れた。

「面白くない立ち合いだな。そこの娘ご、おいで……」

土佐守が二人の立ち合いを叱って、階から立って翡翠においでをして呼んだ。翡翠は立ち上がると着物の塵《ちり》を払って沢彦の傍に走って来た。土佐守は二人の木刀の動きが娘には見えていたのではないかと感じたのだ。

「真壁、木刀を貸せ……」

「えッ……」

「いいから、貸せ……」

土佐守が真壁から木刀をもぎ取ると裸足で階から降りた。

「娘ご、構えてみなさい……」

翡翠はどうするか沢彦の顔を見た。それに沢彦が頷くと、翡翠がニコッと笑って土佐守の前でペコリと頭を下げ、持っている木刀を構えた。

「そうか……」

土佐守は全く言葉を発しない翡翠が、何も喋《しゃべ》らないことに気付いた。土佐守も木刀を構え、切っ先をスッと右に一尺《しゃく》ほど動かした。土佐守を見詰める翡翠の眼がそれを感知して追った。

「ん？」

土佐守が切っ先をスッと左に流した。翡翠の眼は土佐守を見たまま切っ先の流れに付いて来た。土佐守がサッと上段に構えた。同時に翡翠が身を引いた。土佐守の木刀の切っ先の動きが見えている。土佐守が中段に構え直して、翡翠の喉に木刀を突き出した。それを翡翠がかわした。

見ている真壁と沢彦が驚いた。天下無双《てんかむそう》の土佐守の突きを十歳の娘がかわした。いくら手加減しているとはいえ土佐守の突きだ。常人なら卒倒して後ろに転がっているところだ。

「真壁ッ、この娘と立ち合え！」

「ええ……」

真壁が露骨《ろこつ》に嫌な顔をした。土佐守から木刀を渡され渋々翡翠の前で構えた。何の変哲《へんてつ》もない娘が眼の前にいた。

「イヤーッ！」

真壁の形相《ぎようそう》に驚いた翡翠が背を見せて、沢彦の後ろに逃げた。墨衣を摑んで真壁を見ている。

「子どもを脅かすものではない。虫を起こすぞ……」

土佐守が真壁を叱った。

「立ち合いに容赦《ようしや》はありません」

子どもと立ち合わされて真壁は不機嫌なのだ。

「真壁、その娘に何も感じぬか？」

「はあ、格別には……」

「沢彦さんはどうだ」

いつも稽古をしている沢彦も何も気付いていない。

「拙僧も格別には何も感じておりません」

「うむ、この娘ごは喋れぬようだが、それがしと同じ眼を持っている」

「えッ？」

真壁が土佐守の言葉に驚いて、沢彦に隠れている翡翠を見詰めた。沢彦も驚いて翡翠を見た。

「いつぞや話したであろう。切っ先の動きが見えるのだ。手加減はしたがあの突きをかわす良い眼を持っている……」

真壁と沢彦が沈黙してしまった。

「この娘ごは良い剣士になる。大切に育てることだな。年は幾つか？」

「十歳です」

そう沢彦が答えて翡翠を見た。翡翠が無邪気にニッと笑う。

「小さいな。小太刀《こだち》が良かろう」

沢彦が翡翠を前に出した。すると翡翠が土佐守にペコリと頭を下げた。土佐守が何を言っているのか分かっている。

「いい子だ。稽古に励んで、そのうち鹿島に来なさい」

翡翠がまた土佐守にペコリと頭を下げた。

その日、翡翠はみっちり真壁に稽古を付けられた。鹿島の道場でも高弟真壁に稽古を付けて貰うにはそれなりの修行を積んでからだ。ましてや、土佐守に手筋を見てもらうなど千金を積んでも叶うことではない。

翡翠は沢彦に拾われ、その運命がまた大きく変わろうとしていた。幼い翡翠はその運命を全身で受け止めようとしている。いつもニコニコしながら……。

真壁と翡翠の稽古を土佐守と沢彦が本堂の階に腰掛けて見ていた。そこに宗泉が朝餉《あさげ》を伝えに来てそのまま庫裡《くり》に戻らず翡翠の稽古を見ている。

「あの着物では稽古にならぬな？」

「はい、明日から袴にします」

「ところで尾張の吉法師はどうじゃ？」

土佐守は沢彦が力を入れている吉法師のことを忘れていない。

「伸び盛りと見ております」

「それは頼もしい。帰りの道筋だ。吉法師と会って見るか？」

「恐れ入ります」

土佐守は稽古を止め朝餉にすると言うと、翡翠が走って来て土佐守と沢彦に頭を下げ、真壁にも丁寧にお辞儀をして、木刀を腰紐に差して境内から走って行った。

朝餉が終わると土佐守と真壁は脇差だけ腰にして、三吉老人と宗丹を連れて長良川に釣りに出かけ、沢彦は宗泉と城下に出て翡翠の稽古着にする反物《たんもの》を購《あがな》い、朱鷺の百姓家に届けて戻った。

翌日の稽古に翡翠は白鉢巻《はちま》きを締《し》め、新しい稽古着で男の子と見紛《みまご》う凛々《りり》しさで現れた。それを引き受けるのが真壁だ。

なぜか真壁は翡翠との稽古を引き受け自ら望んで境内に降りた。そんな日が数日続き、土佐守は美濃の武家とは誰とも面会せず、七日間大宝寺に逗留して、真壁と沢彦を連れて那古野に向かった。土佐守も真壁も健脚だ。

沢彦は土佐守の意《い》を酌《く》んで、尾張の武家の誰にも知らせない。知らせれば二日や三日の大歓待になる。土佐守はそれを嫌った。

平手屋敷に到着すると、三人は沢彦の庵に入って囲炉裏を囲んだ。暫くすると古渡城から戻った政秀が挨拶に出て来た。古渡で美濃のことが話し合われたのだ。

「土佐守さま、よくお出で下さいました」

政秀は思いもよらぬ人物の来訪に驚き感激した。吉法師を見に来たのではと、来訪を聞いた時にピンと感じた。

「鹿島への帰りに素通りもできず、寄らせて戴きました。厄介になります」

土佐守が吉法師の名は出さず政秀に応じた。

「古渡に行っており、お迎えもできず失礼致しました」

土佐守はすぐ政秀の誠実な人柄を見抜いた。

「弾正忠殿はお達者ですかな？」

「はッ、殿さまは極めて壮健にござりまする」

「それは何より。結構なことです」

「土佐守さまは京から？」

「大宝寺に七日ほど世話になりました」

「それはようございました。禅師さまは土佐守さまのご門弟《もんてい》なれば、それがしなどには分からぬ剣の話など弾《はず》みましょうほどに……」

「常陸と美濃ではそう度々は会えませんでな。沢彦禅師ほどの者は傍に置きたいのだがそうもいきませんのじゃ」

「申し訳ございません」

政秀が土佐守の気持ちを斟酌《しんしゃく》して謝罪した。

「いやいや監物殿、そこもとのことではござらぬ。これは失礼を申し上げた。許されよ……」

土佐守は政秀の人柄が、沢彦を納得させたのだと思う。だが、その土佐守の見方が吉法師と会って一変する。

「将軍家は大層難儀《たいそうなんぎ》しておられるとの風聞《ふうぶん》でござりまするが？」

「さよう、監物殿もご存じの細川殿との不仲じゃ。京と近江を行ったり来たり。嘆かわしいことだが将軍家には細川殿に対抗する武力がないでな……」

二人の老人は長く乱世を見てきただけに、その尋常ではない世の実相《じつそう》に呆《あき》れ、驚き、悲しみ、嘆いた。土佐守も政秀も何度も戦場に出て色々な敵と戦ってきた。

「母屋に寝所を支度させまする。ゆっくりお休みくださるよう……」

「監物殿、お構いあるな。常在戦場《じょうざいせんじょう》なればこの炉辺《ろばた》で結構。草生《くさむ》す野辺に比べれば極楽《ごくらく》でござる」

土佐守は政秀に辞退して囲炉裏の傍にごろ寝をすることにした。

「薪《たきぎ》を運ばせましょう。寒くないように……」

政秀が引き取ると三人は炉辺に横になった。

翌朝、

「沢彦ッ！」

威勢よく吉法師が庭に入って来る。一瞬、庭の空気が緊張する。秋の冷気が身震いしそうな大声だ。

「入りなされ……」

いつもの沢彦の声がすると足半《あしなか》を脱ぎ捨て、縁《えん》に上がり学問所の戸を開いた。

そこには見慣れない男が二人と沢彦、政秀、久秀の五人が座していた。学問所が土佐守と吉法師の会見場所になった。

沢彦がいつも座っている場所に土佐守が座っている。その前に吉法師が安座して木刀を脇に置いた。恰好はいつもの擦り切れた短袴に小袖。腰に荒縄を巻き例の瓢箪が一つ下がり、頭髪は赤い紐で束ねている。城の馬場で内藤勝介と馬を乗り回してきた。

「吉法師さま、常陸鹿島の塚原土佐守さまにございます」

沢彦が土佐守を紹介した。

「沢彦の剣の師だな！」

「いつぞやお話しいたしました土佐守さまです」

「土佐守、吉法師だ！」

恐れ気もなく無礼な態度だと真壁は思う。

「塚原新右衛門じゃ」

土佐守は冷静に吉法師を見極めようとしている。それに吉法師は堂々と立ち向かって行った。土佐守がなぜ那古野に現れたか理解している。土佐守がどんな人物かも沢彦から聞いて知っている。

「土佐守、将軍家の菊童丸は賢いか！」

いきなり吉法師が土佐守に聞いた。菊童丸の存在は城中の噂で知っている。

「聡明にて良き十三代将軍さまになられるかと思います」

「菊童丸は乱世を薙ぎ払えるか！」

土佐守が吉法師を睨んだ。それを吉法師が睨み返す。

「無理かと存じます」

「力のない将軍だな。将軍が愚かゆえ乱世が終わらぬ。将軍義晴は達者か！」

「少々、病《やまい》がちでござる」

「それは将軍に刃向かう者がいるからであろう、誰だ！」

「細川晴元殿かと……」

「細川とは応仁の大乱の張本人ではないか！」

「いかにも……」

「土佐守、斬り捨てることはできぬのか！」

「できますが、晴元殿一人を斬っても、将軍家の屈託《くったく》は取り除けませぬ」

「他にもいるのだな！」

「多くの武将がそうかと思います」

「信秀は違うぞ！」

吉法師は自分の父親を呼び捨てにした。

「では、織田家は将軍親政を助けますか？」

「助けても良いが、将軍に力がなければ親政などできん！」

吉法師が沢彦と話し合い考えた結論だ。沢彦はできる限り多岐《たき》にわたって吉法師と議論し考えさせる方法を取っている。沢彦からの一方的な押し付けは絶対に聞かないのが吉法師だ。

「一の太刀は秘密だと聞いたがそうか！」

吉法師が最も聞きたいことを口にした。

「いかにも、修行を積んだ剣士のみに授《さず》ける鹿島新当流の奥義でござる。攻めに非ず、守りに非ず、先手に非ず、後の先に非ず、剣技に非ず、敵の隙を見逃さず、構えの隙、動きの隙、呼吸の隙、その一点に全身全霊を傾け敵を屠《ほふ》る兵法でござる」

土佐守が躊躇《ちゅうちょ》なくさらりと答えた。重要な新当流の秘伝だ。

「兵法か、面白い。沢彦、教えろ！」

吉法師に要求され沢彦が土佐守を見た。それに土佐守が小さく頷いて許可した。

「初陣の折にお教え致しましょう」

「土佐守、剣で乱世を薙ぎ払えるか！」

吉法師の問いは、剣一筋に生きてきた土佐守でも、迂闊《うかつ》に答えられない難問だ。吉法師は天下無双の剣豪土佐守に真っ向から戦いを挑んでいる。臆《おく》してはいない。むしろ、この問いで土佐守が押された。真壁も沢彦も政秀も聞きたい難問だ。

「剣は己《おのれ》を制し、己を磨くものにて乱世を薙ぎ払うことはできぬ。兵法がなければ乱世は薙ぎ払えませんな」

土佐守がさらりと答えた。

「兵法で薙ぎ払うか、兵法とは何んだ！」

「知恵でござる。知恵で薙ぎ払う。ここで薙ぎ払うしかござらぬ」

土佐守が指で自分の頭を指した。この答えは吉法師の考えと同じだ。

「もう一つ、天運です」

「天運か、どうすれば分かる！」

「民の声が教えてくれます」

吉法師は口を堅く結んで土佐守を睨んだ。民の声を聞けと言う土佐守の言葉を吉法師は理解した。

「分かった。土佐守、長生きせい。余が乱世を薙ぎ払ってくれる。見ておれ！」

吉法師は自信満々だ。

「楽しみにしよう」

「沢彦、今日はここまでだな！」

「結構です」

吉法師が木刀を握って立ち、足半を突っ掛けて庭から消えた。

土佐守は沢彦が入れ込むはずだと思った。天下広しといえども出会うことのない逸材だと土佐守が認めた。

「沢彦さんや、大きく育てることだな」

「はい、そう致します」

土佐守が吉法師を只者ではないと認めたのだ。

もう一人、土佐守と渡り合った人物がいる。山本勘助の縁で面会した後の武田信玄だ。土佐守は信玄を気に入り、鹿島新当流の奥義と兵法を講釈する。

土佐守と真壁が熱田に向かうため平手屋敷を出た。土佐守は立ち止まって暫く吉法師のいる那古野城を眺め、会見の余韻《よいん》を感じながら歩き出した。沢彦と久秀が土佐守と真壁を熱田神宮まで見送って那古野に引き返した。

風雲急なり

　大宝寺に堀田道空が飛び込んで来た。

「殿が大桑《おおが》城を出られた！」

　道空は方丈に入ると沢彦に告げた。大桑城を利政軍が攻撃したため、美濃守が城を出たのだ。頼純も城を出て母親の実家越前朝倉に向かった。

「西か南かッ？」

「南、尾張だ……」

「御免！」

　沢彦がやはり尾張かと立ち上がりざま数珠を握った。

「追うのか、利政さまの敵になるぞ……」

「利政さまは別れの挨拶を咎《とが》めるほど狭量《きようりよう》か？」

　怒った顔の沢彦が方丈を出て、庫裡で素早く旅支度をして大宝寺を飛び出した。

　道空と翡翠が門前で見送った。

　道空は頼芸《よりのり》が尾張に逃げたことでとんでもないことになったと思ったが、利政の家臣である以上、織田軍と戦う覚悟はしている。だが、津島十五党の父と兄と戦うのは辛《つら》い。

沢彦は猛烈な速さで美濃守一行を追った。その頃、美濃守は馬に乗り二十騎ほどの騎馬に守られ、慌てる様子もなく時々休息を取ってゆったりと熱田に向かっていた。

沢彦が一行に追い付いたのは熱田が見える辺りだった。美濃守が馬を止めると騎馬の一騎が沢彦に向かって駆けて来た。

「禅師さま！」

手綱を引いて騎馬が沢彦の傍に止まった。

「美濃守さまは？」

「ご無事にございます」

沢彦の厳しい口調に、若武者は泣き出しそうな苦渋の顔だ。

「お目通りしたいが……」

「はッ、お取り次ぎ致しまする！」

馬首を返して戻っていった。

「羯諦《ぎやてい》　羯諦《ぎやてい》　波羅羯諦《はらぎやてい》　波羅僧羯諦《はらそうぎやてい》　菩提薩婆訶《ぼじそわか》……」

沢彦が呪文を唱えながら、路傍の石に腰を下ろした美濃守に近付いて行った。

沢彦は合掌して美濃守に頭を下げた。

「禅師、尾張の海は黄金じゃ、キラキラと美しいものだな」

「あの海が尾張を支えております」

「うむ、余は蝮に反撃するぞ。良い策はないか？」

美濃守には追放された悲惨さがない。まだ、美濃衆を信じ美濃の守護として利政と決戦する気力が残っている。

「頼純さま、朝倉さま、六角さま、織田さまのお力をお借りし、北、西、南の三方から攻めるのが上策かと思いますが、和睦の道もお考え下さるよう……」

「和睦か、蝮に美濃を奪われることはないか？」

既に利政に奪われている。何んと暢気《のんき》な名門の殿さまかと思う。

「朝倉も織田も兵を出しましょうが、戦えば美濃衆が甚大《じんだい》な損害を被《こうむ》ります」

「禅師、弾正忠殿には既《すで》に使いを出してある。おっつけ戻って来よう……」

「頼栄《よりひで》さま、朝倉には？」

「頼純殿が向かっている」

頼栄は美濃守の嫡男だが後に廃嫡《はいちゃく》となり、美濃守の後継は次男頼次《よりつぐ》になる。

この時、名門土岐源氏は滅びの道を歩み始めていた。

「拙僧は古渡城にまいります」

頼芸は沢彦が信秀と会って自分が美濃に復帰する策を考えるのだと思う。沢彦はこの人柄のよい無力な男を美濃に帰したい。美濃守は教養人で書画《しょが》に造詣《ぞうけい》が深く、ことに美濃守が描いた鷹《たか》の絵は土岐の鷹と呼ばれ珍重《ちんちょう》されている。

沢彦は美濃守一行と別れ一人古渡城に向かった。尾張にも美濃にも拘《かかわ》らないと考えていた沢彦が、美濃守を助けたいと思ったのは、その武将らしくない人柄を惜しんだからだ。だが、滅びに取り憑かれた土岐源氏を助けるのは容易ではない。

沢彦が古渡城に到着すると信秀は軍議を開く支度をしていた。

「明日、織田軍は軍議を行う……」

信秀は美濃の急変に戸惑っていた。

「まずは三河での戦勝、祝着《しゅうちゃく》に存じます」

信秀の織田軍は三河に侵攻し駿河今川軍と三河の小豆坂《あずきざか》で戦い、勝利して西三河の安祥城《あんじようじよう》を奪い勢力を拡大して勢い付いていた。

「東の織田軍を美濃に移すか明日の軍議で決まる。禅師さまには何か策がおありか?」

「まずは将軍家に仲介《ちゆうかい》を願い、和睦を探り守護として美濃守さまを大桑城に復帰させるが上策かと考えます。利政さまが拒否すれば戦になりますが、朝倉も動きましょうから和睦の機会があります。大軍を動かせば三河が手薄になるかと思います」

「将軍の仲介か。だが、朝倉が美濃に侵攻して来ればその猶予《ゆうよ》はあるまい。軍議はその辺りを考えることになろう。朝倉との兼ね合いだな……」

沢彦は和睦が上策、美濃侵攻が次善の策と考えた。だが、信秀は朝倉に遅れを取るまいと、三河での勢いを美濃に向ける考えでいるのを感じた。

美濃を北と南から挟撃《きようげき》する。朝倉も同じことを考えているはずだ。織田軍の武将たちは今川に勝利したことで美濃に向かうことに躊躇《ちゆうちよ》しないだろう。

沢彦は城を出ると急ぎ美濃に向かった。いつ朝倉軍が美濃に現れるか分からない。越前の朝倉軍は雪が来る前に戦いに決着を付けないと、大軍が越前に帰還《きかん》できなくなる危険をいつもはらんでいる。

何カ月にもわたる長陣《ながじん》はできない。朝倉軍の出陣は早いはずだと沢彦は考えた。朝倉軍が現れれば即織田軍も出陣する。池田山のお六たちが動いているはずだ。

美濃守護土岐頼芸を擁する織田軍一万五千と、頼芸の兄の子土岐頼純を擁する朝倉軍二万に挟撃されては、蝮の美濃軍の苦戦は眼に見えている。

沢彦が大宝寺に戻ると、早速、堀田道空が現れた。

「殿と会えたか？」

「路傍で面会を願った」

「やはり熱田か？」

「そうだ！」

沢彦は利政の露骨《ろこつ》な美濃乗っ取りに怒っている。大規模な戦になれば苦労するのは民百姓と決まっている。

「織田軍の美濃入りはあるか？」

道空も戦は避けられないと考え、沢彦に厳しい言葉で詰め寄った。道空にとって織田軍即津島十五党なのだ。

「当然だろう。その覚悟で大桑城を攻撃したはずだ」

沢彦は後の始末を考えないで大桑城を攻めるはずがないと、暗に利政の軍事行動を批判した。そんなことはどうでもいい道空が訊《き》いた。

「いつ出て来る？」

織田軍の動きを知っているだろうという口ぶりだ。沢彦は自分は美濃の間者ではないと言いたかったが、グッと怒りを抑え込んだ。道空に怒りをぶつけても仕方のないことだ。

「分からぬ。越前の朝倉次第だ……」

「挟撃か？」

「そうなる。利政さまはそれぐらいは覚悟の上で大桑城を攻撃したはずだ」

沢彦は当たり前のことを聞くなという口ぶりで道空を睨みつけた。

道空は沢彦がなぜ怒っているのか分かっている。確かに沢彦が利政との会見で指摘した通り、大桑城の攻撃に大義はない。国取りを仕掛けているのは利政で、その狡猾《こうかつ》な謀略《ぼうりゃく》に名門土岐は翻弄《ほんろう》されて滅亡《めつぼう》の淵《ふち》にいる。

だが、乱世では力が正義だ。力なき者は滅びるのが当然だと道空は考えている。

「寺から出るな。命の保証はないぞ！」

「余計なことだ。朝倉に備えろ……」

沢彦が道空を追い払うように言う。道空は返事もせず太刀を握ると方丈から出た。

　翌朝、沢彦が翡翠に稽古を付けていると三十人ほどの兵を引き連れて、氏家直元が大宝寺に現れた。直元が一人境内に入って来ると沢彦は稽古を中断した。

「これは直元さま、出陣ですかな？」

「黙れッ、うぬは殿と会ってきたそうだな！」

「いかにも、お会いしてまいった」

「利政さまに抗《あらが》い、殿と織田に味方する気か？」

「さに非ず。守護でありながら、国を追われる美濃守さまが哀れゆえ、お会いしてまいったまで、そこもとに咎《とが》められる筋合いはない」

「何ッ、図に乗るな、利政さまの恩を忘れるでないぞ！」

「ほう。そのお言葉はそのまま直元さまにお返し致す。西美濃衆は土岐家の恩を忘れたようじゃ」

「何ッ！」

　直元が太刀の柄《つか》を握ると、二人のやり取りを傍で見ていた翡翠が、沢彦の前に出て木刀を直元に向けて中段に構えた。

「どけッ、小童《こわっぱ》ッ！」

直元の怒声に翡翠は動じない。直元を睨んで中段に構えている。

「直元さま、二、三十の兵ではこの沢彦を倒すことはできませんぞ。いつでもお相手致す。沢彦を討ち取るつもりなら五百の兵を揃《そろ》え、大宝寺を焼き払う覚悟でお出《い》でなさい。沢彦の兵法をお見せ致します」

「チッ、図に乗るなよ！」

直元が太刀の柄から手を放した。沢彦が鹿島新当流の剣士であることも、武術の達人であることも直元は知っている。翡翠は油断なく木刀を構えたままだ。

「直元さま、朝倉と織田に挟撃されますぞ」

「うるさいッ！」

氏家直元は怒りで顔を紅潮《こうちょう》させ、沢彦に背を向けると境内から出て行った。沢彦と直元では全てにおいて格が違い過ぎる。

「翡翠、来い……」

沢彦が木刀を構えると、白鉢巻きの翡翠がニッと笑って木刀を構え打ち込んだ。翡翠は袴を気に入り、いつも武家の子のように袴を着け、白鉢巻《しろはちま》きで男の子のようにしている。

土岐頼純を擁した朝倉軍の動きは早かった。大軍を率いて短期決戦に出た。織田軍は各地に間者を配して朝倉軍の動き、六角軍の動き、美濃軍の動きを探索している。

朝倉軍の動きはお六とお仙とその配下に捕捉《ほそく》された。

朝倉軍が美濃に入ると、その日のうちに織田軍一万五千の大軍が木曽川に集結、稲葉山城下の井ノ口に真正面から突撃した。一隊が大垣《おおがき》城の奪取に向かった。

吉法師は那古野城から出陣する林佐渡、青山信昌、内藤勝介、佐久間信盛《さくまのぶもり》ら二千の出陣を政秀と城門で送り出した。

織田軍は木曽川を渡ると怒濤《どとう》の進撃《しんげき》で井ノ口に雪崩《なだれ》込み、防戦の美濃軍を蹴散《けち》らし三河での勢いをそのままに突撃した。

朝倉軍も北から攻め込んでいる。朝倉軍には浅井軍が支援に入っている。防戦の美濃軍は北と南に二分して応戦したが、南の美濃軍は忽ち織田軍に踏み潰されて稲葉山城に撤退した。

「焼き払えッ！」

信秀は戦上手だ。追撃されないように井ノ口を焼き払う命令を出した。その時、崇福寺《そうふくじ》と大宝寺は焼かないよう命じた。

織田軍は井ノ口を駆け回りあちこちに放火した。

火の手が上がると沢彦は斧《おの》を持って境内に出て、宗玄、宗仁、三吉に延焼《えんしょう》しそうな寺の木を切るように命じ、自ら一本一本見て回って倒す木を指定した。大宝寺の五十人の学僧たちが一斉に大屋根に上った。

沢彦は鬼神のような形相で木を切り倒し始めた。

「イヤーッ」

上半身裸で斧を振り下ろす。伽藍《がらん》の焼失《しょうしつ》だけは防ぎたい。

「イヤーッ」

燃え易い寺の周囲の灌木《かんぼく》が次々と切り倒された。大木はとても一人や二人では切り倒せるものではない。そのうちパラパラと火の粉が落ちて来た。

「羯諦　羯諦　波羅羯諦　波羅僧羯諦　菩提薩婆訶、イヤーッ！」

呪文を唱えながら沢彦は必死で斧を振り下ろした。

そこに朱鷺と翡翠の親子が駆け込んで来て燃える百姓家を指差した。

「燃やしておけッ、朱鷺、水だ！」

親子が庫裡に走って行った。沢彦の斧は一撃で灌木を薙ぎ倒す。

「三吉ッ、宗玄ッ、屋根に上れッ、宗仁ッ、水を運べッ！」

沢彦が大声で命じていると馬に乗った内藤勝介が心配して寺を見に来た。

「禅師さまッ！」

「おう！」

「禅師さま、申し訳ござらぬッ！」

「構わぬ、戦じゃ、思うさま働きなされッ！」

「有り難き仰せ、御免ッ！」

勝介が駆け去ると朱鷺と翡翠が閼伽桶《あかおけ》に水を汲《く》んで運んで来た。その一つを頭からザブリと被って、「火の粉を消せ！」と燻《くす》ぶる火の粉を指差した。

母娘はあちこちに落ちて来る火の粉を次々と消した。

沢彦の気合い声が寺域に響いた。そこに檀方の平手氏政が家人五人を引き連れて駆け付け、屋根に上がって火の粉を払いに掛かった。夜になると井ノ口は火の海になっていた。

信秀は日が暮れる前に美濃守を揖斐北方城《いびきたかたじよう》に入れて、全軍を木曽川まで後退させて追撃に備え、殿《しんがり》に精鋭を置いて尾張に撤退した。見事な戦いぶりだ。三河で勝利した織田軍は、向かうところ敵なしの勝勢に乗っている。

大垣城を奪い猛将織田造酒丞《みきのじよう》が兵と共に城へ入り美濃に残った。

朝倉軍も土岐頼純を革手城《かわてじょう》に入れると素早く撤退した。織田軍と朝倉軍の鮮やかな連携に、蝮の利政は全く歯がたたず完敗した。

沢彦は朝まで駆け回って寺への延焼だけは免れた。

寺は無事だったが朱鷺と翡翠の百姓家は奇麗さっぱりと燃え尽きていた。

沢彦は氏政に願って親子を預け、すぐ百姓家の再建に当たった。寺の被害は軽微で宗玄と宗仁と三吉が片付けている。斬り倒した灌木は数年干して水分が抜けたら薪にする。そういうことは三吉の独壇場だ。

数日すると武家から商人に戻った堀田正秀が大宝寺に現れた。戦見舞いと火事見舞いである。正秀が現れたことは、沢彦と信秀の信頼関係、沢彦と重長、正貞の深い信頼関係を物語っている。その信頼の中心には吉法師と平手政秀がいた。

「禅師さま、突然の戦で焼き払うしか、追撃を防ぐ手立てがありませんでした」

「城下を焼き払うのは戦の常套手段《じょうとうしゅだん》、お気になさるな。ただ、焼け出された者たちが境内に集まって来ました」

「禅師さまにはご迷惑をお掛けしております。誠に恐縮ですが、津島から戦見舞いと火事見舞いを持参致しました。これは母者からの寄進にござりまする。お納め下さるよう願いまする」

正秀が懐から袱紗《ふくさ》に包まれた黄金二十枚とその上に紙に包んだ母親の寄進、黄金五枚を乗せて沢彦に差し出した。

「有り難いことです。寺の蓄《たくわ》えも底をついておりましてな、思案しておったところです。十五党の皆さまに拙僧の感謝をお伝えくだされ……」

「寺の被害を修復なさるようならば遠慮なくお命じくださるようにとのことです」

「被害は軽微にて頂戴した見舞金で充分です」

沢彦が黄金を受け取り墨衣《すみい》の懐《ふところ》に入れた。

「禅師さま、これで美濃は静かになりましょうか？」

正秀が心配そうに聞いた。それに沢彦が自分の見方を話した。

「おそらく、これまで以上に混乱します。利政さまが頼満さまを殺害した時から定められたことにて、土岐家が潰れるまで美濃は荒れます」

美濃が益々不安定になることを予測した。美濃守、頼純、利政がいがみ合っている状況では美濃の安定はない。

「全ては蝮殿の野心ですか？」

「それが一番の理由ですが、そればかりとは言えぬことです。その野心を育てたのは土岐家の衰弱です。領主が無能であれば誰かが取って代わろうとしても不思議ではない世です。どこにでもある乱世の倣《なら》いかと思います……」

沢彦は才覚があれば乱世で野心を持つことは当然と認めている。無能は時として罪なのだとも考えている。無能な領主の乱行《らんぎょう》を修行の途次にあちこちで見聞した。名門といえども必ずしも優秀な領主とは言えない。ただ名門には優れた家臣が育っていることも事実だ。

二人が話し合っているところに偶然、堀田道空が現れた。

道空は方丈に入ってその場に凍《こお》り付いた。

「あッ、兄者……」

「正龍ッ、うぬは！」

正秀が太刀を握った。沢彦は具合の悪いところに現れたと道空の顔を見上げた。道空は立ったまま逃げることもできず戸惑っている。

「道空さま、まずはこちらに……」

沢彦が自分の傍に道空を招いた。渋々、道空は沢彦の傍に座して太刀を置いた。道空は朝倉軍との戦いで足に怪我《けが》をしている。その有様を正秀が睨み付けた。父母の心配を見ているだけに正秀は怒っていた。

「兄者、久しぶりでござる」

「父上の書状を見たか？」

「見た……」

「なぜ、返事を書かぬ？」

「書きようがない」

「何んだと、うぬは親に返事も書けぬのか？」

兄の叱責《しっせき》に道空が沈黙した。

「正龍、津島に戻れ！」

「できぬ……」

「十五党に戻れ！」

「兄者、それがしは分家……」

「黙れッ、堀田を名乗るからには十五党だ。大橋さまに詫《わ》びを入れて津島に戻れ、親父《おやじ》殿の望みだ。母者の望みでもある！」

道空は口を結んで沈黙した。母のことを言われると道空は言い返せない。その有様を沢彦は止めようともせず見ていた。兄弟喧嘩は思い切りすればいいと思う。

「正龍、父上も母上も歳だ。長くはない、津島で暮らせぬのか？」

道空は拗《す》ねた子供のように沈黙したままだ。正秀に逆らっても仕方ない。本来は仲の良い兄弟なのだ。

「蝮のどこがいいのだ。天下の悪人、美濃の恥さらしではないか！」

世の相場では弟が頑固と言われるが、沢彦は本来は長男が頑固だから弟がより頑固になると考えている。道空は口を閉ざしてしまった。こうなると猛烈《もうれつ》に意地を張る道空を沢彦は知っている。

「正龍、戻ると約束すれば家督の半分をやる。十五党の結束を忘れた訳ではあるまい！」

嫡男の正秀が家督の半分をやるとまで言ったが道空は返事をしない。このままでは埒《らち》が明かないと沢彦が判断した。どう見ても道空が不利だ。意地っ張りな弟を説得している兄という様相だ。

「道空さま、用向きを聞きましょうか？」

沢彦が兄弟の話に割って入った。道空が沢彦をジロリと見た。

「火事見舞いを預かってきた……」

「利政さまからか？」

「そうだ……」

道空が黄金十枚を包んだ袱紗包みを沢彦の前に置いた。

「有り難く頂戴しておこう。ご母堂さまから寄進を頂戴したところです」

道空がジロリと正秀を見た。なんとも居心地が悪そうに沢彦には見えたが、兄弟のことに口出しもならず、合掌してから包みを墨衣の懐に入れた。

「どうしても津島には戻らぬのだな？」

「戻らぬ……」

道空がボソリと言って太刀を握り座を立った。正秀はそれを止めなかった。

「母者に顔を見せてやれ！」

道空が小さく頷いて方丈から消えた。

「正秀さま、骨肉とは難しいものです。情愛が深ければ深いほど複雑です」

「禅師さまの母上さまは？」

「近江に近い山奥で百姓をしています。拙僧も五、六年、会っておりませぬ。道空さまの気持ちも分からぬではないのじゃ。会いたいと思うが足が向かぬのです」

「禅師さまでも？」

「拙僧も人の子です。母者が達者で過ごされるようにと、仏さまに願うのみです」

沢彦は老いたであろう母の顔を思い出した。

第四章

太原《たいげん》崇孚《そうふ》雪斎《せつさい》

天子に伝えておけ

尾張の虎、織田信秀が三河で今川軍を撃破し、美濃守護を助けた戦いは四隣《しりん》だけでなく、京の朝廷まで聞こえた。京は荒廃し、天子の住む御所も荒れ果てている。土塀《どべい》が崩《くず》れ、御所は子どもたちの恰好《かっこう》の遊び場になっている。狐狸《こり》の棲《す》む怪《あや》しげな場所になっていた。

将軍家なり、実力者の細川京兆家《ほそかわけいちょうけ》の晴元なりが、天皇領を失って宸翰《しんかん》を扇《おうぎ》にして売り、賄《まかな》いにしている極貧の天子を助けるべきだが、将軍家と京兆家は権力を巡《めぐ》って戦い続け、御所の荒廃などには見向きもしない。

京兆とは右京職《うきょう》の右京大夫《だいぶ》の唐名《とうみょう》である。この右京大夫の官職は三管領《さんかんれい》の細川家が代々《だいだい》世襲《せしゅう》で、そのために細川家を京兆家といい、京の行政、司法、治安を統括していた。右京とは玉座《ぎょくざ》から見て右をいう。

当然、左は左京《さきょう》という。左京職は左京大夫という。四職《ししき》の一色《いっしき》家がその任にあったが衰微《すいび》、乱世になると左京大夫の官位官職は売られるようになる。

左京大夫は地方の大名たちに大人気で、一色左京大夫、松平左京大夫、大内左京大夫、武田左京大夫、北条左京大夫、大崎左京大夫、土岐左京大夫、青山左京大夫、丹羽左京大夫、岩城《いわき》左京大夫など多くの左京大夫が生まれた。

その京の実力者細川京兆家は天皇の即位《そくい》の賄いさえ拒否し、践祚《せんそ》はしたが十年も二十年も天皇が即位できない異例の事態が続いていた。

そこで朝廷が眼を付けたのが裕福な織田弾正忠《だんじょうのちゅう》家だった。

秋の終わり、冬に入る十一月に天皇の勅使《ちょくし》が、尾張に下向すると古渡城に通達された。

信秀は林佐渡守と平手監物《けんもつ》を呼び、勅使は手狭《てぜま》な古渡城ではなく、今川が築いた豪華な那古野《なごや》城で会見すると決め、支度《したく》を急ぐように命じた。

天皇が差し向けた勅使は連歌師《れんがし》の谷孤竹斎宗牧《たにこちくさいそうぼく》だった。

孤竹斎は以前、山科言継《やましなときつぐ》と飛鳥井雅綱《あすかいまさつな》の公家を伴い、信秀の勝幡城に田舎渡《いなかわた》らいに来たことがあり、信秀と面識があった。田舎渡らいとは生活の困窮《こんきゅう》した公家が地方の裕福な大名家に赴《おもむ》き、家業《かぎょう》の笛や和歌や蹴鞠《けまり》を伝授して束脩《そくしゅう》を貰《もら》うことだ。それほど京の朝廷や公家は困窮していた。

裕福な信秀は尾張を統一しそうな勢いで、貧困の極《きわみ》にある朝廷が見逃すはずがない。勅使として下向《げこう》した孤竹斎は平手屋敷に入って休息。政秀は和歌に造詣《ぞうけい》が深く、田舎渡らいの折の孤竹斎と意気投合して親しかった。

信秀はその時のことを忘れていない。孤竹斎は平手屋敷で衣装を改め、勅《ちょく》諚《じょう》を記した女房奉書《にょうぼうほうしょ》を携《たずさ》えて信秀との会見に臨むのだ。孤竹斎一行が威儀《いぎ》を正して平手屋敷を出ると、美濃から出て来た沢彦と門前で鉢合わせになった。

「おう!」

孤竹斎と沢彦が立ち止まって二人とも驚いた。沢彦より孤竹斎が驚いた。なぜ、こんな所に妙心寺の大住持《だいじゅうじ》がいるのだという戸惑いが顔に現れた。

「大住持さまがなぜ?」

「孤竹斎さまこそ。その衣装は田舎渡らいではありませんな?」

「お上《かみ》のお使いです」

「おう。これはご無礼致しました。拙僧《せっそう》は監物さまの屋敷に暫《しばら》く逗留《とうりゅう》します」

「それは嬉しい。禅師さま、暫《しば》しお待ちを、弾正忠さまに勅諚を伝達してまいります」

「どうぞ……」

沢彦に見送られ孤竹斎が那古野城に向かう。

信秀以下の家臣団が正装で孤竹斎一行を迎え、天皇の言葉が伝えられた。

伝達された勅諚は内裏《だいり》の修繕を命ずるものだ。御所の修繕を命ずるといっても所詮《しょせん》、朝廷に献金を求めるもので、御所の修繕は名分に過ぎない。信秀が畏《かしこ》まって勅諚を賜《たまわ》った。大きな誉《ほま》れだ。

このような場合、内々に官位昇進を条件に出したりするのだが、実力に自信満々の信秀は何も望まなかった。只々《ただただ》、天子のお言葉を有難く賜った。返答は来年には必ず実行するとの確約だ。勅諚が伝達され豪勢《ごうせい》な宴《うたげ》がもよおされ、孤竹斎は能見物《のうけんぶつ》をし勅使として大歓待を受けた。上機嫌で平手屋敷に戻ってくると、沢彦は学問所で書見中だった。孤竹斎は衣装を改めず正装のまま沢彦の庵《いおり》に入って来た。

「宗恩さま、驚きました。妙心寺の大住持さまともあろうお方がこのようなところにおられるとは、まさか、遁世者《とんせいしゃ》でもあるまいに、どのような訳《げ》ですかな？」

孤竹斎が妙心寺一座の大秀才沢彦大住持が尾張にいることを解せずに聞いた。沢彦と孤竹斎は京の歌会で何度も会っている親しい知己《ちき》だ。

「拙僧がお預かりする美濃の大宝寺の檀方に、平手監物さまの縁戚の方がおられます。その方の紹介で時々尾張に出てまいります。この庵は拙僧のために監物さまが用意されたものです」

沢彦は平手家と縁戚だとは言わなかった。

「そうでしたか」

「お上のお言葉は無事に伝達されましたか？」

「はい、弾正忠殿とお会いしたのは二度目ですが、以前にお会いした時とは見違える大豪傑《だいごうけつ》になられました。お上のお言葉は来年には叶《かな》えると仰せです」

孤竹斎が目いっぱいの追従《ついしょう》を言った。それがどういうことか、公家《くげ》衆と付き合いのある沢彦は分かっている。天皇が困り果てて献金を願い、それを信秀が引き受けたと理解した。

「それはようございました。天子さまもお喜びになられましょう」

「それが何より嬉しいことです」

「孤竹斎さまの大手柄、ご人徳というものです」

沢彦も孤竹斎を目いっぱい持ち上げた。京に住む者は互いに持ち上げ合って相手の腹を読むのだ。その達人が公家だ。相手の耳に痛いことは決して言わない。真意は裏で画策する。

「何んの、連歌師の手柄など、弾正忠殿の腹が太いということです」

謙遜して信秀をまた持ち上げた。食えないのが連歌師だと沢彦は思っている。

孤竹斎のような連歌師は歌会と称してどこにでも出入りをし、あることないこと呟《つぶや》くのだ。公家や商家、武家や寺院などに寄生《きせい》する得体《えたい》の知れない生き物だ。

二人が話していると那古野城から信秀の使者が来たと告げられ、孤竹斎は大急ぎで平手屋敷の大広間に向かった。

信秀の使者は正使が平手監物政秀、佐久間信盛と村井貞勝が副使で従っている。孤竹斎の目当ての物が届いた。勅使に対する慰労《いろう》の贈り物だ。

政秀が携《たずさ》えて来たのは黄金十枚、反物《たんもの》二十反《たん》、白扇《はくせん》三十本、熊革の敷物二枚、干し鮑《あわび》一荷《か》、干し鮭《ざけ》三尾、祝酒二荷、美濃紙二十束、米十俵、塩三俵など荷車一台に満載しても持ち帰れないほどの贈り物だ。孤竹斎は眼を白黒させて驚きながら受け取った。

信秀は京で噂《うわさ》になるだけの大盤振る舞いをした。孤竹斎に従って来た小者たちにまで贈り物を振る舞った。尾張織田弾正忠家の実力を贈り物で示した。

衣装を改めて孤竹斎が再び庵に現れた時、沢彦は吉法師に連歌の指南をしてくれるよう孤竹斎に願うと、孤竹斎は過分な贈り物の礼にと快く引き受けた。

沢彦の思惑は京の天子の傍にいる者を、吉法師に見せておこうと思ったのだ。吉法師が何を感じ取るか、それが吉法師の財産になる。

沢彦自慢の吉法師を孤竹斎がどう扱うかも見たかった。もし、孤竹斎が京に戻って吉法師の名をその口から洩《も》らせば、吾が意を得たりである。

噂に尾鰭《おひれ》が付いて数日で尾張の虎に龍がいると広まるのが京だ。暇《ひま》を持て余している公家衆の恰好の話題になることは間違いない。面白おかしく語られる。将軍義晴や細川晴元の耳に入るかも知れない。万に一つ、天子の耳に達するようなことがあれば上々吉《じょうじょうきつ》、沢彦はそこまで可能性を広げて考えた。

翌朝、「沢彦ッ！」と例の大声で木刀を担いだ吉法師の入来《にゅうらい》だ。

「入りなされ！」

沢彦が応じると吉法師は足半《あしなか》を蹴飛ばして縁から部屋の戸を開けて入ってきた。傍若無人《ぼうじゃくぶじん》な振る舞いだ。美濃と尾張の戦があって沢彦とは久しぶりの対面だが、沢彦の座に座っている孤竹斎をジロリと睨《にら》んで、その前にドンと安座した。

「吉法師さま、天子さまのお使いで、お父上のところに見えられた谷孤竹斎さまです」

「昨日、城で見掛けた。吉法師だ。天子は達者か！」

吉法師は誰をも恐れない。あの天下一の剣豪土佐守ですらただの老人なのだ。

「天子さまはご壮健にございます」

「天子は神か！」

「天下に、ただ、ご一人《いちにん》の玉体《ぎょくたい》にございます」

孤竹斎は異様な恰好の吉法師に度肝を抜かれた。無礼な態度だが凛《りん》として強烈な気合いが伝わってくる。

「孤竹斎、天子はなぜ偉い！」

孤竹斎は思わず身を引いて吉法師を睨んだ。そんなことを聞かれても偉いから偉いとしか答えられない。

「答えろ！」

「天子さまは天照大神《あまてらすおおみかみ》さまのご子孫にて日《ひ》の本《もと》を……」

孤竹斎は自分が何を言っているのか分からなくなった。なぜ偉いか分からない。分からないと言うより答えようのない問いだ。

「孤竹斎、天子は偉くなどない。天子は皆が天子と言うから偉いのだ！」

「はあ……」

「義晴も晴元も愚か者だ。天子が偉くなければ困る。覚えておけ！」

孤竹斎はどう扱えばいいのか分からず、助けを求めるように沢彦を見た。その沢彦は目を瞑《つむ》って二人のやり取りを聞いている。

「孤竹斎、天子は貧乏だと聞いたが誠か！」

「誠にございます……」

「なぜだ！」

吉法師がたたみ込むように聞いた。孤竹斎はこの子は賢いのだと認め腹を括《くく》った。京の曲者《くせもの》で公家を手玉に取ってきた連歌師だ。吉法師に押されっぱなしではない。

「天子さまの領地を武家が取り上げたからにございます」

きっぱりと言って反撃した。

「信秀も天子の領地を取り上げたか！」

孤竹斎は弾正忠家の領地を知らない。尾張が複雑な領地割になっていることは薄々知っていたが、所詮《しょせん》は裕福な田舎大名と思っている。

「弾正忠さまに限ってそのようなことは……」

たじたじだ。知らないものは答えられない。

「沢彦、答えろ！」

吉法師の苛《いら》つきが飛んで来た。吉法師は答えを得られないと苛つく。

「弾正忠さまは天子さまの領地を取り上げたりはしておりません」

沢彦が明確に答えた。

「孤竹斎、余が天下を取ったら天子の領地は皆取り返してやる！」

吉法師に睨み付けられ孤竹斎は恐ろしさに固まった。吉法師の木刀が飛んで来そうな殺気なのだ。この子は魔王《まおう》の化身《けしん》ではないかとさえ思った。恐ろしい子がいるものだ。

「吉法師が上洛するのを待てと天子に伝えておけ！」

とても手を付けられる子どもではない。孤竹斎が降参した。天子を誰だと思っているのだと反発したかったが、そんなことが通りそうな子ではない。沈黙した孤竹斎に沢彦が助け舟を出した。

「吉法師さま、孤竹斎さまに連歌をご指南戴《いただ》きます」

「そうか、孤竹斎、始めろ！」

始めろと命じられても、にわかに立ち直れない。連歌の指南が始まると吉法師の賢さを見ることになった。

谷孤竹斎宗牧は一刻ほど、吉法師に連歌を指南し、紅潮した顔で庵を出ると用意された贈り物の荷車を率い、輿《こし》に乗って勅使らしく静々と那古野から立ち去った。

新年を迎えて吉法師が十歳になった。

癇癖《かんぺき》は治らずむしろ荒々しさが加わり、女物の小袖《こそで》を着るなど家中の顰蹙《ひんしゅく》をかっている。師として沢彦に問題があるのではないかと言う者も出てきた。段々《だんだん》阿呆《あほう》になるのではないかと諦《あきら》め顔で言う者もいる。

吉法師の理解者は沢彦とごくわずかな人々になりつつあった。型破りなどという生易《なまやさ》しいものではない。少し足りないのではないかと言い出す者まで出てきた。

そんな中で吉法師を堅く信じている者がいた。父親の信秀だ。雪姫の忘れ形見である吉法師に、母親に似た優しさがあることを見落としてはいない。

それは沢彦や政秀、重長や正貞や勝介、日向守《ひゅうがのかみ》や大雲永瑞《だいうんえいずい》や加藤図書助《かとうずしょのすけ》なども同じように感じていた。沢彦には久秀を通して吉法師の評判が聞こえている。吉法師の優しさは滅多《めった》に顔を出さないが、その優しさは魅力的な彩光《さいこう》を放つのだ。勝三郎や子どもの家来たちは、吉法師を恐れながらもその優しさを信じていた。

暮れに勅使が下向して勅諚を賜った信秀は四千貫《よんせんかん》（約四億円）の献金を決め、献金を京に運ぶ奉行を平手政秀に命じた。

四千貫は大金である。十七年後、正親町天皇《おおぎまちてんのう》の即位に毛利元就《もうりもとなり》は二千貫を寄進《きしん》するが、信秀は内裏修復の名目で四千貫と決めた。織田弾正忠家がいかに裕福かこの献金で分かる。

それればかりではなく数年後、信秀は伊勢神宮にも、仮遷宮《かりせんぐう》のため数千貫分の莫《ばく》大《だい》な材木を寄進する。四千貫の献金に対して、朝廷は返礼として信秀に備後守《びんごのかみ》を贈った。この四千貫を運んだ平手政秀が、京からの帰りに瀬田の唐橋で立ち止まった。

「皆、先に行け……」

供の者たちを先に行かせ、一人で唐橋のたもとに引き返した。そこには汚れて寒さに震える乞食《こじき》がうずくまっていた。政秀は行き過ぎてから見覚えのある顔を思い出した。

「そなた、源三郎ではないか？」

「あッ、ご、ご家老……」

源三郎が筵《むしろ》を握って逃げようとした。

「待て、逃げるな！」

政秀が源三郎の肩を摑《つか》んだ。よく生きていると思うほど痩《や》せている。

「そなた、なぜ大宝寺を出た？」

「ご、ご家老、ご勘弁《かんべん》を……」

源三郎はおどおどして政秀の知っている源三郎とは別人になっていた。

「見付けた以上、放っておくことはできぬ、禅師さまが今も探しておられるのだ！」

源三郎は一度、沢彦を見掛けていた。だが、そのことは言わない。

「源三郎、そなたのことは禅師さまから全て聞いておる。尾張に戻れとは言わぬ。だが、その動かぬ右腕ではいずれ飢《う》え死《じ》にする。お家を出奔《しゅっぽん》したことになっているが、そなたはまだ織田家の家臣なのだ、分かるな。僧になるのが嫌ならそれでも良い。この監物が力になろう」

「ご家老、お忘れください……」

寒さに震えながら源三郎は怯《おび》えている。まさか見付かるとは思っていなかった。

「そうはいかぬ。家老として家臣のことには責任がある。禅師さまもそれがしもそなたを助けたいと思っているのだ。言うことを聞け、どうすれば良い。望みがあるだろう？」

政秀が源三郎を説得していると、政秀一行を唐橋まで見送りに来た竹兵衛と滝乃の夫婦が、異変を感じて一町ほど先から戻って来た。

「ご家老さま？」

「竹兵衛、禅師さまが探している源三郎だ」

「お名前は小頭《こがしら》から聞いております」

「甚八からか？」

「そうです……」

「聞いたか源三郎、皆でそなたを探しているのだ。甚八を知っておろう」

源三郎は沈黙したまま筵を摑んで項垂《うなだ》れている。

「ご家老さま、このままでは死んでしまいます。何んとかしなければ……」

滝乃が汚く痩せ衰えた源三郎を心配した。滝乃は眼球の落ち窪《くぼ》んだ乞食が自分と歳《とし》の近い若者だと分かった。

源三郎が大宝寺を出てから三年が過ぎている。生きているのが不思議なほどだ。

「源三郎、それがしは殿の名代《みょうだい》で禁裏《きんり》に行った帰りじゃ。速《すみ》やかに尾張に戻らねばならぬ。これから申すことに逆らうことは許さぬ。そなたはまだ織田家の家臣なのだからな。竹兵衛、それがしはここに留《とど》まることはできぬ、源三郎を美濃の大宝寺に連れて行け！」

「畏《かしこ》まりました」

「源三郎、禅師さまと話して先々のことを考えろ。黙って寺を出てはならぬ。禅師さまはそなたが死んでも探し続けるだろう。そのようなお方なのだ。分かるな！」

源三郎の眼から涙が零《こぼ》れた。

「泣くな、人の一生は長い。お主はまだ若いのだ。これから良いこともある」

政秀が源三郎を慰めその汚れた手に黄金五枚を握らせた。

「当座の支度金《したくきん》だ。太刀を買え。お主は武士なのだぞ！」

源三郎がハッとした眼で政秀を見た。それに政秀が頷《うなず》いた。

「武士なのだ。どんなことにも耐えねばならぬ。命を賭《か》けて殿にお仕《つか》えしたはずだ。武士は武士らしく致せ！」

源三郎が筵を手放した。政秀の言葉が胸に突き刺さった。落ちぶれ果て、痩せ衰えた乞食を政秀は武士だと言った。この時、源三郎の胸に微かな灯《ひ》が灯《とも》った。

「ご家老さま、源三郎殿のことはお引き受け致しまする。必ず大宝寺にお連れ致します」

「頼む。源三郎、また会おうぞ！」

政秀が唐橋を歩いて行った。源三郎は動かぬ右腕を押さえて、政秀の後ろ姿に深々と頭を下げた。

竹兵衛が源三郎の体力を回復させ、小奇麗《こぎれい》になって二人が大宝寺に現れたのは二十日後だった。源三郎は腰に脇差を差して乞食から武士に変身していた。全てを諦めどん底の乞食に堕《お》ち、生死の境にいた源三郎は、政秀の武士は武士らしく致せの一言で、己の考えの間違いに気付いた。沢彦を始め多くの人々が探し続けていることも源三郎の気持ちを変えた。

二人が大宝寺の境内に入ると目敏《めざと》く源三郎を見付けた宗丹が遊びを止め方丈《ほうじよう》に走った。

「源三郎さまが戻った！」

「んッ、来たか！」

沢彦が宗丹に源三郎を本堂に上げるよう命じて、文机《ふづくえ》から数珠《じゆず》を握って立ち上がった。既に源三郎の消息は政秀から知らされている。宗玄が顔を出した。

「源三郎が戻ったようだ」

「はい、そこで宗丹から聞きました」

沢彦と宗玄が本堂に急ぐと竹兵衛と源三郎が並んで座っていた。

「竹兵衛殿、忝《かたじけな》く存じます」

「平手さまのご命令にて、源三郎殿を同道致しました」

俯《うつむ》いている源三郎を見ながら沢彦と宗玄が座った。

「禅師さま、勝手に寺を飛び出し申し訳ございません」

動かぬ腕を抱え、源三郎が沢彦に頭を下げた。沢彦は源三郎の腰の脇差を見て全てを悟った。

「よく戻られた。随分《ずいぶん》痩せたが、その体では辛《つら》かったであろう。監物さまから知らせが来ている。まずはそなたの部屋で休息しなさい。話はその後にしよう。宗玄、頼みます」

源三郎は長旅に疲れていた。宗玄に伴われて療養に使っていた部屋に向かった。

「竹兵衛殿、改めて礼を申し上げます」

「礼などご無用に願います。道すがら源三郎殿の考えを聞いたのですが、武士を諦められぬようで、ご家老から頂戴した支度金で、脇差をもとめたとのことです」

「うむ、あの脇差が源三郎の考えなのだな？」

「そうですが、ただ、あの体では」

「いや、片腕の武士がいない訳ではない。戦場には出られないだろうが、若い源三郎には武士として生きる道はある」

「間者《かんじゃ》になりたいと、妻に言ったそうです」

「滝乃殿に？」

二人が源三郎の今後をどうするか考えた。沢彦は源三郎の考えを実現させてやりたい。だが、間者は源三郎が考えている以上に、過酷で危険な仕事だ。

「竹兵衛殿、甚八殿と繋《つな》ぎは取れますか？」

「この井ノ口にも間者小屋があります。そこにおられればすぐにも……」

「うむ、拙僧から相談があると伝えてもらいたい」

「承知いたしました。今夜にでも？」

「そう急ぐことでもありませんが……」

「畏まりました。では、行ってまいりまする」

竹兵衛が沢彦に頭を下げ本堂から消えた。

翌朝、沢彦が翡翠と稽古をしていると、源三郎が本堂の階《きざはし》に現れた。沢彦が手を止め翡翠に待つよう命じた。

「稽古を付けてやる。降りてまいれ」

沢彦が命じると一瞬、源三郎が躊躇《ちゅうちょ》の顔色を見せたが、階から裸足《はだし》で地面に降りた。痩せて心もとない風情《ふぜい》だ。

「その脇差を抜け……」

沢彦が命じた。木刀と思っていた源三郎は脇差の柄《つか》を握ったが抜けない。

「抜け！」

沢彦の語気が強まると源三郎が脇差の鯉口《こいぐち》を切った。その動作すら左手ではようやくだ。

「構えろ！」

源三郎がソロリと脇差を抜いて切っ先を沢彦に向けた。

「何んだ、その構えは。拙僧を斬るつもりで打ち込んでまいれ！」

そう言われても痩せ衰えた源三郎には、沢彦に襲い掛かる体力も気力もない。

それを沢彦が睨んでいる。

「脇差を寝かせて、切っ先は拙僧の胸だ。肘《ひじ》にゆとりを持たせて、足を少し開け。腰を落として、左に回れ。摺《す》り足だ！」

源三郎は沢彦の言うがままに構えた。沢彦が木刀の切っ先を源三郎の動かぬ右腕の前に置いた。

「この切っ先が怖いか、右足を少し引け！」

沢彦の指南を、翡翠は地面に正座して見ている。

「切っ先を下げるな。その型から相手の脇の下を狙えるか、斬り上げて左に抜ける。その技を工夫してみることだな、後で方丈にまいれ」

沢彦は翡翠を呼んで、稽古の続きを始めた。源三郎は脇差を鞘《さや》に納めて、裸足のまま庫裡《くり》に向かった。

鉄砲が伝来する

朝餉《あさげ》が終わると源三郎が方丈に現れた。

「そこに座りなされ」

沢彦が太刀を握って源三郎の前に座った。

「そなたにこの太刀をやろう。銘《めい》は五郎入道正宗《ごろうにゅうどうまさむね》。相州《そうしゅう》物の名刀だ。寺に納められた太刀だが、このままでは錆《さ》びるだけだ。そなたの守り刀にしなさい。但《ただ》し、この太刀を抜く時は命が尽《つ》きる時だと思え。常人が手にできる太刀ではない」

そういうと梨地《なしじ》の鞘に納まった造りの見事な一振りを、源三郎に差し出した。名刀中の名刀、相州五郎入道正宗だ。

「禅師さま……」

「納めなさい。そなたの考え通りにしてやろう。思うさま生きてみることだ。誰でも生きて行くことは容易ではない。片腕ゆえ、なお辛かろうが、心構えがしっかりしておれば生きて行ける。脇差の鍛錬《たんれん》を怠《おこた》らぬように……」

源三郎が方丈から下がると入れ替わるように、快川紹喜《かいせんじょうき》が小僧の玄興《げんこう》を連れて現れた。玄興は美濃の一柳《ひとつやなぎ》一族の出だ。

「快川さま、わざわざ……」

「歩かぬとここまで来るのが難儀です」

快川がさも疲れたという仕草で沢彦の前に安座した。

「使いを戴《いただ》ければ拙僧が伺いましたものを……」

沢彦と違い快川は太り始めている。

「いやいや、少し歩かぬと脂《あぶら》が溜《た》まって困る。歩くのが億劫《おっくう》でしてな……」

「元気で戴かねば困ります」

「そこですれ違った武家は右腕が不自由のようだったが？」

「拙僧が打ち据え、あのようにしてしまいました」

「そうでしたか。兄上に打ち据えられるとは、業《ごう》の強いお方なのであろう。若いうちで良かった。まだいかようにも生きて行ける」

「さよう……」

「格別に用向きがある訳ではないが、美濃守さまと利政殿がまた不穏《ふおん》のようじゃ。あの二人はどちらかが滅びぬ限り、いがみ合うのであろうな」

「そのように思います」

美濃守頼芸《よりのり》と蝮の利政の関係は蝮の方が強く、この後、美濃守は追放と復帰を繰り返し、近江六角に逃げ、常陸の実弟治頼《じっていはるより》の元に逃げ、上総《かずさ》の為頼《ためより》の元に逃げ、甲斐武田を頼り、美濃の稲葉家に戻って死去する。その時、美濃守は失明していた。八十一歳の長寿だった。

土岐源氏本家は断絶するが名門だけに土岐一族は各地に根を下ろす。幕末の坂《さか》本龍馬《もとりようま》は土岐一族の末裔《まつえい》だ。

「尾張の虎は向かうところ敵なしだが、あのような勢いは、一度、敗北すると続けて負けることがある。那古野城の吉法師に、間に合わせることができれば良いがのう」

快川が不吉な予言をした。

「拙僧も、そのように考えております」

「利政殿の嫡男義龍殿《ちやくなんよしたつどの》は美濃守の落胤《らくいん》だと、土岐方に言い含められておるようじゃ」

「義龍殿は廃嫡《はいちやく》ですか？」

「そうなれば美濃を二分して戦いになる。尾張の虎も攻め込んで来る。越前の朝倉軍も黙っておるまい……」

「いかにも……」

「美濃は大荒れになります。織田軍は去年の焼き討ちでは、崇福寺《そうふくじ》にも大宝寺にも火をかけませんでしたが、今度は仏さまがどうなさるか。ところで兄上、何か甘い物はありますか？」

「甘味は体に毒と聞いておりますが？」

「ほう、兄上ともあろう者がおかしなことを言う。仏さまに毎日、毒をお供えしておるのかな。それは罰当たりなことだ」

快川紹喜はいつもニコニコしている。沢彦は黙って立つと、庫裡に行って饅《まん》頭《じゆう》を持って来るように命じて戻った。

「兄上、久しぶりに京から堺を回ってこようと思いますが、一緒にまいりませぬか？」

「楽しそうですな、お供致しましょう……」

「本山にも暫くぶり、京は相変わらず荒れているようだが、堺には異国船《いこくせん》が面白いものを持って来るそうです。眼の保養になる」

快川は子どものような好奇心を持っている。饅頭が来ると快川は一つを食べ一つを墨衣《すみい》の懐に入れて持ち帰った。

その夜遅く、織田家の間者たちが沢彦の方丈に集まって来た。織田にとって戦いに勝利したとはいえ、駿河と美濃は放置できず、美濃には多くの間者が入って探索している。忍び小屋には尾張から頭の弥五郎、小頭の甚八も来ていた。

間者たちは音もなく次々と方丈に入った。無防備な寺に忍び込むことなど容易《たやす》い。

頭の弥五郎、小頭の甚八、京の竹兵衛と滝乃と幻庵《げんあん》、美濃のお六とお仙の七人、織田家の間者集団の大物たちだ。

「弥五郎殿にまでお手を煩《わずら》わせて恐縮です。お六殿もお達者で何よりです」

「沢彦さんや、源三郎殿のことじゃな？」

年甲斐《としがい》もなくお六がすぐ本題に入った。それに沢彦が頷いた。

「間者になりたいと滝乃殿に漏《も》らしたそうで、片腕しかないが、使って戴ければ誠に有り難い。まだ、年も若く修行次第《しゅぎょうしだい》かと見ております」

源三郎に織田家の間者として、生きる道を探させるべく沢彦が願った。だが、容易でないことは分かっている。間者の多くは、子どもの頃から親に仕込まれて十二、三で間者になる。

「右腕は全く動きませんので？」

お仙が沢彦に確認した。

「肩が砕《くだ》けております。全く使うことはできません」

「左で太刀は使えますか？」

お六が聞いた。

「今朝、脇差で試してみました。右利きですから左では自在には扱えませんが、太刀も修行次第かと思います」

「お頭、源三郎を尾張には置けません。旧主に見つかれば殺されます」

甚八は敢《あ》えて名を出さず旧主と言った。その旧主の名はみなが知っている。

「駿河、甲斐あたりに行かせたいが、すぐは無理だな？」

弥五郎が考えて受け入れることを決断した。

「やはり暫くは美濃でしょうか？」

そう言う甚八の言葉に応じてお六が頷いた。

「このお六が、池田山に預かりましょう」

「お婆《ばば》、そなたのところでは源三郎が死んでしまう」

弥五郎が冗談とも本気ともとれることを平然とした顔で言った。お六の訓練は熾烈《しれつ》を極《きわ》めることで知られている。若い者を育てるのにお六は容赦《ようしゃ》しない。弥五郎の配下でお六にものを言えるのは甚八とお仙ぐらいで、若い者たちからお六は恐れられている。

「お頭、鍛錬で死ぬぐらいなら、敵中に忍び込むなどできぬ。沢彦さんや、死んでも良かろうが？」

「結構です。厳しさに耐えられねば一人前にはなれまい」

「そうだ。さすが、沢彦さんだ」

「お頭、今、お婆のところには森蔵《もりぞう》を預けています。場所も山奥ゆえ、修行には良いところです。三年もすれば使えるようになると思いますが……」

甚八が弥五郎に決断を促《うなが》した。

「うむ、お婆、殺さぬほどに頼もうか？」

「承知、案ずるより産むが易《やす》しだ」

「お六殿、誠に忝《かたじけな》い。拙僧も手伝いにまいります……」

「沢彦さんや、源三郎は織田家の家臣、今度逃げ出せばこのお六が斬ってくれるわい」

ニヤリと笑ったお六の顔は闇《やみ》の薄い灯に照らされて気味悪い。

翌朝、沢彦と翡翠が境内で小太刀の稽古をしていると、お六が一人で大宝寺に現れた。

「これはお六殿、朝からご苦労です」

沢彦が稽古を中断してお六に挨拶した。ニコニコとお六は翡翠を見ながら傍に来た。

「沢彦さんや、おはよう。源三郎を迎えに来ました」

そう言って本堂の開け放たれた扉の方を見た。そこには、何を決意しているのか、旅支度の源三郎が仏さまに挨拶している。

お六の声が届いたようで座を立つと、左手に相州五郎入道正宗の名刀を握り、階を下りて草鞋《わらじ》を履《は》き、沢彦から授けられた太刀を腰に差した。

「行ってまいります……」

そう言って深々と沢彦に頭を下げた。

「辛抱《しんぼう》だ。何事も辛抱だ。そのうち池田山に会いに行きます」

沢彦が厳しく睨んで励ました。沢彦を見た眼は、まだ落ち窪んでいたが生気《せいき》を蘇《よみがえ》らせている。

「沢彦さん、お預かりしてまいります。できるだけ殺さぬように致しますでな」

何んとも皮肉な婆だと思ったが、お六に任《まか》せれば源三郎の先々は力強いと沢彦が安心した。その様子を沢彦の後ろの地面に正座して、翡翠が見つめている。

山門からお六と源三郎が消えると朝稽古を再開した。暫くすると朝摘《あさづ》みの菜の入った籠《かご》を肩に、朱鷺が境内に入って来た。

この年の初秋八月二十五日、南の小さな島で乱世の戦いを一変させる重大事件が起きた。南蛮《なんばん》の鉄砲という恐ろしい武器が伝来したのだ。

明国のジャンク帆船《はんせん》が大隅国種子島西之浦《おおすみのくにたねがしまにしのうら》に漂着した。この漂着帆船にポルトガル人のキリシタ・ダ・モッタとフランシスコ・ゼイモト、アントニオ・ペイショットの南蛮人三人のいることが人別調べで判明した。その上、この三人が鉄砲三丁を所持していると分かった。

島主の種子島恵時《しげとき》とその子時尭《ときたか》が実演を命じ、猛烈《もうれつ》な爆裂音《ばくれつおん》と威力を気に入り、一丁を黄金千枚で二丁購入して、すぐ複製を刀鍛冶の八板金兵衛《やいたきんべえ》に命じた。複製はすぐできたのだが火薬が爆発する衝撃に耐えられなかった。銃身の尻をネジで塞《ふさ》ぐ技術が分からない。だが、ネジの方法を教えられると複製品がすぐできあがった。

その新兵器、鉄砲は種子島に来ていた堺の商人橘屋《たちばなや》又三郎《またさぶろう》と、紀州根来寺の坊主津田算長《つだかずなが》によって本土に持ち込まれ、将軍家に献上され、瞬く間に鉄砲製造が堺と根来で行われた。

この新兵器は九州ですぐ戦に使われ、乱世の武器として、広く諸大名に使われるようになるが、最も熱心に研究したのが信長だ。

鉄砲は種子島とも火縄銃とも呼ばれ、その銃口の大きさから大筒《おおづつ》、大砲へと進化していくことになる。だが、初期の火縄銃は値が高いこともあり、武器としての評価が定まらず、広く伝搬《でんぱん》することはなかった。戦場では騎馬隊や大軍の圧力の方が有効だった。だが、やがて鉄砲は攻城戦でその力を発揮することになる。

沢彦が鉄砲のことを知ったのは、暮れ近く快川と京に出て行った時だ。京では鉄砲の詳細は分からなかった。ただ、将軍家に新兵器が献上されたと噂されていた。将軍も実演はさせたが、さほど興味を示さなかった。その時、将軍義晴は体調が思わしくなく気力が萎《な》えていた。

沢彦と快川は京で大徳寺《だいとくじ》の大林宗套《だいりんそうとう》や、東福寺の真西堂如淵《しんせいどうじょえん》と会い、沢彦は最も親しい公家の勧修寺尹豊《かじゅうじただとよ》と会った。

沢彦が鉄砲に興味を持ったのは、快川と堺に出て、知己の納屋宗次《なやそうじ》宅に立ち寄った時だ。宗次宅には後に茶の湯で、天下三宗匠《てんかさんそうしょう》と呼ばれることになる今井彦《いまいひこ》右衛門久秀《えもんひさひで》こと、後の宗久《そうきゅう》二十四歳が寄宿していた。

彦右衛門は近江の名門佐々木一族の末裔で、野心を抱き堺に出て来た。彦右衛門は武野紹鷗《たけのじょうおう》に茶を学び、紹鷗の娘婿《むすめむこ》となって名物茶器を全て譲り受け、信長が上洛すると、即座に芥川城に赴き、大名物の松島の茶壺《ちゃつぼ》、紹鷗茄子《じょうおうなす》を献上して臣従した眼鼻の利く男だった。

沢彦は宗次宅で鉄砲の立ち撃ちの南蛮絵図《なんばんえず》を見せられた。

「これが南蛮渡りの新兵器ですか？」

「いかにも、ここで弾薬というものが破裂《はれつ》すると、この筒先から四匁《もんめ》ほどの丸い弾が飛び出し、当たれば人でも獣でも倒れます。破裂音は雷の如《ごと》くにて、天地がひっくり返る凄《すさ》まじさだということです」

彦右衛門が種子島とも、火縄とも呼ばれている新兵器鉄砲の仕組みを説明した。

「この先に火が付いており、これを引きますと、この火縄が落ちまして弾薬という玉薬に火が付き破裂致します。弾が飛び出しますとその反動がこの肩に当たります」

宗次が絵図を扇子《せんす》で指して付け加えた。快川は全く興味を示さない。人や獣《けだもの》を殺傷《さっしょう》する武器などには関心を持たない。逆に沢彦は新兵器と聞いた時から興《きょう》味津々《みしんしん》だ。

「この種子島を見ることはできますか？」

沢彦は実物を見たいと思った。

「禅師さま、この火縄は種子島で複製されましたが、将軍家に献上された一丁と、根来寺に一丁あるだけと聞いております。密《ひそ》かに複製された一、二丁がこの堺にあると聞いておりますが、所在は秘密にされているようで、見ることはできません。おそらく、橘屋さんがお持ちかと思いますが、堺の刀鍛冶《かたなかじ》が人知れず複製を造っているものと思われます」

「なるほど、堺の商家や刀鍛冶にとって、貴重な品でしょうからさもありなん。今井さままでも手が届きませんか？」

「禅師さま、それがしはよそ者にてとてもとても、所在の見当は付きますが門外不出《ふしゅつ》、購《あがな》うとでも言えば見られましょうが、果たして何丁ありますか、おそらく眼が飛び出るような高値でしょう。二、三丁ありますかどうか？」

「実用というより、今のところは贈り物用？」

「おそらくそうでしょう。大大名に一丁ずつ売っても実入りは莫大かと思います」

彦右衛門は太刀の柄に用いる革を扱う商《あきな》いの準備をしていた。十年後、革商で膨大な財を築き臨済宗《りんざいしゅう》大徳寺に二百貫を寄進するまでになる。

「納屋さま、このような絵図を購うことはできますか。お手を煩《わずら》わせますが、もう一枚、探して戴けませぬか？」

「禅師さま、遠慮なくこの絵図をお持ちください」

「いや、それは……」

「禅師さまは何かお考えがあるように拝察致しました。ここにあるより、禅師さまのお手元にあれば、何かのお役にたちましょう」

納屋宗次が絵図を畳み、油紙に包んで沢彦に差し出した。

「もし、購うことになれば納屋さまと、今井さまに相談するという約定で、お預かりしてまいります」

若い今井彦右衛門は、沢彦が何を考えているのかと目を丸くして驚いた。僧侶が容易に購えるような値《ね》の品ではない。古い知己である納屋宗次は沢彦を知っているだけにニコニコと頷いて、沢彦に絵図を譲ることを了承した。

快川は退屈そうに絵図を見ることもなく三人の話を聞いている。

この南蛮絵図が、後に吉法師の手に渡る。

年が明けて翡翠が十三歳になると、沢彦は翡翠を鹿島の土佐守に預けることを考えた。朱鷺の百姓家に行ってそう告げたが、朱鷺は納得せず泣くばかりだ。母《はは》娘《こ》二人で必死に生きて来て、翡翠を手放すことは朱鷺にとっては死と同じほど辛い。翡翠も母親と別れることを納得しなかった。

聞こえず喋《しゃべ》れずの母娘は、互いを支え合って生きている。沢彦は六条河原で朱鷺のために身を売ろうと裸になった痩せた翡翠を思い出す。不思議な出会いだった。

「よし、二人で鹿島に行こう」

沢彦が朱鷺と翡翠の二人を鹿島に連れて行くことを決断した。母娘は抱き合って喜んだ。二人が何度も沢彦に頭を下げて感謝する。

「春には美濃を発《た》つゆえ、それまで充分に支度をしておくように。二人が戻るまで家と畑は三吉殿が預かる。親しくして戴いた近所の人たちに伝えておくように……」

朱鷺は沢彦に合掌《がっしょう》して感謝した。ところが、朱鷺母娘が美濃を去ると宗玄から聞いた三吉老人が慌て出した。

「三吉殿、どうなさった？」

「い、いや、何んでもありません……」

三吉がそそくさと庫裡を出て行ったが、宗玄は三吉の異変を見逃さなかった。すぐ沢彦に知らせたが沢彦は「そうか」と言っただけで気にしないふうだ。

数日後の夜、方丈の廊下に三吉が蹲《うずくま》った。

「誰だ？」

「は、はい……」

「三吉殿か、入りなされ……」

沢彦が三吉を方丈に呼び入れた。

「来るのを待っていました。朱鷺のことですな？」

三吉が夜の蜘蛛《くも》のように沢彦の前で平伏した。まだ、美濃の寒さが寺を覆《おお》い包んでいる夜だ。

「聞きましょう。どうしました。顔を上げて話しなさい」

「お、和尚さま……」

「うむ、三吉殿、はきはきと申されよ」

「あのう、朱鷺さまを連れ合いにしたいと……」

「ん、朱鷺を妻にしたいということかな？」

「申し訳ありません……」

実は、三吉は何くれと、朱鷺母娘の世話をしている間に、朱鷺に恋してしまったのだ。三吉老人は自分でも信じられない一世一代の恋だった。だが、三吉は四十九で、あまりにも歳が違うため誰にも言えずにいた。

「朱鷺には話したのかな？」

「いいえ、和尚さまからお許しを頂戴してからと……」

「朱鷺は翡翠と鹿島に行くつもりなのだが、朱鷺さえ良ければ許すが、ウンと言うであろうか？」

三吉は朱鷺の過去を何も知らない。ただ、知らぬ間に朱鷺を好きになった。三吉は妻《めと》を娶ったことがない。

「早い方が良かろう。明日にでも朱鷺の気持ちを聞いてみよう」

「申し訳ありません……」

「縁があるかないか、拙僧にも分かりません。あればよいが、なくとも気落ちするでないぞ」

「は、はい……」

「あの親子は他の親子にはない絆《きずな》で結ばれている。そなたにも分かるであろう」

「分かります……」

三吉は沢彦に話した安堵《あんど》感と、朱鷺が承知するかという不安で、項垂《うなだ》れて方丈を出た。

翌日、朱鷺と三吉が方丈に呼ばれた。朱鷺はいつも身奇麗にしていて、畑仕事はするが百姓家の若い嫁とは違っている。そんなことから沢彦の愛妾《あいしょう》ではないかと疑われたこともある。二人が揃《そろ》うと沢彦は三吉の考えを朱鷺に伝えた。朱鷺は項垂れてポタポタと涙を零《こぼ》す。沢彦も三吉もその涙の意味が分かった。朱鷺は納得した時はニコニコと笑顔になるが、納得しない時は涙を零して泣くのだ。

三吉がガックリと肩を落とした。

三吉は誠実な男だ。心優しく争いを好まず、大宝寺で長く穏やかに暮らしていた。だが、朱鷺は自分のことより、翡翠のことを考えて三吉を袖にした。朱鷺にとって翡翠は命そのものだ。沢彦の説得にも応じない固い絆だ。聞こえず喋れずの母娘の想いを、計り知ることは沢彦にもできない。

翡翠は無邪気にも六条河原での出来事は粗方《あらかた》忘れているが、沢彦が涙を流して抱き締めてくれたことだけは忘れていない。その時、運命が変わった。朱鷺は勿論《もちろん》、自分に何があったかは全て知っている。その胸の奥に記憶を沈めて、翡翠を育てることだけを考えていた。

翡翠が美濃を去る

尾張から南風が吹き上げて来ると美濃は春から夏になる。

沢彦は那古野に出向き吉法師との刻を過ごしたが、尾張と美濃の戦いについては一切触れることがない。沢彦のような立場の人間は尾張にも美濃にもいた。隣国で人や物の交流があり血縁者も多い。尾張と美濃は木曽川を挟んで国境は東西に長く、各地で相互《そうご》の交流がある。それは尾張と三河の関係も同じだ。

東美濃の岩村城には信秀の妹が嫁《とつ》いでいたり、三河の桜井松平にも信秀の妹が嫁いでいた。政略のための婚姻で、互いに身を守るため複雑な人脈ができている。

沢彦は那古野から戻ると、平手氏政から馬を借り、朱鷺と翡翠をその馬に乗せて大宝寺を発った。馬での旅は慣れない者には歩くより辛い。馬の背に揺られるのは見た目ほど楽ではない。

朱鷺と翡翠は交互に馬から降りて歩いた。ゆっくりのんびりした旅になった。あちこちの寺で宿を取りながらの旅だ。沢彦と翡翠の稽古は続けられた。

墨衣の坊主が母娘二人の乗った馬を引き、呪文を唱えながら旅をする。美濃から信濃、甲斐、武蔵、常陸に行く長旅だ。

その頃、極秘裏《ごくひり》に美濃斎藤と越前朝倉は和睦し、敵に攻められた場合は互いに支援をし合う盟約が結ばれた。斎藤利政は尾張からの侵略を恐れた。美濃は頼芸《よりのり》と頼純と利政が複雑に絡んで内乱状態になっている。利政軍だけでは勢いに乗る織田軍を抑えることはできない。尾張と美濃の戦いが近付いていた。

沢彦は鹿島に到着すると、朱鷺と翡翠を連れて土佐守と会った。

「よく来た。翡翠は大きくなったな」

土佐守は袴《はかま》に小袖の翡翠を見て機嫌が良い。孫のような娘が長旅をして鹿島に来たのだ。翡翠も土佐守に会えて嬉しそうだ。

「お言葉に甘え、翡翠と朱鷺を連れてまいりました」

「うむ、朱鷺には奥の仕事をしてもらう。竹山《たけやま》を呼んでまいれ」

土佐守が娘のお梶《かじ》に命じた。お梶は若い頃、鹿島で剣の修行をしていた沢彦に恋をした。そんな熱い気持ちを未だに持っている。

沢彦はお梶の気持ちを知っている。だが、僧侶である沢彦にはどうすることもできない。お梶はそんな恋心を封印して、嫁に行ったが子ができず離縁《りえん》になり、暮れに実家に戻って来た。もう二度と嫁ぐ気はない。

門弟の中にはお梶に恋焦《こいこ》がれる者もいたが、お梶は見向きもしない。あちこちから持ち込まれる縁談にも、耳を貸さない。そんな娘に土佐守は何も言わず、身の回りの世話をさせている。今では塚原家を取り仕切る女主人だ。

「沢彦さんや、翡翠は上達したかのう」

「稽古熱心にて随分と上達しました。十三歳になり背丈も伸びてまいりました」

「うむ、いつもその恰好なのか、男のようだな」

「本人は男になりたいのではないかと思います」

「そうか、そうか。翡翠、そなたは今日から男じゃ」

笑顔の翡翠が土佐守にコクリと頷いた。翡翠に言葉は聞こえないが、相手がどのようなことを言っているのか、その表情、身振り、唇の動きなどから読み取るのだ。五十六歳の土佐守には、そんな翡翠のことが分かっている。

「翡翠、ここにまいれ」

土佐守が自分の傍に翡翠を呼んだ。可愛《かわい》くて堪《たま》らない。

「後で手を見てやるからな」

土佐守が木刀を構えるようにすると翡翠がコクリと頷く。老人と孫の風情だ。

「ところで、吉法師は達者か？」

「遊びに夢中ですが、学問は捗《はかど》っております」

「あれは面白い小童《こわっぱ》だ。禅師が育てれば面白いことになる」

「恐れ入ります」

そこにお梶が老女竹山と真壁を伴って戻って来た。

「沢彦さん、お元気で……」

「またお世話になります。竹山さまもご壮健で何よりです」

「他人行儀《たにんぎょうぎ》なことを……」

老女が沢彦を叱るように言って、朱鷺を見ながら土佐守の傍に座った。竹山は鹿島神宮の神官の娘で土佐守が子どもの頃から塚原家にいる古狸《ふるだぬき》だ。鹿島でも一目置かれている老女で、お梶とは親子以上の絆だ。

「殿さま、こちらのお方ですか？」

「うむ、名は朱鷺、ここにいるのが翡翠じゃ」

朱鷺と翡翠が両手をついて竹山に頭を下げた。聞こえず喋れずの二人であることは、お梶から聞いている竹山が頷いた。土佐守の門弟で竹山に頭の上がる男は一人もいない。高弟真壁でも竹山の言いなりだ。沢彦も同じだ。

「竹山、朱鷺をそなたに預ける。朱鷺は奉公《ほうこう》をしたことがない。お梶と相談して奥の雑用など色々と教えてやってくれ」

「承知致しました、お朱鷺殿……」

竹山が手招きで朱鷺を呼んで連れて行った。

「禅師、待っていたぞ」

「真壁さま、翡翠のことお頼み致します」

「拙者が鍛えてくれるわ」

「真壁、張り切るな。翡翠が怖がっておるぞ」

「翡翠、怖いか、上達したか手を見てやる。道場に来い！」

翡翠が沢彦を見る。傍に置いてある翡翠の木刀を沢彦が渡して頷いた。その木刀を握って座を立つと真壁に付いて行った。

「真壁め、張り切りおって……」

土佐守は真壁に翡翠を横取りされた。お梶がニッと笑って沢彦を見る。

「さて、見に行くか」

土佐守が座を立って珍しく道場に向かった。沢彦とお梶が後に続く。

「宗恩さん、夕餉《ゆうげ》は粥《かゆ》？」

「そのようにお願い致します」

「まあ、他人行儀な言い方だこと」

お梶の声が土佐守に聞こえている。意味ありげなお梶の言葉でカーッと沢彦の頭に血が上った。妙心寺一座の大秀才とはいえ所詮人《しょせんひと》なのだ。女の言葉に狼狽《うろた》えることもある。

瞬間、修行が足りないと思ったが遅かった。お梶が沢彦の腕を摑んだ。沢彦は廊下の壁にぶつかりそうになった。

「お朱鷺さんて奇麗な方ね」

お梶は沢彦より九歳下の三十三歳で色香《いろか》に包まれた年増《としま》だ。いつもは威厳に満ちているお梶が、土佐守にわざと沢彦が好きだと知らせたのだ。土佐守は知らぬ振りで歩いている。沢彦はお梶の手を振り払うこともならず、お梶に言い寄られた恰好になった。

「宗恩さん、覚えてらっしゃい……」

お梶が怒った顔で沢彦を睨んだ。手を離してサッサと土佐守に付いて行った。

沢彦は極めて拙《まず》い状況に陥《おちい》った。お梶の恐ろしい謀略に絡《から》め取られる。土佐守に誤解された可能性が高い。出戻りのお梶は生娘《きむすめ》の時とは違って大胆になっている。

沢彦は口の中で呪文《じゅもん》を唱えながら、二人から少し離れて道場に向かった。何んたる未熟者かと自分を叱《しか》り、謀略を仕掛けたお梶の後ろ姿を睨んだ。そんな無邪気で若々しいお梶を沢彦は好きだ。

道場では真壁が門弟たちの稽古を止めて壁際に座らせ、翡翠と立ち合おうとしていた。

「真壁、待て！」

土佐守が立ち合いを止めて高座に就《つ》いた。

「弥四郎！」

弥四郎は道場随一の使い手だが、いつも道場の隅にいて目立たない。

「沢彦禅師の弟子だ。立ち合え！」

土佐守に命じられ無口な弥四郎が立ち上がった。子どもの相手かと思ったが沢彦の弟子と聞いて、小太刀を持って立っている翡翠に興味を持った。道場には同じ年頃の子も何人かいる。小太刀を持った翡翠が歩いて来る弥四郎を睨んでいる。

「弥四郎、気を付けろ……」

真壁が忠告した。

弥四郎は何に気を付けるのか分からない。翡翠は鹿島の大神に一礼し、土佐守に一礼してから二間の間合いで向き合った。弥四郎は近い間合いだと思ったが中段に構えた。翡翠も小太刀を中段に置いた。ゆっくり右足を引き、片手で小太刀を袈裟《けさ》に寝かせ、切っ先で弥四郎の胸を狙う。二人の木刀がピリピリと緊張する。

腰を少し屈《かが》めて膝を曲げ、飛び込む構えで、沢彦が源三郎に教えた小太刀の構えだ。翡翠には弥四郎の足の動き、切っ先の動きが見えている。

弥四郎はこの子はできる、道場の子とは違うと思った。男の子のようでもあり、女の子のようでもある。不思議な子だと思った。

「ヤーッ！」

弥四郎が翡翠を誘うように前に出て、気合いと共に木刀を上段に持って行った。

翡翠は無言で左に回る。狙うのは弥四郎の脇の下だ。逆袈裟に斬り上げて左に抜ける。一瞬の勝負だ。それを弥四郎が見抜いた。さすがに道場一の使い手だ。スッと下がって弥四郎が二間の間合いに離れた。

スッ、スッと翡翠が弥四郎に付いて前に出た。小太刀の間合いで戦おうとしている。弥四郎が嫌な顔をして木刀を中段に戻した。翡翠が左、左と回ってくる。全く声を発しない。弥四郎は無気味だと思った。

「ターッ！」

弥四郎の木刀が攻撃を仕掛けようとまた上段に上がった。その瞬間、翡翠が踏み込んで袈裟に斬り上げた。それをカツッと弥四郎の木刀が受けた。弥四郎が打ち込もうとした時、翡翠の太刀が横に払って来た。弥四郎が一歩下がって切っ先をかわす。

「イヤーッ！」

弥四郎が斬り返すと翡翠がその木刀をカツンと払った。道場の面々がアッと驚いた。翡翠が弥四郎の踏み込みから逃れた。弥四郎も驚いた。

弥四郎の二の太刀が飛び込んだ。それをカツッと払って翡翠が道場の床に転がった。皆が倒されたと思ったが、土佐守は立ち合いを止めない。

翡翠は片膝を床について、小太刀を袈裟に構え、滑《すべ》るように後ろに下がった。

「ターッ！」

容赦なく弥四郎が踏み込んだ。翡翠は猫《ねこ》のように右に転がるとサッと立ち上がった。

「小癪《こしゃく》なッ！」

弥四郎が本気になった。弥四郎の踏み込みは鋭く、後ろに下がった翡翠は、ドンと道場の羽目板《はめいた》にぶつかって逃げられなくなった。

「それまでッ！」

土佐守の鋭い声が飛んで立ち合いが終わった。翡翠は座して小太刀を前に置き弥四郎に頭を下げた。

「弥四郎、翡翠は女だ。何も聞こえておらぬ！」

「えッ！」

弥四郎は動転するほど驚いた。女の子で聞こえず何も喋らないとは考えられない。弥四郎を見上げる眼は優しく確かに女の眼だ。

「宗恩さん、凄い子ですこと……」

お梶が言った。

「恐れ入ります」

「フフッ……」

お梶が笑った。お梶の熱い視線が怖い、何んとも情けない沢彦だ。

「弥四郎、その木刀を貸せ……」

　土佐守が高座に立って道場に降りた。弥四郎が土佐守に木刀を渡す。弥四郎でさえ土佐守に手を見て貰ったのは数回しかない。

　土佐守が木刀を中段に構えた。翡翠がニッと笑って立ち上がると、同じように中段に構え、足を引き土佐守に飛び込む構えを取った。だが、土佐守に睨まれ動けない。そこに土佐守が突きを入れた。それを前と同じように翡翠がかわした。

「アッ！」

　道場に驚きの声が響いた。土佐守がニコッと笑って木刀を引いた。翡翠の眼を確かめたのだ。翡翠の眼は健在だった。

「真壁、道場で怪我《けが》をさせぬようにな」

「承知致しました……」

「弥四郎、時々稽古を付けてやれ」

「はッ、畏まりました！」

　土佐守は木刀を弥四郎に返すとお梶と道場から姿を消した。翡翠が沢彦の傍に走って来た。まだ、あどけない。沢彦がよくやったと頷くと、ニコニコといつもの翡翠に戻った。

その頃、出陣した織田軍が、続々と木曽川河畔《かはん》に集結し、美濃に侵入を開始した。木曽川から井ノ口まで、一気に攻め込んで行った。織田軍得意の怒濤《どとう》の進撃《しんげき》だ。

ところが、織田軍の前に美濃軍と越前朝倉の大軍が立ち塞がった。あちこちに築かれた砦《とりで》から、美濃軍と越前軍が一斉に飛び出して織田軍に襲い掛かった。勢いのある織田軍でも美濃と越前の連合軍に勝つことはできない。朝倉軍が出てきたことで総退却になり尾張に逃げ帰った。この大敗戦以後、織田軍は今川にも美濃にも勝てなくなる。信秀の勢いが止まったことで尾張国内も混乱する。

鹿島にいる沢彦は織田軍の大敗北を知る由《よし》もなかった。

五日後、沢彦が美濃に帰るため、錫杖《しやくじよう》を握って外に出ると、真壁と弥四郎が朱鷺と翡翠を連れて見送りに出て来た。間もなく日が暮れようとしている。沢彦の旅立ちは朝であったり、昼であったり、夜であったり決まっていない。旅は沢彦の修行の場だ。

「禅師、翡翠は預かった。心配いらぬ」

真壁が言った。

「よしなに願います」

翡翠が沢彦の手を握って抱きついた。別れ難《がた》いのだ。朱鷺は沢彦に合掌している。

「翡翠、強くなれ、強くなって美濃に戻ってまいれ」

沢彦は翡翠を見て合掌し、弥四郎が渡す手綱《たづな》を握って歩き出した。沢彦はフッとお梶の気持ちを思った。

人は誰でも愛し愛されたい。だが、沢彦には百八煩悩《ひゃくはちぼんのう》の一つでしかない。それでも、沢彦は朴念仁《ぼくねんじん》ではない。無愛想でもなければ道理が分からない訳でもない。僧籍にある修行者として、同じ臨済僧の一休宗純《いっきゅうそうじゅん》のような破戒坊主《はかいぼうず》になる気はないが、お梶の想いを理解できないで衆生《しゅじょう》を救うなど笑止だ。

木曽川を渡らぬ

鹿島を出た沢彦は馬を引いて武蔵に入り、甲斐には向かわず相模に向かった。相模から駿河に入って久しぶりに駿府の太原雪斎に会おうと思った。沢彦が駿府に入ると百姓姿の若い男が前に立った。

「沢彦さまでございますか？」

「そうですが？」

「甚八の倅《せがれ》、一蔵《いちぞう》と申します」

「一蔵殿……」

「禅師さまはこれからどちらへ？」

甚八の配下一人がいつも沢彦の護衛をしている。沢彦が相模の道に入った時、間者が先回りして一蔵と繋ぎを取った。

「太原雪斎さまにお会いしていこうと思ったのですが……」

「禅師さま、お会いになられるのはいかがなものかと？」

一蔵が沢彦に忠告した。沢彦はなぜなのか分からずどうしてなのか聞いた。すると一蔵が路傍《ろぼう》の松の大木の下に沢彦を誘い、織田軍が美濃に出陣し、美濃と越前の大軍に大惨敗したと、沢彦の全く知らないことを口にした。

「朝倉勢が美濃の支援に？」

「はい、六日前のことです。既に雪斎さまの耳にも達しているかと思います。禅師さまが尾張に出向かれていることも、雪斎さまはご存じかと思いますので……」

沢彦が事態を考えた。美濃の援軍に越前軍が出て来たことは重大だ。頼芸が窮《きゅう》地《ち》に陥《おちい》る。信秀が敗北したことは、今川をも勢い付かせるだろう。雪斎が三河方面に力を入れてくることは眼に見えている。

沢彦は信秀が遂《つい》にやってしまったかと思った。危惧《きぐ》していた事態だ。織田軍のことや戦いのことが全く分からず、雪斎に聞かれても答えられない。とても会える状況ではない。

「一蔵殿、急ぎ尾張に向かいます。雪斎さまとはまたの機会に……」

「承知しました。三河までお供致しまする」

一蔵は馬の手綱を引いて沢彦に従った。その後ろに間者が二人付いて来た。沢彦は駿河、遠江、三河と通って尾張に入ることにした。尾張に入るまでは油断できない。

沢彦一行は大急ぎで駿河を過ぎ、遠江に入って寺に宿を取り、翌早朝に三河へ向かって発ち、その日のうちに尾張に入りたいと急いだ。沢彦の健脚は速いが昼日中にはそうもいかない。

三河に入ると沢彦は一蔵と別れた。一蔵は駿河に引き返し沢彦は尾張に向かう。

暫くすると前方に兵の一団が来るのに気付いた。今川兵だろうと思ったが、今更、道を変えることもできない。沢彦は滅多《めった》に笠《かさ》を被《かぶ》らない。知り人がいるかも知れないと思いながら、馬を引いて近付いた。

「大住持ッ！」

今川軍の先頭にいる馬上から声が飛んで来た。沢彦は平然とすれ違うことを考えていたが足を止めた。鎧兜《よろいかぶと》の大将も軍団を止めた。馬も鹿毛《かげ》で馬体の大きい雄だ。馬腹を蹴って沢彦の傍に近付いて来た。

「これは、朝比奈《あさひな》さま……」

「禅師さま、異なところで会うものだ。馬を引いてどこまで行かれた？」

「鹿島です」

「おおう、土佐守さまはお達者か？」

「息災《そくさい》にございます」

「うむ、雪斎さまとお会いしましたかな？」

「いいえ、またの機会にと考えております……」

「そうですか。これから駿府に戻るが雪斎さまに伝えることはありますかな？」

「いずれお伺い致しますとお伝えくださるよう……」

「承知した！」

朝比奈泰能《やすよし》は今川の家臣で掛川《かけがわ》城主。雪斎に次ぐ義元の側近で四十八歳になる。正室には京の公家中御門宣秀《なかみかどのぶひで》の娘を娶《めと》り、雪斎の次に署名ができる重臣中の重臣だ。備中守《びっちゅうのかみ》と呼ばれている。沢彦とは雪斎を通しての知り合いだ。

名将今川氏親《うじちか》に育てられ、氏輝《うじてる》、義元と三代に仕えて来た老臣だ。

「美濃に帰られるか？」

「はい、そのつもりです……」

「織田軍が美濃に出陣したが蝮と朝倉軍に追い払われた。それで今川軍も警戒して三河まで出て来たが尾張は静かなものだ。鹿島におられた禅師さまはご存じあるまい。気を付けて美濃へお帰り下され！」

朝比奈備中守は沢彦と尾張の繋がりを知らない。沢彦のことは雪斎までで止まっている。雪斎は沢彦の全てを知っている。

「先を急ぐ、大住持、また会おうぞ！」

沢彦が備中守に合掌して見送った。三千ほどの兵を率いている。織田軍が動いたことで、警戒と偵察のため三河に出て来たのだ。

沢彦は夜に歩くのは危険と考え、三河の寺に泊まって翌日尾張に入った。古渡城には寄らず那古野まで行き平手屋敷に入った。屋敷は静まり返っていた。久秀が美濃で怪我をして奥で寝ていた。命に別状はなかったが太腿《ふともも》に矢傷を負った。

夕刻、侍女が沢彦の夕餉を運んで来ると、城から下がって来た政秀が庵に現れた。沈痛な面持ちで戦の後始末に忙しいことがうかがえる。

「禅師さま、美濃はいかがにございまするか？」

政秀の顔は暗く沈んでいる。戦に負けると織田家中だけでなく尾張国内も混乱する。次席家老の政秀は那古野城だけでなく、古渡にも気を遣わなければならない。

「拙僧は鹿島に行っておりました。美濃への出陣のことは駿河で一蔵殿から聞きました。美濃がどうなっているかは分かりません」

「そうですか、思いもよらず越前の大軍が出て来ました」

「そのことは一蔵殿から聞きました」

「全く歯がたたず、大垣城も奪われました」

政秀は無念そうに言って口を結んだ。

「大垣城の造酒丞《みきのじょう》さまは？」

「無事です。織田軍は五百五十も討ち取られました」

「それは……」

終わってしまった戦いに沢彦は言う言葉がない。

「尾張が乱れましょうか？」

「さて、弾正忠さまがどのように動くか、皆が見ているものと思います。このような場合、肝腎《かんじん》なのは続けて負けないことです。離反していく者、敵に内通する者、様子見を決め込む者など、統率できなくなります。家中がまとまるためにも勝つことです」

尾張が混乱し織田家が潰れれば、幼い吉法師の生きる道がなくなる。織田家の命脈を保てれば、吉法師が必ず盛り返す。弾正忠家を狙うのは美濃や駿河だけではない。尾張国内こそ警戒が必要なのだ。

「今川が動きましょうか？」

「まだ、動きません。三河の路上で朝比奈備中守さまとお会いしました」

「朝比奈殿と？」

「三千ほどの兵を率いて駿河に戻るところでした。織田軍が動いたので警戒に出て来たものと思います。尾張に侵入する気配はまだありませんでした」

二人は暫《しばら》く話し合い、夜になって沢彦が久秀を見舞った。

翌朝、元気の良い吉法師が木刀を担いで平手屋敷に入って来た。

「沢彦！」

いつもの大声で威勢がいい。

「入りなされ！」

沢彦が応じると足半《あしなか》を蹴飛ばして縁《えん》に上がり学問所に入ってくる。

「沢彦、信秀が蝮《まむし》に負けたぞ！」

吉法師は怒っている。

「そのようですな」

「何ッ、ようだとは何んだ！」

「鹿島に行っておりました。まずは、お座りください」

「なぜ負けたと思う！」

吉法師が安座して沢彦に聞いた。

「越前軍が出て来たからでは……」

「違う、間者の知らせで朝倉軍のことは分かっていた！」

沢彦は吉法師が何を言いたいのか、敗北の原因をどう見ているか聞きたかった。するといきなり「思い上がりだ。勝ち戦に全軍が思い上がっていたのだ！」と吉法師が悔《くや》しそうに言った。

「ほう、ならば吉法師さまはどう致しますかな？」

「ふん、余は木曽川を渡らぬ、砦を築いて帰る！」

「面白い……」

「木曽川までは何度でも行く、その度ごとに朝倉軍が出て来るか。答えろ沢彦！」

「おそらく、二度に一度、三度に一度になりましょう」

「そうだ。そのうち朝倉は動かなくなる。そこで美濃を攻める。蝮の首を取る！」

沢彦は吉法師を戦の天才だと思う。大軍の朝倉勢が長駆《ちょうく》、越前から何度も出て来ることは辛い。兵糧《ひょうろう》も膨大《ぼうだい》になる。吉法師は朝倉軍の弱点を読んで守りを固め、時期を見て攻めると言う。

「良い策です」

「ふん、信秀はまた負ける！」

「ほう……」

「信秀は戦が下手《へた》だ！」

吉法師は信秀の次の戦いを危ぶんでいた。戦う度《たび》に勝つことは難しいと思っている。勝つ時は大勝してもいいが、負ける時は軽微な被害でなければ士気が落ち、次の戦いが覚束《おぼつか》ない。戦いは続くのだ。次へ次へと兵力を温存しなければ先細る。兵の補充が一番難しい。吉法師は戦とはどんなものか分かってきている。

沢彦は美濃への帰途を犬山城下から木曽川を渡り、東美濃に入って井ノ口に戻る道を選んだ。那古野から犬山城下まで馬に乗り、木曽川を渡って井ノ口まで馬に乗った。

夏が過ぎ、秋になると沢彦は堺に向かった。

前年に見られなかった鉄砲の実物を見たい。だが、この年も見る事ができなかった。根来寺まで行こうかとも思ったが、鹿島に朱鷺と翡翠を見に行こうと思い、紀州根来寺に行くことは諦《あきら》め、奈良から伊勢に入り、船で津島に出て日向守、大橋重長、堀田正貞と会い、船を乗り継いで津島から三河、駿河に入り、相模から武蔵に入った。

沢彦が鹿島に着いた時は十一月になっていた。

朱鷺も翡翠も沢彦の顔を見て大喜びだが、一番嬉しいのは沢彦を好きなお梶だ。沢彦は鹿島に五日間逗留して美濃に帰った。

帰途、沢彦は甲斐を通った時に沢彦は武田の軍師、山本勘助と面会して、武田晴信と会いたいと思った。だが、暮れも近いことから、またの機会にと素通りした。

武田晴信は三年前の天文十年（一五四一）に板垣信方《いたがきのぶかた》や甘利虎泰《あまりとらやす》と力を合わせて、弟信繁《のぶしげ》を溺愛《できあい》する父親の信虎を駿河に追放した。

武田家十九代目当主に二十一歳でなり、翌年には名門諏訪頼重《すわよりしげ》を甲斐に招いて自刃させ、その娘、お梅が美形であることから山本勘助と謀《はか》って強引に手に入れた。

晴信に反旗《はんき》を翻《ひるがえ》した高遠城主高遠頼継《たかとおよりつぐ》を撃破、翌年には信濃長窪城主大井貞隆《さだたか》を攻めて自害させ、長年父信虎と対立、抗争を繰り返していた相模北条家と和睦するなど、若き甲斐の武将は八面六臂《はちめんろっぴ》の活躍をしている。

沢彦は土佐守から山本勘助の話を聞いた時、吉法師の前に立ちはだかるのは義元ではなく、甲斐の武田晴信なのではないかと直感した。甲斐の武田家が相模の北条家と和睦したことは脅威《きょうい》だ。武田晴信が甲斐、信濃、美濃と西進して来ることが考えられる。

駿河には太原雪斎がおり、甲斐には雪斎の庵原家《いおはらけ》と同族の山本勘助がいる。その駿河と甲斐は既に和睦している。

甲斐と相模が同盟したことは駿河との三国同盟の布石《ふせき》になることは間違いな

い。この三国同盟は雪斎と勘助の大戦略に違いないと沢彦は見た。ただ、駿河と相模の間には領土をめぐって争いがある。

沢彦はまだ織田家が戦っていない甲斐武田の山本勘助に狙いを定めた。勘助とは鹿島の土佐守を通しての知り合いだ。三国の動き次第で織田家は一気に滅ぼされる。

織田信秀は美濃と越前の連合軍に敗れ、尾張国内の統一さえままならない。既に甲斐も駿河も相模も国内は統一され、相模の北条家は武蔵六十五万石を呑《の》み込もうとしている。

甲斐の武田家は諏訪頼重を殺して、着々と信濃四十万石に攻め込んでいる。美濃は土岐頼芸と斎藤利政が対立して一歩遅れ、尾張は美濃と戦って敗れ、統一がほど遠い。甲斐や駿河に比べ二歩も三歩も遅れている。

以前から武田家は武蔵にも至嘱《ししょく》を伸ばし河越城主上杉朝興《ともおき》の娘を晴信の正室に迎えた。双方が十三歳の時だ。幼い二人は仲が良くすぐ子ができたが、難産で母子共に死んだ。晴信は三年後、京の左大臣三条公頼《さんじょうきんより》の娘を今川の仲介で継室《けいしつ》に迎えた。目まぐるしい政略が動いている。

武蔵を北条と武田が争ったことで対立。それが和睦したのだ。武田家は三条家を通して京に楔《くさび》を打った。晴信の継室三条の方の姉は細川晴元の正室で、妹は石山本願寺の顕如光佐《けんにょこうさ》の妻如春尼《にょしゅんに》だ。

沢彦はどう考えても吉法師が極めて危険な状況にあると認識した。

このような周囲の情勢は間者の探索で、全て信秀に入っていたが信秀は対抗策を考えられないでいる。集めた情報は生かされてこそ情報なのだ。生かされなければつまらない噂《うわさ》でしかない。

この近隣諸国の動きに対して沢彦には究極の大戦略があった。

信秀の頭に戦しかないのなら、吉法師を守るため、乱世《らんせ》を薙《な》ぎ払うため、沢彦が動くしかない。それも隠密にである。

暮れも押し詰まった晦日前の夜、堀田道空が大宝寺の方丈に現れた。織田軍との戦いに勝利してから、何度か大宝寺に道空は現れたが沢彦はいつも留守だった。

「いつも忙しそうだな？」

道空は機嫌よく沢彦の前に座り、いつものように名刀千子村正を傍においた。

それに沢彦は無愛想だ。

「何かご用ですかな？」

素《そ》っ気《け》なく聞くと、道空はニヤリと笑った。

「何か用かではあるまいに……」

余裕を見せた。沢彦は道空が何を催促《さいそく》しているか分かる。

「尾張に勝ってそれほど嬉しいかな？」

道空の逆鱗《げきりん》にわざと触れた。

「何ッ！」

道空が太刀を握った。

「尾張に勝って嬉しいかとお聞きしたのですが？」

「喧嘩《けんか》を売る気かッ？」

「なぜ、拙僧が喧嘩を売る必要があります。戦には父上、兄上、十五党が参戦しておられたと津島でお聞きしました」

「言うなッ、戦の敵味方は武家の定めだ！」

「なるほど、織田家と十五党、美濃が滅んでも武家だと言いますかな。道空さま答えてくだされ？」

「何ッ、なぜ織田家が滅ぶ、なぜ十五党が滅ぶ、なぜ美濃が滅ぶのだ？」

堀田道空は立ち上がらんばかりに顔を赤くして怒った。太刀を握った手が震えている。

「今川に攻められる。武田に攻められます！」

「何んだと？」

「勢いを失った織田軍を攻める絶好の機会。尾張が踏み潰されれば次は美濃です。利政さまはおめおめと今川や武田に降参しますかな？」

道空が一気に沈み込んだ。沢彦の言いたいことが分かった。

「今川は既に甲斐と和睦している。甲斐は相模と和睦して同盟した。ということはどういうことになりますかな、相模と駿河が和睦すれば。答えてくだされ。道空さま？」

「美濃には越前の支援がある」

「果たしてその朝倉軍が今川と戦いますか。今川に上洛の意志があれば、将軍が朝倉軍の出陣を止めます。まだ、将軍家のご内書の力は生きていますぞ。利政さまが援軍の見込みもなく戦いますかな。籠城でもしますか。今川の後ろには北条軍と武田軍がいる。武田軍が必ず東美濃に入って来ますぞ」

道空は脅しにも似た沢彦の言い分が当たっていると思う。だが、そんなことは分かっているが、美濃の誰も大戦略を持っていない。織田軍との戦いはこれからも続くと考えられる。

「どうしろと言うのだ？」

「このことは秘密に願いたい。拙僧が美濃と尾張を救います。力を貸して戴きたい……」

道空が沢彦を睨んで沈黙した。この男は怪物ではないかと思った。

「今すぐではない。その時が来たら全て話しましょう。力を貸すと約定願いたい。命までくれとは言いません」

「織田家と津島も救うのだな？」

「さよう、美濃もです」

「利政さまの家臣のままでも良いのか？」

「結構です。お貸し戴けますかな？」

道空が少し考えてから頷いた。

「利政さまにお会いしたい。新年の賀詞《がし》と戦勝の祝いを申し上げたいが、会えますかな？」

「何を企《たくら》んでいる。利政さまに会いたいとは？」

「美濃と尾張を救うには段取りがあります。拙僧を信じてもらいたい。登城できるよう取《と》り計《はか》らってもらいたい。できますかな？」

「殿に喧嘩を売らぬと約束してくれ……」

「それはできません。喧嘩を売って斬られるなら本望です。利政さまは拙僧を斬るほど愚かではありません」

斎藤利政は五十一歳の老将だ。道空よりは天下の形勢が分かっていると沢彦は思う。

道空が考えて頷き、沢彦の願いを聞き入れた。道空は喧嘩相手の沢彦を深く信頼している。何んでも話せる得難い友だと思っている。

堀田道空が帰るとそれを待っていたように、甚八が沢彦の方丈に現れた。暮れの冷え込みが蠟燭《ろうそく》の灯りにまで絡み付こうとしている。黒い影がヌッと方丈に入った。

「甚八殿？」

「随分と寒くなりました」

「間もなく新しい年ですから……」

二人の挨拶はいつも素っ気ない。

「間者には新年も旧年もありません」

「格別にはございませんが、殿は家中《かちゅう》をまとめるのに苦労しておられます」

「大きな戦に負けるとはそういうことです。領内に亀裂《きれつ》が入っておりませんか？」

「今のところ、そのような兆候《ちょうこう》はありません。ここは何んとかまとまりましょうが、次の戦に必ず勝たねば苦しいことに……」

「さよう。尾張国内は大混乱になります。駿府で一蔵殿とお会いしました」

「駿河の雪斎さまのところへ伺うところだったと聞いております」

「そのつもりでしたが、一蔵殿に危険ではないかと言われました。美濃の戦いを知りませんでしたから……」

「鹿島に朱鷺さまと翡翠さまをお預けになったと？」

甚八は配下の知らせで全て知っている。

「一昨日、池田山に行って来ました。越前軍の南下を察知して、お仙が古渡に知らせたのですが、無理な出陣で負けてしまいました……」

甚八が悔しそうに言った。

「吉法師さまは越前軍が出て来たから負けたのではない。織田軍の慢心、思い上がりと驕《おご》りだと怒っておられた」

吉法師の言葉が甚八の胸にズシッと重く突き刺さった。一方で吉法師が戦場に出る日を期待した。尾張の大うつけはうつけではないのだ。それは吉法師を警固している間者たちの共通した見方だ。乱世を薙ぎ払う神の化身《けしん》だと言う間者までいる。

「吉法師さまが戦いに出られるまでの辛抱ですか？」

「いかにも、吉法師さまは賢い、だが、まだ十一歳、後五年、五年です」

「織田軍を無傷で吉法師さまにお渡しできればいいのですが……」

「甚八殿、心配あるな。吉法師さまには兵が二千もあれば充分です。あの知恵は尽きぬ泉から湧いてくるのじゃ。二千でも多いくらいだ。敵が那古野城に襲い掛かれば分かる。おそらく、今でも吉法師さまは負けぬ」

沢彦は吉法師の洞察力は尋常ではないと思っている。籠城戦なら二カ月や三カ月は充分に戦える。それぐらいの気迫は既に持っている。野戦でも簡単には負けない知力を備えている。

「吉法師さまだけが楽しみです」

暗い顔を明るくして甚八が言った。

「源三郎は炭焼《すみや》きをしながら、森蔵と激しい稽古をしていました」

沢彦が気にしていることを報告した。

「そうですか。お六殿も達者ですか？」

「婆《ばばあ》は殺されても死なぬそうです」

甚八が嬉しそうにニッと笑った。

「それは頼もしい。あのように歳を取りたいものです」

「確かに……」

甚八は道空のことには触れない。

「年が明けましたら、稲葉山に新年の賀詞に行ってきます。利政さまも五十二、拙僧を斬ることもないと思いますので……」

「お気を付けて、難攻不落《なんこうふらく》とはあのような城でしょうか、間者泣かせです」

甚八は稲葉山城に二度忍び込んだ。若い間者は難しいとなると忍び込みたがる。腕試《うでだめ》しには恰好の城なのだ。配下にそんな逸《はや》る気持ちを甚八は禁じていた。

「これから尾張に戻ります」

甚八は清洲に近い村に妻と小さい子らを残している。息子の一蔵は駿河に入っていて、いつ今川軍が動くか分からず、清洲に帰ることができない。何年も清洲に帰っていない。甚八はそんな一蔵に嫁を取りたいと考えている。百姓のできる女がいいと思っていた。

美濃に咲く花

堀田道空から正月三日に登城するよう伝えられ、沢彦はいつもの墨衣で稲葉山城に行くと、城に登る七曲り口に道空が迎えに降りて来ていた。

稲葉山は高さ百八十間の巨大な峰で、全山に曲輪《くるわ》や砦が築かれた堅牢《けんろう》な城だ。大手道の七曲り口から山頂の本丸まで急な登りで十八町、男の足でも半刻近くはかかる。

他にも百曲り口、馬の背口、水の手口と登ることはできたが、這《は》って登らなければならない危険な道だ。沢彦と道空は千畳敷御殿で利政と面会することになっていた。

「正月で家臣が揃っている、喧嘩を売らないでもらいたい。正月が壊《こわ》れる……」

道空の心配は沢彦が利政と喧嘩することだ。相性が悪いのか沢彦と利政はいつも厳しい話になる。ハラハラするのは道空だけではない。家臣団も殺気立《さつきだ》ってしまう。沢彦は道空の言葉を無視して黙々と大手道を登った。二人が御殿の大広間に入ると視線が沢彦に集中した。

「大住持、正月早々登城するとは珍しいのう？」

利政が皮肉っぽく言った。

「新玉《あらたま》の賀詞《がし》と戦勝の祝いを申し上げたく登ってまいりました」

「うむ、賀詞などはどうでも良い。戦勝の祝いも禅師は戦勝と思っておらぬであろう。禅師の話はいつも含蓄《がんちく》がある。今日はどんな話を聞かせてくれるか？」

利政は沢彦が城に登って来るには、それなりに何か話したいことがあるのだと思っている。利政は沢彦が自分を嫌っていることを知りながら見識を高く評価している。

「遠慮なく申し上げます。堀田さまからお聞き及びかと思いますが、武田と北条が和睦し同盟を結びました。山城守《やましろのかみ》さまはいかがお考えになりますか？」

「そのことは考えてみた。武田晴信は只《ただ》の小童ではないようだ。以前、道空から聞いた山本勘助なる男も曲者《くせもの》のようだな？」

「そのような末節《まつせつ》ではございません。武田と北条の同盟をいかがお考えになるかお聞きしておりますが？」

「無礼者め……」

氏家直元の呟《つぶや》きが聞こえた。

「禅師の言いたいことは分かっておる」

「ならば、いつぞや申し上げました姫さまを頂戴できましょうか？」

利政がジロッと沢彦を睨んだ。居並ぶ家臣たちは、武田と北条の同盟がなぜ姫と関係があるのか分かっていない。分かっているのは利政と道空だけだ。

「やれぬ。帰蝶はやれぬ。今は東美濃で武田に備えるだけだ……」

「美濃を手に入れた山城守さまともあろうお方が生温《なまぬる》いことを、美濃と尾張が滅びますぞ」

利政は沢彦を睨んでいる。この男は分かっている。憎にしておくのは惜しいと思った。沢彦が尾張をどう扱うのだと利政に聞いているのだ。

道空から沢彦の考えは聞いて知っている。だが、戦ったばかりの尾張と和睦することは困難だ。尾張に勝ったため強気の美濃衆が和睦を受け入れるとは考えられない。

「禅師、なぜ美濃が滅ぶ？」

直元の苛立った声が飛んで来た。二人は犬猿《けんえん》の仲《なか》だ。

「そなたに話しても分からぬ。口出し無用に願いたい……」

「何ッ！」

「氏家殿ッ！」

傍の竹中重元《たけなかしげもと》と安藤守就《あんどうもりなり》の二人が立ち上がろうとする直元を制した。

「拙僧は山城守さまにお聞きしている」

道空はまた始まったかと気が気ではない。

「禅師は武田、北条、今川の三国同盟を危惧しておるのだな？」

「さようです」

利政が脇息《きょうそく》を抱いて沢彦に首を突き出した。

「禅師はいつ頃と見ている？」

「早ければ一、二年のうちに三国同盟はまとまりましょう、駿河には太原雪斎さまがおられます。今川と武田は既に和睦、晴信さまの父信虎さまは追放され今川におります。武田と北条が和睦したことで、今川と北条の和睦は当然と雪斎さまは考えます。引っ掛かりは今川と北条の間の領土争いだけです。今川は西に、武田は北に出て来ます。尾張が潰《つぶ》れれば美濃は今川と武田に挟撃《きょうげき》され、どのように考えても尾張と美濃は一蓮托生《いちれんたくしょう》、潰れます」

「黙れッ、沢彦ッ！」

直元が太刀を握って立ち上がり太刀の柄を握った。沢彦が数珠を腕に巻いて戦う構えを取った。

「言わせておけば無礼なッ、斬り捨ててくれるッ！」

直元が太刀を抜いた。利政は止めない。塚原土佐守の弟子である沢彦の腕前を見る良い機会だと思った。沢彦が片膝を立て身構えると、道空が名刀千子村正を鞘ごと沢彦に投げた。

それを握って沢彦が立ち上がった。

「まいられよ！」

沢彦が千子村正を抜き放つと、利政の前に小姓衆が並んだ。

「坊主ッ、刃向《はむ》かうかッ！」

「やむを得ません。お相手致します！」

沢彦は直元とはいつかこうなると予想していた。

沢彦は中段に構えて直元の構えを見ている。とても沢彦が相手にできる構えではない。斬り合う前から結果は見えていた。

「イヤーッ！」

直元がいきなり斬り付けて来た。それを摺《す》り合わせるように受けて右に体を開き、離れ際に刀背《みね》打ちで直元の腕を軽く叩《たた》いてスッと下がった。ガラッと直元が太刀を落とした。一瞬の出来事だ。

「おう……」

小姓衆がさっと立って直元を包み込んで、大広間から下がって行った。沢彦は太刀を鞘に納め利政の前に座して千子村正を傍に置いた。

「禅師、直元を許してやれ……」

「拙僧に遺恨《いこん》はありません」

「今の話だが、よくよく考えてみることにしよう」

沢彦は利政の考えてみるとの一言で充分だ。まだ急ぐ話ではない。今川の西進は少なくとも三年以上の猶予はあると判断している。

今川と武田に立ち向かうには美濃と尾張が手を結ぶしかない。三年後には吉法師が十五歳になる。五年は欲しいが信秀が戦に負けて風雲急を告げる気配になってきた。五年は待てないかも知れない。

沢彦が大広間を出ると道空が追って来た。千子村正を道空に返し「帰蝶さまは幾つになられましたかな？」と道空に聞いて立ち止まった。道空は沢彦の考えを理解している。利政が考えてみると言ったことは、状況を充分に理解しているということだ。

「十一におなりだ」

「小見《おみ》の方さまのお子ですな？」

帰蝶の上には深芳野《みよしの》が産んだ問題の嫡男義龍がいた。他にも帰蝶と同母の兄姉たちがいる。

「帰蝶さまにお会いしたいが？」

さすがの道空もそこまで勝手なことはできない。

「会えぬか？」

「無理を言うな、この首が飛ぶ……」

「それでも会いたい」

「何んだとッ、お主とは付き合いきれぬ。勝手に帰れ！」

道空が怒って戻って行った。沢彦は道空には強引だ。それだけ沢彦が事態を重大に考えていると道空に伝わった。

沢彦が大宝寺に帰ると利政の使者が後を追うように現れ、いつものように黄金五枚を寄進していった。利政は沢彦に相当気を遣っている。

利政には譜代《ふだい》の家臣《かしん》というものが一人もいない。父親の新左衛門と二人で美濃を乗っ取ったが、美濃衆がどこまで信じられるか分からない。

美濃での利政の立場は決して盤石《ばんじやく》とは言えないのだ。沢彦のように広く美濃に知れ渡って武家、百姓に信頼のある人物は利政には大切だ。

その夕刻、堀田道空が息を切らして沢彦の方丈に現れた。

「どうなされた？」

「小見の方さまが正月の寺参りで城を出られる！」

「どこの寺か？」

「崇福寺だ！」

「いつ？」

「明日！」

「何んですと……」

「城の奥で聞いた！」

「して、帰蝶さまは？」

「分からぬ。一緒ではないか？」

「お主は当てにならぬな……」

「何ッ、うぬの家来ではないわ！」

道空が当てにならないと言われ怒った。

「うぬの勝手さには付き合いきれぬ！」

道空が怒るのも当然だ。美濃が織田軍に勝ってからの沢彦は道空に強気だ。尾張と美濃を守るために捻《ね》じ伏《ふ》せてでも言うことを聞かせようとしている。尾張と美濃の間に立てるのは、津島で生まれた十五党の道空しかいない。

「気に入らぬ、帰る！」

道空がプイと立って方丈を出て行った。

沢彦は見送ることもなく、庫裡に行って宗仁に饅頭を用意させ、宗仁に持たせると薄暗くなった境内に出て崇福寺に向かった。正月は井ノ口の最も寒い時期だ。夕刻からちらほら雪が落ちてきた。

沢彦が快川の方丈に案内されると、快川紹喜は弟子の宗乙《そういつ》と話し込んでいた。

「突然伺い、申し訳ございません」

「兄上、宗乙が京から戻って来ました」

「おう、宗乙さま……」

「大住持さま、お久しゅうございます」

宗乙が合掌して沢彦に頭を下げた。

「見違えるところじゃ。幾つになられた」

「十六になりました」

宗乙は快川の優秀な弟子だ。後に虎哉宗乙《こさいそういつ》となり六十九世妙心寺大住持になる。傍に八歳の玄興が眠そうに座っている。後に南化玄興《なんかげんこう》となり五十八世妙心寺大住持になる。宗乙は学僧として妙心寺に行っていた。後年、虎哉宗乙は伊達輝《だててる》宗《むね》に招かれ出羽国に下り、米沢《よねざわ》で梵天丸《ぼんてんまる》こと伊達政宗《まさむね》の師になる。宗乙と政宗は深い信頼で結ばれ、政宗は宗乙を生涯の師とする。南化玄興は最年少で妙心寺の大住持になる。


臨済宗は太原雪斎、希菴玄密、沢彦宗恩、快川紹喜、虎哉宗乙、南化玄興、真西堂如淵、九天宗瑞《くてんそうずい》、西笑承兌、藤原惺窩、虎岩玄隆《こげんげんりゅう》、安国寺恵瓊、三要元佶、金地院崇伝など、乱世の中に続々と優れた人材を産み落とす。


太原雪斎は今川義元の師であり、快川紹喜は武田信玄の師になり、沢彦宗恩は織田信長の師となり、虎哉宗乙は伊達政宗の師になる。南化玄興は豊臣秀吉の師になる。虎岩玄隆は関白秀次の師になる。三要元佶は徳川家康の師になる。

「宗乙、宗仁に京の話をしてやれ……」

「はい、宗仁さま、庫裡にまいりましょう」

宗乙と宗仁、玄興がバタバタと方丈から出て行くと、沢彦が快川の傍に寄って座した。

「兄上、城で氏家殿と争ったそうですな」

「もう耳に？」

「兄上のことだ。考えがあってのことだろうが、武家には武家の面目があります。満座で恥をかかせてはなりませぬ……」

「心配をお掛け致します」

「氏家殿は若く短気じゃ。拙僧から話しておきますが、二度と争うことはなりませぬ。あの男は真っ直ぐな男で悪気はないのです」

「いかにも、分かっております……」

沢彦が久しぶりに快川に叱られた。西美濃三人衆筆頭の稲葉良通《いなばよしみち》は快川の弟子で、美濃の人脈や内々の都合まで全て快川に話している。

「利政殿に話したことも聞きました。美濃と尾張の和睦を考えておられるとか？」

「最善の策かと思います」

「うむ、今川を防ぐには今のところそれが最善でしょうが、すぐにとはいかぬかと？」

「三年後を考えています」

「吉法師と金華山《きんかざん》さまの婚姻ですか？」

利政の三女、帰蝶姫は賢さと可愛らしさから、稲葉山の別名金華山の名を取り金華山殿とか、城下の井ノ口から井ノ口殿と呼ばれている。家臣たちは親しみを込めて派手やかな金華山殿と呼ぶことが多い。美しい呼び名だ。

「それで兄上は今川、北条、武田の侵攻を止められますか？」

「上洛軍であれば三万以上、止めることは難しいと思いますが、美濃と尾張が同盟すれば今川といえども迂闊《うかつ》に手は出せなくなります。その間に吉法師さまが成長します」

「吉法師はそれほどの逸材ですか、聞こえてくる噂は大うつけということですが？」

「時が来るまではうつけで良いと教えております」

「敵を欺《あざむ》くにはまず味方からですか？」

快川は沢彦が何用で来たか分かっている。

「明日、ここで小見の方さまと金華山さまにお会いできるようにしましょう」

「有り難く存じます」

快川も美濃と尾張が同盟することは良いと考えた。隣国との戦いが絶えないのが乱世だ。美濃と尾張は木曽川で隔たっているため領土の境争いがない。国境《くにざかい》がはっきりしている。


（巻の二 風雲編に続く）

注・この作品は、平成二十九年五月興譲館より『信長の軍師 天の巻』として刊行されたものを新たに二巻に分冊したものです。

一〇〇字書評

切・り・取・り・線

購買動機（新聞、雑誌名を記入するか、あるいは○をつけてください）	
□（　　　　　　　　　　　　）の広告を見て	
□（　　　　　　　　　　　　）の書評を見て	
□ 知人のすすめで	□ タイトルに惹かれて
□ カバーが良かったから	□ 内容が面白そうだから
□ 好きな作家だから	□ 好きな分野の本だから

・最近、最も感銘を受けた作品名をお書き下さい

・あなたのお好きな作家名をお書き下さい

・その他、ご要望がありましたらお書き下さい

住所	〒				
氏名		職業		年齢	
Eメール	※携帯には配信できません	新刊情報等のメール配信を 希望する・しない			

この本の感想を、編集部までお寄せいただけたらありがたく存じます。今後の企画の参考にさせていただきます。Eメールでも結構です。

いただいた「一〇〇字書評」は、新聞・雑誌等に紹介させていただくことがあります。その場合はお礼として特製図書カードを差し上げます。

前ページの原稿用紙に書評をお書きの上、切り取り、左記までお送り下さい。宛先の住所は不要です。

なお、ご記入いただいたお名前、ご住所等は、書評紹介の事前了解、謝礼のお届けのためだけに利用し、そのほかの目的のために利用することはありません。

〒一〇一－八七〇一
祥伝社文庫編集長　坂口芳和
電話　〇三（三二六五）二〇八〇

祥伝社ホームページの「ブックレビュー」からも、書き込めます。
http://www.shodensha.co.jp/bookreview/

祥伝社文庫

信長《のぶなが》の軍師《ぐんし》　巻《まき》の一《いち》　立志編《りっしへん》

平成31年 2 月20日　初版第 1 刷発行

著　者　岩室忍《いわむろしのぶ》

発行者　辻　浩明

発行所　祥伝社《しょうでんしゃ》
東京都千代田区神田神保町 3-3
〒101-8701
電話　03（3265）2081（販売部）
電話　03（3265）2080（編集部）
電話　03（3265）3622（業務部）
http://www.shodensha.co.jp/

印刷所　堀内印刷
製本所　ナショナル製本
カバーフォーマットデザイン　中原達治

 ISBN978-4-396-34500-6 C0193

祥伝社文庫の好評既刊

風野真知雄　**われ、謙信なりせば** 新装版
上杉景勝《うえすぎかげかつ》と直江兼続《なおえかねつぐ》

天下を睨《にら》む家康。誰を叩き誰と組むか……脳裏によぎった男は、上杉景勝と陪臣《ばいしん》・直江兼続だった。

風野真知雄　**奇策**　北の関ヶ原・福島城松川の合戦

伊達政宗《だてまさむね》軍二万。対するは老将率いる四千の兵。圧倒的不利の中、伊達軍を翻弄した「北の関ヶ原」とは⁉

風野真知雄　**罰《ばち》当て侍**　最後の赤穂浪士 寺坂吉右衛門《てらさかきちえもん》

赤穂浪士ただ一人の生き残り、寺坂吉右衛門。そんな彼の前に奇妙な事件が舞い込んだ。あの剣の冴えを再び……。

風野真知雄　**水の城** 新装版　いまだ落城せず

「なぜ、こんな城が！」名将も参謀もいない忍《おし》城、石田三成《いしだみつなり》軍と堂々渡り合う！　戦国史上類を見ない大攻防戦。

風野真知雄　**幻の城** 新装版　大坂夏の陣異聞

密命を受け、根津甚八《ねづじんぱち》らは流人《るにん》の島・八丈島へと向かった！　狂気の総大将を描く、もう一つの「大坂の陣」。

舟橋聖一／訳　**源氏物語【上巻】**

恋に傷つき悩む光《ひかる》源氏《げんじ》……古典を読みやすくわかりやすく訳した、不朽の名作。